U0024736

新大明王朝

②雙雄再會

新大明王朝 ②雙雄再會 (原：回到明朝做皇帝)

作　　者：淡墨青杉
發 行 人：陳曉林
出 版 所：風雲時代出版股份有限公司
地　　址：105台北市民生東路五段178號7樓之3
風雲書網：http://www.eastbooks.com.tw
官方部落格：http://eastbooks.pixnet.net/blog
信　　箱：h7560949@ms15.hinet.net
郵撥帳號：12043291
服務專線：(02)27560949
傳眞專線：(02)27653799
執行主編：朱墨菲
美術編輯：吳宗潔

法律顧問：永然法律事務所　　李永然律師
　　　　　北辰著作權事務所　蕭雄淋律師
版權授權：蔡雷平
初版換封：2014年6月

ISBN：978-986-352-031-3

總 經 銷：成信文化事業股份有限公司
地　　址：新北市新店區中正路四維巷二弄2號4樓
電　　話：(02)2219-2080

行政院新聞局局版台業字第3595號
營利事業統一編號22759935

定 價：280元　特價：199元

國家圖書館出版品預行編目資料

新大明王朝 ／淡墨青杉著. — 初版.—
臺北市：風雲時代，2014.04-
冊；　公分. —

ISBN 978-986-352-031-3 (第2冊：平裝)

857.7　　103004418

三大帝王

人物介紹

漢帝 張偉：最得意的帝王

來自未來，憑遠超幾百年的經驗改變歷史創立大漢王朝。為人行事果斷、狠辣、穩重，平生從不做沒把握的事，政治作風強硬，一掃數千年儒家治世的傳統，大力改革，使國富民強，復興漢唐盛世在世界各國心中的上國地位。

明帝 崇禎：最愚蠢的帝王

滿懷中興大明的熱情，卻使明朝更陷深淵，直至亡國。其人生性多疑，好大喜功，喜怒無常。其蠢至空留幾千萬金銀給亡其國的異族，卻不願分出一兩銀子振軍救民，以至民反軍散，獨留孤家寡人於煤山上吊而死！

清帝 皇太極：最鬱悶的帝王

雄才偉略，勇悍無比，天下本屬於他，歷史本也是由他帶領八旗建立大清王朝。但卻因漢帝張偉的橫空出世，改變了歷史，而使本屬於他的一切化為烏有，他也因此鬱鬱而死！

武將榜

人物介紹

施琅

大漢水師大帥，與漢帝張偉相交於微時，一起創業打江山，其人極具將才，兵法謀略極佳，水戰未有一敗，後被封世襲伯爵之位。

張瑞

大漢飛騎軍大將軍，對張偉忠心不貳，為人勇悍多謀，為漢帝轉戰天下，戰功超卓，後被封世襲伯爵之位。

張鼐

大漢金吾衛大將軍，對張偉忠心不貳，為人凶猛好戰，曾為漢帝親衛大將軍，勇猛有餘，謀略不足，卻也無大過，戰功無數，眾敵深懼其人，後被封伯爵。

契力何必

高山族勇士，為張偉所收服，其箭術無雙，為大漢萬騎大將軍，領三萬高山戰士為大漢征戰天下，無往不利。

武將榜

人物介紹

黑齒常之

契力何必之弟，大漢萬騎大將軍，與其兄一起為大漢征戰天下，勇猛無比，立下戰功無數！

劉國軒

大漢龍驤衛主帥，漢王起家時的家臣，為人冷靜多智，穩重，極具帥才，張偉的左右手，大漢的開國功臣，後被封為世襲伯爵。

周全斌

大漢第一勇將，智勇雙全，極善機變，張偉最信任的大臣之一，與劉國軒為五虎上將，位列伯爵。

孔有德

龍武衛大將軍，治軍有力，勇力過人，本為前明大將，後依附張偉，成後漢開國之大將！

人物介紹

左良玉

爲人深沉，本爲遼東大將，卻爲張偉所救，極具帥才，跟隨張偉，後被委以獨當一面的重任！先駐守倭國，爲倭國總督，後爲統兵大帥，爲大漢江南攻略的南面統兵元帥！

曹變蛟

神策衛大將軍，勇猛無比，而智謀不深。打仗身先士卒，常赤膊上陣，敵人畏之如猛虎，曾以大刀力殺荷蘭戰士數十人，被西方人視爲屠夫魔鬼！

賀人龍

與曹變蛟一起並稱漢軍雙虎，猛悍無比，身負重傷數十處依然不下戰場，幾被視爲鐵人！

林興珠

智勇雙全，善攻城戰和襲擊戰。

人物介紹

尚可喜

前明大將，後跟隨耿精忠、孔有德一起依附張偉，立下極大戰功，爲大漢開國功臣。

耿精忠

前明大將，後隨尚可喜、孔有德一起依附張偉，立下極大戰功，爲大漢開國功臣。

祖大壽

遼東大將，對大明極其忠心，一生只追隨袁崇煥鎮守遼東，後爲保全袁崇煥名節，戰敗自殺而亡！

趙率教

遼東大將，袁崇煥部下最精銳將領，爲人多智，錦州失守，詐降滿清，卻心繫大漢，後成大漢明將！

吳三桂

遼東大將，年輕有爲，其人多智，深謀遠慮。

多爾袞

滿清睿親王，皇太極之弟，其人勇猛多智，心機深沉，是皇太極之下最爲有名的滿人名將！

李侔

李岩之弟，漢軍軍中猛將，領五百勇士力戰大破開封城，一戰成名，爲人多智，擅馬球。

豪格

皇太極之子，爲人豪勇無比，卻智謀不深，不甚得皇太極所喜，狂傲自大，目中無人！

何斌

大漢財政大權負責人，大漢興國第一功臣。與漢帝相交於微識，共同創業，以其經商理財的天賦爲張偉累積下了統一天下的資本！被封伯爵，更被公認文臣第一，尊爲太子太傅。

吳遂仲

爲人多智，身爲儒人，頗具治理天下之才，大漢開國之功臣，位爲六部之首，後封伯爵，但因陷入黨爭而被貶離京城！

袁崇煥

明朝第一名將，薊遼總督，以文臣身分統領遼東大軍，鎮守遼東數十年，讓滿清鐵騎未能踏足中原。

熊文燦

明朝大臣，福建巡撫及兩廣總督而掛兵部尚書銜，總督九省軍務，其人甚貪，頗有些才能，後爲張偉狡計所害。

人物介紹

江文瑨

其人極具才華謀略，是以張偉放心讓其獨當一面，繼左良玉之後經營倭國。

陳永華

大漢第一賢臣，有治國之大才，與漢帝張偉相識於微識，更是漢帝身邊最得力的謀臣，雖未在朝中爲官，卻爲大漢培養出極多的人才！極受張偉所敬重。

鄭煊

前明降臣中最受漢帝張偉器重的文臣，極具治國安邦之才，大漢六部尚書之一，更被封侯爵。

洪承疇

前明三邊總督，明末著名文臣，以文臣之身統帥三軍，智計極深，謀略權術過人，最終卻敗於漢帝張偉之手！

人物介紹

孫偉庭

前明陝西總督，爲人行事狠辣，以文臣之身卻敢在打仗時身先士卒，可算是大明文臣中極少有的狠辣角色！後敗於張偉之手！

黃尊素

東林大儒，大漢興國文臣，官至兵部尚書，掌軍國大事，思想守舊，儒家思想難改，在漢帝張偉大力改革的過程中常提反對意見，但仍被封爵！

呂唯風

爲人才智過人，有治國安邦之能，支持改革，忠於張偉，極有主見和謀略，極得張偉器重，委以治理呂宋的重任。與江文瑨等人各自獨當一面，後在黨爭之時接替吳遂仲六部之首的位置，位及伯爵！

其他人物

人物介紹

李自成

明末義軍首領，又稱李闖王，領農民軍數十萬轉戰天下，而使明王朝風雨飄搖，一蹶不振。

張獻忠

一方奸雄，靠農民起義發家，轉戰天下，後寄身於蜀中，擁兵自立，為人凶殘，常有屠城之舉！

柳如是

大漢皇后，賢德異常，性情溫柔，才貌無雙，出身低賤卻心靈高貴，極受張偉之愛！

吳苓

南洋大族吳清源孫女，自幼學習西方文化，其美若奔放的牡丹，高貴卻不失大方。張偉暗戀之人，後卻因政治原因未能結合，此為漢帝張偉一生最大的遺憾。

馮錫範

大漢軍法部最高負責人，鐵面無私，從不徇私，甚得張偉器重！

孫元化

爲人不好官場，一心只專於火器，乃是明末著名火器專家，也是大漢火器局總負責人，其人不修邊幅，不喜言語，狂放不羈，極得漢帝張偉寵信！位列伯爵，大漢開國功臣之一！

徐光啟

明代著名的科學家，孫元化的老師，奉天主教，其人學貫中西，力倡改革，助辦太學，力挺張偉！

李　岩

年輕有爲，智深如海，卻含而不露，不張揚，不喜官場，文武雙全，漢軍北伐中表現極爲出色，以戰功而得侯爵之位！

人物介紹

高傑

大漢密探統領，爲人行事刁鑽陰險，頗有奇計！雖少上戰場，但其功不可沒，甚得張偉寵信！

鄭芝龍

海盜巨頭，經營海運數十年，富可敵國，但卻敗於張偉之手，使其海上霸王的地位被代替，後被明朝招安，官至兩廣水師總督。

勞倫斯

英國駐南洋的海軍高級軍官，因與張偉關係極好，而成爲英國大將，曾幫張訓練出一批極精銳的水師！

目錄

021—第一章　崇禎皇帝—

其餘之事左右不過是樹倒猢猻散，魏黨紛紛被殺，免官，原內閣首輔黃立極亦免官還鄉。誅滅魏黨之餘，崇禎又下令召還邊鎮監軍中官，一時間好評如潮，人皆說他聖明之極，大明中興有望。

046—第二章　雙雄再會—

鄭芝龍亦點頭道：「此番的新任福建巡撫熊文燦，雖說是文人，卻頗有能力，我看，若是咱們不降，遲早他招降了別人來對付咱們，雖說我家大業大，和朝廷作對到底是底氣不足啊！是以我已應了熊方伯，此次是降定啦！」

067—第三章　接受招安—

就在張偉在台北整兵頓武之際，何斌卻早已隨鄭芝龍到了福州。安頓之後，鄭芝龍便向何斌道：「廷斌，今時不同往日。雖說那熊大人不怎麼約束於我，到底你現在身分不便，我可不能貿然便帶你去，若是他不同意你們所請，一怒之下或關或是要殺的，那我可沒有辦法向志華交代。你先在此靜候，等我有了消息，再去拜見撫台大人不遲。」

084—第四章　賄賂巡撫—

當即微微一笑，也遵命不提。後來見各人各自散去做事，何斌便托了熊文燦身邊管家，於晚間悄悄於熊文燦書房入見，將那千兩黃金送上。熊文燦不想這台北來人出手如此闊綽，一送禮便是上萬多銀子，心中狂喜，立時便改了稱呼，口稱何賢弟不提。那送到北京的奏章，也令人寫得分外賣力了些。

102—第五章　出兵台南—

那炮只不過打了小半個時辰，岸邊的士兵們卻只覺炮聲一直在耳邊響個不停，不住有同伴被炮彈擊中，慘叫連連，人人皆是臉色發白，心中只盼著這該死的炮聲快點停歇。

121—第六章　台南海戰—

相應的，張偉在岸上自然也命令火炮部隊做好了一切準備，只待荷軍軍艦與己方軍艦開始接火，便可以進行射擊，張偉自然不會在荷人軍艦一進入視角便開始射擊。只有在他們完全進入戰場，與己方軍艦開始炮戰無法迅速逃離之際，方是岸上火炮開火之時。

目錄

142—第七章　攻城戰略—
林興珠帶著五百手下早已爬到了城下，因城頭有亮光，各人在他帶領下，特地挑了城頭士兵最少的一處城角伏下，那處城頭的荷軍士兵只有三五人，雖說這熱蘭遮城並非大城，但守夜士兵畢竟太少，又哪裡能照顧得過來？

163—第八章　平定全台—
臨行叮囑施琅，若是荷人軍艦來襲，水師不必出動，只需大員島上岸炮及熱蘭遮城上大炮協助防守，那荷人軍艦抓不到機會，自然會懈怠，待耗上一段時間，再相機出動，一戰將荷軍攆跑，到那時，荷人自然會至台北尋他談判。

182—第九章　建立縣制—
崇禎決心已下，便在此次張熊二人的奏摺上准了保舉一事，卻又御筆一批，命熊文燦知會張偉，朝廷決心要在台灣設立州縣，命張偉將台北台南戶民田土數目詳細報上，再由熊文燦上報皇帝及戶部，確定是設府或州縣。

204—第十章　應對之策—

就在孫元化來台之前，張偉已令炮廠停鑄大炮，改試輕便野戰小炮。張偉心中明白，在沒有機關槍出現之前，他唯有大力發展各式火炮，以火炮遏制滿人的八旗騎兵，若是想靠純火器部隊打敗騎兵，唯有在火槍外配備不同制式的火炮，否則的話，不能以絕對的火器優秀壓倒敵軍，待騎兵近身，等待張偉火槍部隊的結局只能是慘敗。

226—第十一章　興遊江南—

張偉聞言四顧張望，卻見是左手河中有一花船，船上立著一名十二三歲的女童，見張偉看來，又朗聲道：「詩詞有慷慨豪放，可激勵鼓舞人心，亦有婉約華麗，可淺吟低唱，令人解懷，這位相公想來不是讀書人，便對詩詞有如許偏見，想來令人可惜，又令人覺得好笑呢。」

247—第十二章　遼東之行—

「軍人鬧事，不過是怕家人老幼挨餓罷了，只要大人湊一筆銀子出來，給諸軍下撥糧食，讓軍士們先拿回去贍養家人，那麼餉銀自然是可以拖上一拖的。更何況大人一向更重視軍屯，將來只怕軍糧自給自足，都是有的。現下小小風波，又有何懼呢？」

目　錄

264—第十三章　出使滿清—

周全斌等台北來人尚無所謂，論起繁華，這東京城可比台北差得遠了，各人騎在馬上只是對滿街的男人留著辮子的裝扮好奇罷了。有一飛騎咧嘴笑道：「媽的，這女真韃子可怪，好好的大男人剃掉額頭的頭髮，硬是做出個女人的辮子，這可要多怪有多怪，要多醜有多醜。」

286—第十四章　滿清之主—

皇太極酒量原本極大，不過他恪守父訓，非吉日慶典絕不飲酒。當年攻下瀋陽後不久，八旗中就有不少人學會了抽煙喝酒，努爾哈赤甚是討厭，下令毀了漢人種植的煙田，又禁止諸子侄飲酒，誰料他逝去沒有幾年，不但八旗諸人終日飲酒習以為常，便是皇太極的兒子豪格也成了大煙槍一條，法不責眾，皇太極也只是沒事訓斥一番罷了。

303—第十五章　交易協議—

張偉此來遼東，袁崇煥著實受他的好處甚多，心裏對張偉甚是感激，便邀張偉多住些時日，張偉出來已久，早便歸心似箭，卻經不住袁崇煥強留，他心裏又極是想與這位大帥先套好交情，以備將來之用，故而又勉強待了三日，袁崇煥又是強留，張偉卻說什麼也不肯留下了。

第一章 崇禎皇帝

其餘之事左右不過是樹倒猢猻散，魏黨紛紛被殺，免官，原內閣首輔黃立極亦免官還鄉。誅滅魏黨之餘，崇禎又下令召還邊鎮監軍中官，一時間好評如潮，人皆說他聖明之極，大明中興有望。

待出了營門，何斌見四面曠野無人，方向張偉道：「志華，你這些舉措太急，全斌、國軒都不是笨人，該猜到你會如何。」

張偉笑道：「兵者，詭道也。這是孫武子的遺訓，原本倒也沒錯。不過在台灣現下的形勢，這話也在兩可之間。這數年來我辛辛苦苦營作，要的就是現下的局面。待有了銀子，造船廠的小型炮船造好，就算是荷蘭人知道了，也是全無辦法。現下咱們弄起了這麼大的局面，有這麼多的精良兵士，這便是勢，敵人縱然知道我要打他，也只能挨打。何時打，怎麼打，全都操縱在我手，以獅搏兔，每戰必勝，這便是我的用兵之道。」

「志華，水滿則溢，我不知兵，但也知戰場上瞬息間變化萬千，人算終究不及天算，凡事還是要慮及萬一，方是正理。」

「這個自然，以勢壓人，還是要奇正相輔，我可不會去學宋襄公，弄什麼堂堂正正之師，徒落個後世笑柄。你放心，我已派人在台南打聽了，這荷蘭人在大員島有五六百兵，三四艘戰艦，幾乎是其大半主力，只要先趁其不備，攻下大員登陸台南，戰事便已是定局。我以十幾倍的兵力攻之，沒有打輸的道理。」

「如何趁其不備？」

「年底間正是咱們送糖到台南的時候，這個機會都不知利用，我還配當這鎭遠軍的統領麼！其實便是直接攻了過去，也是有勝無敗，不過有計用終歸可少死人，便使上一次也好。」

「很好，如此我便放心了……」

兩人正聊得興起，那馬車卻是突然一停，何斌沉聲問道：「怎麼回事，爲什麼把車停了？」

卻聽車邊有人答道：「回何爺的話，是屬下高傑令車夫停了車子。」

張偉在車內聽了，詫道：「高傑，你不好生辦你的差，跑這兒劫道麼？」

那高傑聞言陪笑道：「回爺的話，小的怎敢。實在是有急報，不敢耽擱了，便從台北往兵營趕，可巧的就在半夜遇到您的馬車，說是您坐在何爺車上，適才又是張瑞同意，才讓車夫把車停了。」

張瑞也在外道：「高傑說有要事向您稟報，我說您和何爺正在說事，他非不依，我只好讓車先停了。」

張偉往外一看，好在正是十五左右，月光將外面照射得如白晝一般，見那高傑哈著腰在馬背上向這車上陪笑，一張臉擠得如陳皮一般，張偉噗嗤一笑，便下了車，向高傑問道：「什麼急報，非得這麼急？」

高傑眼見張偉下車，急忙從馬背上一躍而下，先半跪了一下見禮，方道：「回爺的話，屬下派在內地的細作連夜乘船回來……」

說到此處，向左右看了一眼，方道：「聽那細作說，福州的巡撫衙門前日上午先來了加急信使，下午又來了京師的錦衣衛，背上斜背著明黃詔書，到了傍晚時分，衙門上下出入人等便都是換了孝服，待昨日早上，召集官員開講詔書，原來是天啓今上的遺詔！」

「啊？今上駕崩了？」

「正是！聽人說，今上前一陣子在宮內海子裏乘船玩樂，突然一陣風起，今上與兩個隨侍公公一同落水，岸邊的魏公公大急，立時便令人救了上來，那兩個公公當即便淹死，今上雖被救了上來，到底是嗆了水，受了驚，拖了一個月不到便駕崩了。」

何斌聞言釋然道：「我說今上春秋正盛，卻怎麼突然就駕崩了？」又向高傑問道：「遺詔上說了誰繼位麼？」

「說了，是今上的親弟弟信王繼位。現下尚未改元，還沒有年號。」

何斌沉吟道：「信王……卻不知道如何，一直深居王府，沒有聽人說起過這個王爺如何，是否賢德。」又笑道：「總之，別像神宗皇帝和今上便是草民的萬幸啦。咱們百姓管他哪個皇帝坐龍庭，有口飯吃便是福氣。就這消息也值得你高傑巴巴的跑來急報，明兒說還不是一樣，總不會今上遺令讓你張爺去繼位。」

說罷又是一笑，先行上車。

高傑不敢說是張偉的吩咐，只得不理會何斌這般說辭，只看著張偉的臉色，聽他的吩咐。

張偉初時尚沉默不語，聽了何斌最後一句，卻是一樂，也自向車上而去，囑咐高傑道：「咱們現下是海外棄民，皇上駕崩了也不關咱們的事。只在巡捕衙門貼個告示，待新皇改元，咱們一樣尊大明的曆法便是了。」

說完令車夫駕車，那車夫將鞭一甩，車輪滾滾，向那台北鎮上疾馳而去，月光下數十騎披甲飛騎衛緊隨其後，不一會工夫，便將那高傑甩得遠了……

在張偉紮根台北，劍指台南之際，北京紫禁城乾清宮大殿的金鑾椅上，端坐著一位面白無鬚的青年男子，頭戴翼善冠，身著四團龍袍，腰纏透犀腰帶，因天氣溽熱，大殿內雖陰森幽暗，但通風不佳，殿內眾人也只待了一個時辰不到，便各自汗透重衣。

那青年看在眼裏，只不作聲，眼見各大臣額角冒汗，卻只是端坐不動。峻刻寡恩，正是大明天子的一慣傳承。此人正是剛繼明熹宗朱由校皇位而登基爲帝的崇禎皇帝朱由檢，他逝後廟號繁多，有懷宗，毅宗，思宗之說，不過現下繼位一月有餘的皇帝，此時正躊躇滿志。

雖遼東之地已失大半，天啓七年正月，後金又征伐朝鮮，大明眼看要失去最忠實的盟友及遼東最重要的戰略夥伴，三月，陝西王二率眾起義，殺知縣張斗耀，困擾崇禎帝十七年的明末農民大起義已然拉開序幕……但現在這位皇帝對未來仍是充滿信心，「中興大明」在他看來，並不是可望而不可及的。

現下在殿內召集諸閣老大臣議事，議題卻不是什麼軍國大事。新皇繼位，已定了開明年爲崇禎元年，詔告天下，除此之外，便是先皇陵寢奉安的大事。現下議的，便是選址，動工，命名等事。

選址的事情其實最爲簡單，自永樂十一年，成祖長陵峻工之日起，直至熹宗病逝前，北京城外的天壽山已安葬了大明帝國的十一位皇帝。雖說二十里內沒有那麼多的龍脈，不過子孫相依爲陵的做法早已約定俗成，在這種事情上與祖宗成法對著幹是完全沒有必要的，故而熹宗皇帝葬於天壽山亦是必然之事。

八月底的時候，新繼位的皇帝便派了大學士施鳳來、司禮監的李永貞勘探陵寢地址，八月初，便已將地址定在世宗皇帝永陵東北一里處。適才工部尚書薛鳳翔在殿上題奏：「各陵惟長陵、永陵、定陵爲壯麗，而皆費至八百餘萬。今議照慶陵規制，可省錢糧數百萬，查慶陵曾發內帑百萬，謹援例以請。」原以爲順理成章的事，孰料皇帝大發雷霆，當即將題本擲還，令工部尚書仔細核算，不得因

循舊例。

各人眼見皇帝如此，一時間也不好轉彎，大學士黃立極眼見皇帝怒氣未消，只得向崇禎帝奏道：「臣亦知現下內廷艱難，內帑乏用，臣願捐白銀二百兩，以助陵工。」

他這麼一開口，其餘諸臣便也紛紛奏請捐錢，依官職大小，幾百幾十兩白銀不等。

崇禎見諸臣如此，臉上神色漸漸和霽，向諸臣道：「諸臣工肯如此為朕排憂，朕心甚慰！國家多事，皇兄陵寢又不可馬虎完工，朕心甚是憂急。也罷，便從內帑撥銀五十萬，以期陵工速成！」

他這般慷慨激昂的掏出銀子來，殿上諸人一時間竟不知如何作答為好，半晌，方有那薛鳳翔奏道：「陛下，恕臣死罪，工部現下也拿不出什麼銀子來，內帑五十萬絕不夠陵工所需……」

「那汝有何辦法陳奏？」

見薛鳳翔支支吾吾的不敢說話，便帶有威壓性質的又逼問一句：「內帑不足，工部也拿不出錢來，那先皇陵寢便不修了麼？」

此時他剛剛即位，若換了十年後，只怕立時便喝令大漢將軍將這倒楣尚書拿下，剝職為民，甚至下牢、砍頭，也未可知。

那薛尚書見皇帝發火，只得免冠跪地，求饒道：「臣愚魯無能，請陛下治罪！」

眼見皇帝面沉如水，雖不致於將薛鳳翔治罪，一頓訓斥卻也是免不了，黃立極便又奏道：「臣以爲，薛尙書所言是實，現下陵工所需銀兩確嫌不足……」

見皇帝面色愈加難看，便急速說道：「臣的意思是，可以加大捐納的範圍。這個，臣以爲，普通臣工願意報效者，也可以少量捐獻一些，還有，百姓們捐銀子的，可以給個出身。比如捐銀二百兩的民間俊秀，可以參加中書考試……」

崇禎帝聽到此處，乃點首道：「此議甚妥，詔令頒行。諸卿，朕初臨大寶，望諸臣工皆能戮力效命，若有因循守舊、懈怠敷衍的，朕絕不輕饒！」

說罷起身，自回內廷去了。

此番召見臣工，原本也不是大起朝會，本來可以在平台召見，或是太和門召對，不過崇禎帝新登大位，爲人又剛愎自負，現下那魏忠賢雖頻頻告病，威勢已失，但魏黨經營多年，皇帝急欲樹立自身的權威，而這皇家大殿，自然是建立皇帝自信的最佳場所。

「國家歲收四百萬銀，一個陵工便要一兩百萬，諸臣工不理會朕的苦衷，一心買好那魏忠賢，難道朕不感念皇兄的恩德麼！」

回到大內坤寧宮內，崇禎兀自恨恨不已，周后見他額頭佈滿了細細密密的汗珠，又氣得神色不寧，忙轉圜道：「陛下即位不久，大臣不附也是常理，待將來慢慢換上體己的，也就罷了。」

「我……朕不要什麼體己大臣！只要他們公忠體國，朕便算是求神拜佛了。妳有所不知，現下

是文恬武嬉，神宗皇上數十年不理朝政，皇兄又是那樣，這些個文武大臣一個個都荒嬉的不成模樣，又分什麼東林、閹黨，唯恐唐朝的牛李黨爭，又現本朝。」

「陛下，大明江山鐵桶也似，您慢慢調治，必定是中興有望的。」

「這是自然。只是首要是要得人，明日御門聽政，朕便要免了崔呈秀的兵部尚書，那王洽朝議風評不錯，便讓他來做這兵部尚書。待明年改元，便用祖制的卜籤法，抽籤選內閣大學士，現下的黃立極、施鳳來，朕皆不用！」

周后聽他絮絮叨叨說個沒完，瞅得一個話縫，陪笑道：「陛下，臣妾可不敢議論朝政，便是聽陛下您說起也是罪過。天氣這麼熱，咱們不如去那宮內苑逛上一回，臣妾自進宮，還沒有去過一回呢。」

崇禎聞言一怔，悟道：「妳說得不錯，祖制後宮不得干政。在信王府裏與妳說的多了，一時竟然忘了，也罷，日後這些事情朕不會再與妳說起。」說罷，握住周后雙手，動情道：「妳我夫妻共過患難，妳又賢德至此，朕當真是幸運之極。朕對妳必將不離不棄，白頭偕老。」

帝王能說出這般話來，自然是十分難得，一來崇禎此時年少，與周后又是結髮夫妻，做藩王時便是恩愛非常，二來他也是剛登極不久，還沒有那一人高高在上，威福專擅的心理，故而感動之際，說出這番話來。

說罷，見周后神情激盪，兩眼堪堪便要落下淚來，崇禎笑道：「好了，朕可不是要妳哭。也罷，自進宮以來提心吊膽的，生恐那魏閹謀害於朕，現下他已被逐出宮外，咱們便去那宮內苑逛上一逛，說起來，朕自出宮之後，這內苑也是睽違許久了。」

當下兩人攜手出了正殿，出月華門向北不遠，便是後人所稱御花園，當時人稱宮內苑的宮廷花園。此園占地只不過一萬多平方米，卻堆砌建築了二十多座大大小小的建築，雖多，卻不擁擠，風景奇巧美觀。當時宮內眾嬪妃，除了隨皇帝一同去那北海、南海遊玩之外，這宮內苑便是唯一遊樂的好去處了。

兩人經萬春亭向西，便是這內苑正中最大的建築，歷代明帝打醮祈福的欽安殿，因崇禎剛繼位不久，還沒有在此處搞過什麼醮祀。那周后便向崇禎提議道：「陛下，這欽安殿內供奉著三清祖師，咱們既然路過，總該進去燒幾炷香才好。」

崇禎一生最怕被人詬病他好佛道，行淫祀，故而宮內有什麼佛道之事，他也是避免讓諸臣T知道，實則如當時常人一般，他也對這些佛道之事採取寧信其有的態度，只是一直在臣子面前維持他聖君的形象罷了。現下他卻沒有這麼許多顧忌，聽周后如此一說，便欣然笑道：

「正是呢，朕也尋思著不進去燒炷香有些不恭。」又笑道：「小時候不懂事，還曾經跑到這欽安殿內玩捉迷藏呢。」

說罷打量四周，想是在回憶當年的情形，一縷笑容浮現在他蒼白的臉上。他自小因父親的關係，不受神宗皇帝的寵愛，母親又死得早，父親也無暇照顧於他。唯一的兄長又是皇帝，雖說待他不

薄，但到底隔了君臣之防，不得親近。這種笑容，即便周后跟隨他多年，也很少得見。

周后聞言噗嗤一笑，又見他喜笑顏開，像個孩童一般，本待取笑他幾句，回頭看看身後諸多的宮女內監，便將笑容一斂，正容道：「陛下，咱們還是進去吧？」

崇禎也自知失態，忙端正容顏，咳上幾聲，向身後緊隨的王承恩一看，那王承恩會意，便向身後捂嘴暗笑的幾個內侍怒道：

「你們這些混帳，皇上要進去上香，還不趕緊去開門準備，還敢在這裏笑，小心我揭了你們的皮！」

那些內侍聞言，一個個嚇得屁滾尿流，急忙開了殿門，進去拂塵打掃。因天啓帝甚少到此處來，殿門已是許久未開，甫一推門，便有好大的灰塵落將下來，見崇禎皺眉，王承恩便又將身後諸人都派了進去，直忙了小半個時辰，才算打掃乾淨。

崇禎等得久了，又因適才在內侍面前有失帝王威嚴，雖是周后與王承恩皆勸他先到別處閒逛，他也只是不理，一直待裏面打掃乾淨，方沉著臉快步而進。

因走得急了，一腳踩滑，差一點跌倒，心頭一陣火起，低頭一看，原來是適才內侍打掃時的水跡，便沉聲向王承恩道：「混帳奴才，這辦的是什麼差！將這幾個人都拉下去，杖責！」

王承恩不敢怠慢，聞言便立時令身邊跟隨的健壯內侍，將那幾個先進房打掃的內侍拖了下去，便在那月華門外扒了褲子狠打起來，初時那些內侍尚不敢吱聲，待打得痛了，一時忍不住便大聲呼喊起來。

那崇禎帝與周后在殿內只聞得外面一聲聲的慘叫，周后不忍，便向崇禎帝求情道：「他們原也是無心，教訓幾棍便是了，這樣打下去，只怕是要打死了。」

崇禎本待答應，卻突然想起進宮第一夜時那幾個持刀夜行的太監，想起自己懷揣大餅，不敢在宮內進食，吃了餅口乾，連一口水也不敢飲的窘迫，便在心內暗想道：「魏閹勢大，現下雖然將他與客氏逐出宮外，那些知名的黨羽亦棄之不用，到底他在這宮內經營多年，王承恩雖接了東廠，一時半會兒還不能全然掌握這宮廷內外，誰知道那幾個人究竟是不是老賊手下！」

思忖至此，那心腸便狠上了幾分，周后在一旁覷看，只覺得崇禎臉上泛起青氣，又見他將嘴抿了抿，方向自己說道：「愛妃，妳不必多管，王承恩自有分寸，咱們只管上香便是了。」

說完，將白皙的雙手伸向準備好的香燭，身邊自有人打著了火石，點燃了他手中的檀香，香煙一股股的飄向空中，大明帝國最後一位皇帝的默祝也隨之飄向了那無邊無際的虛空之中……

第二日御門聽政，首先便是有南京通政使司楊所修的奏章，彈劾兵部尚書、左都御史崔呈秀奪情，周應秋貪墨。崇禎心頭大喜，卻見閣部重臣皆不附其議，雖心頭極欲趁機而動，面上卻只是不露聲色。當即說了一些不急之務，便退入內廷。

官場之上察顏色，探風聲，原本就是官兒們的看家本領，崇禎將那奏章「留中」不發，雖沒有

表明意見，卻也是爲官員們標明了風向桿，於是楊所修以下，又有雲南道御史楊維垣、工部主事陸澄源，御史賈繼春紛紛上章彈劾崔呈秀，崔呈秀開始尙且戀棧不捨，後來見大勢不妙，便自請回鄉丁憂守制，崇禎哪有不允的道理，當下硃筆一批，這個魏忠賢最大最得力的黨羽便收拾包裹回家去也。

崔呈秀一倒，魏忠賢失寵於今上的態勢越發明朗，於是自言官以下，乃至民間貢生，紛紛上奏彈劾魏忠賢，一個個忠字當頭，慷慨激昂，把魏忠賢說成自三王五帝以來未有之大奸大惡之徒。

崇禎起初尙還沒有明確態度，直至魏忠賢買通信王府太監徐應元爲其說情，徐應元是他賭友，卻不過情面，只得在崇禎面前拐彎抹腳說了幾句，他原本是崇禎自小的伴當太監，得寵之極，卻因此事被崇禎令人好生打了一頓。魏忠賢知事已不濟，便上疏告病，乞求返鄉，於返鄉途中畏罪上吊自殺。

其餘之事，左右不過是樹倒猢猻散，魏黨紛紛被殺，免官，原內閣首輔黃立極亦免官還鄉。誅滅魏黨之餘，崇禎又下令召還邊鎮監軍中官，一時間好評如潮，人皆說他聖明之極，大明中興有望。

與其他交口稱頌之人不同，張偉在台北家中接到內地傳來消息時，也只是淡淡一笑，便將細作轉抄來的詔書置之一邊，對面捧茶啜飲的陳永華詫道：

「這詔書我可是看了幾次，凡是對國事還有些關注的，無一不是交口稱頌，唯你張志華不做評價，怎地，今上所爲，當不得『聖君』二字的評判麼？」

張偉先不理會，在棋盤上謹慎落了一子，方答道：「復甫，你那老父聽說了這些事情，又在鼓動你進京大比了吧？」

陳永華這數年來已不復當初的毛躁模樣，聽張偉這般說，卻也不急，只在剛蓄起的鬍鬚上輕輕一捋，嘆道：「我也知道，你們幾位始終疑我不能盡心竭力，懷有二心。但我陳永華只要接了官學的這個差使，便是打定了主意要鞠躬盡瘁，死而後已，今上雖是聖明，但我已離不開這台北官學了，縱然是捨得你張志華的銀子，也捨不得那些孜孜向學的孩子們。」

張偉聞言急道：「復甫，你這說的是什麼話！我們哪有疑過你陳復甫心懷異志了？哪個敢說怪話，我立時便令巡捕廳捕了去挖礦！這台北官學若是沒有你的辛苦，哪有今日這般興旺？」

「不必著急上火，我適才說的人正是你。難不成你這台北之主去挖礦不成？」

見張偉著急辯駁，陳永華緊接著說道：「我又不是說平常，只是適才你用我那老父的話來套我的話，委實是讓我氣不過！」又嘆道：「志華，我們初遇時，你雖是有些無賴模樣，到底是一顆赤子之心，現下我看你歷練得深沉的多，只怕將來又會變一副模樣。我要勸君，切莫太過自恃聰明，君以詭道待小人可，以詭道結交君子，只怕反而會寒了君子的心。」

說完不理張偉，只盯著棋盤，半晌後落了一子，笑道：「心思越發細膩，只是棋藝越發的退步，若還是這樣的水準，下次也不必尋我來下棋了。」

張偉聽到陳永華那番誅心之論，初始尚不服氣，後來自己轉念一想，適才確有試探陳永華的心思，只是自己都沒有意會到罷了。現在被人家指了出來，頓時是老大的沒趣，直到陳永華轉而攻擊他的棋藝，方才厚著老臉笑道：「我那是太忙了麼，也罷，今兒我便先認輸，待下次先尋別人練好了棋

路，再來找你決一雌雄！」

「什麼雌啊雄的，你身背數十萬百姓的重任，還是別和我較這個勁的好！」

又是這麼大義凜然的話壓過來，張偉只得舉手做投降狀，笑道：「咱們自家人在一起，沒的把教訓學生的話來壓我，好生無趣。」

兩人一同大笑起來。半晌過後，陳永華方又問道：「志華，你適才對今上處置魏閹的舉措不置可否。今上今年還不滿十八，乾綱獨斷，剷除大逆，聖明英武之極，難道你還另有說法不成？」

「不敢不敢，今上此事處置的甚是英明，小的也是佩服得很。」

見陳永華面露不滿之色，張偉忙道：「這確實是真心話。今上比起天啓爺，那可是強得多了。最少能知道魏忠賢是著實留不得了。」

沉吟一下，又道：「若說英明，現下確實是有一點。若說什麼神武睿智之類，恐怕還早。本朝與前朝不同，宦官不得掌兵，雖說那魏忠賢有崔呈秀掌握兵部，但若是想造反，只怕是一個兵也調不動。現下那幾個牆頭草見今上不喜魏閹，便風聞而動，其實在天啓朝，他們也是魏黨！楊漣、左光斗之所以被那魏閹迫害，是因爲天啓爺信任魏閹，把天下大事都交給他與客氏料理，所以那樣的正人君子都拿他無法。現下今上不喜魏閹，強弱之勢倒轉罷了，還不是牆倒眾人推的事，這又有何難？」

「依你所說，此事也算不得什麼了？」

「誠然如此！君豈不聞唐有甘露之變乎？皇帝受制於家奴，中央禁軍神策軍十幾萬人皆掌於宦官之手，廢帝立帝如同兒戲，唐朝末期，竟有好幾位皇帝死於宦官之手。本朝卻是不同，宦官雖也為亂，不過是倚助主上信任，一時蒙蔽以逞威福，一旦主上醒悟，或是換了新帝，沒有不敗亡的道理。為何？兵權盡在皇帝之手！唐帝是受制家奴，本朝是皇帝縱狗為惡，今上屠戮自家養的惡狗，不過翻掌罷了，又有什麼可稀奇的！只是他入宮之初，名分未定之時懂得收斂，即位後又暫不動手，以防生亂，這忍和狠的功夫，倒還有些值得稱道。」

陳永華細思片刻，方嘆道：「誠如君言！從王振、劉謹、汪直，到這魏忠賢，無一不是皇帝放縱為惡，一旦失了主子，便立刻難逃誅戮。細想一下，大明皇帝明明有前車為鑒，不知道為何還要信任這些太監！」

「哼，文臣再忠心，難道有家奴肯賣命麼？」

「你這說的什麼話！」

「復甫，適才我說起唐朝皇帝受制家奴，其實，若不是有那些宦官，唐朝沒準要早亡上百餘年。那些文官大臣，說起來忠君愛國，將胸膛拍得價響，真的遇到什麼兵變，禍亂，一個個跑得比兔子都快。從肅宗開始，長安每有禍亂，架起皇帝拚死保護、出避討逆的，總是宮裏的那些宦官。到最後，唐帝詔命藩鎮誅滅了宮內所有的宦官，大唐也隨之滅亡了。」

陳永華冷笑道：「依你所言，這宦官還居功甚偉，反之是文人不堪之極了？」

「不然。國家若是承平，或是沒有腐爛到根子上，除宦官卻是當務之極。此輩生理殘缺，心理

亦大異於常人，甚少忠義之士，凡事皆以私利出發，萬萬依靠不得。唐文宗、順宗，無不以卻除此害爲己任。那時候文官們還能襄助皇帝，與宦官集團勢不兩立，史稱南衙北司之爭。可惜，兵權掌在宦官手中，徒呼奈何罷了。那時候若是能成功，自然是天下太平。可惜到了後來，朝廷除了宦官無所依靠，居然還一門心思要除害，結果害是除了，大唐三百年天下也隨之完結。治大國若烹小鮮，一舉一動，皆需謹慎哪。君豈不知漢末董卓之事乎？」

陳永華聽到此處，方才動容，皺眉細思良久，方笑道：「算你有理。不過你總是菲薄今上，是何居心？」

「咦，這誤會可就大了，我只是就事論事，怎敢亂議朝政，詆毀當今天子。」正容笑道：「復甫，你不要誤會太多。我只是因今上即位不久，還不敢妄下定論罷了，這事情剛有個開頭，期望太高會傷身體哪。」

說完打了個哈哈，便要溜之大吉。他一早便與何斌約好，去港口迎接從福建最後一船的逃荒災民，雖說諸事齊備，災民皆安排妥當，但他身爲台北之主，不去應個景以示歡迎，總歸是落人口實。出得門來，卻掉轉頭向房內的陳永華笑道：「復甫，福建遭了這麼大災，朝廷可是半兩銀子也沒有給。還有，我聽說陝西的地方官員要求今上下撥十萬兩銀子給災民度荒用，結果今上連半文錢也沒有。那陝西造反的王二聽說是被抓住砍了腦袋，不過若是有下一次，災情再大上一些，嘿嘿，唐末時的黃巢之亂可能又現於今日啊。」

陳永華邊收撿棋子，邊笑罵道：「你這蠻夷化外之人，一心盼著中國內亂，到底是何居心？」

只聽那張偉遠遠大笑著答道：「是何居心，不過是想多弄些人來種地罷了……」

自六七月份福建大旱，現下已是九月中旬，老天不知道是起了什麼邪火，居然還是一滴雨水未降，所幸災情只限於閩南，此地民風強韌，一直熬了幾個月，眼見不但是今夏，就連明年的收成也泡了湯，也只是嘆一口氣，四散逃荒。有出海自謀生路，也有至內地暫避，甚至有大半仍是留在閩南，至於什麼搶劫、造反之類，反是沒有聽人說起。

張偉自上半年便與何斌準備著銀兩農具等物，待福建大災年景已是定局，便花了大筆銀子買通了上下關節，又派能言善辯之士四處宣講，把那台灣吹得如同人間天堂一般，眾災民聽說一去便有現成的糧食、農具，耕牛，又不收田賦，雖聽說那張偉十分凶橫，管束甚嚴，不過總好過在家苦捱，若說凶橫，朝廷催賦的官差和自家的田主，又能好到哪裡去了？

於是兩面一拍即合，若不是張偉何斌等人慮及銀兩不夠支出，只怕是上百萬人都瞬間可得。即便如此，粗略一算也有四五十萬人來台，自張偉以下，何斌、高傑及台北屬吏都忙了個手腳朝天，每天大大小小的一百多艘漁船日夜不停的從廈門泉州等地運人來台，足足運了一個多月。先來之人早便蓋好了房屋，安置好家小，只待農時一到，便可安心耕作。

張偉原就興辦起了不少織布紡絲的工廠，借著此番來台貧民甚多的良機，又大肆充實工人進廠勞作，台北的紡織工人已足有兩萬多人，整個江南的作坊加起來，可能亦不及此數。

其實船廠茶山糖廠之類，也已大半齊備，整個台北都是一番興旺忙碌景象，鎮遠軍日夜操練，演習，現下的張偉萬事俱備，只待時機一到，便可投身於海外，邁出台北一隅，爭霸天下！

「噹噹噹」……金色自鳴鐘在紫色圓凳上微微一顫，清脆地響了三聲，難得能歇會兒休息的張偉從睡夢中驚醒，睡眼惺忪的從床上爬起，愣怔了一會，瞇著眼向窗外喊道：「來人！」

話音甫落，便有貼身服侍的長隨應聲而進，見張偉已然起身，忙向外吩咐道：「快，上茶，打毛巾……」

張偉聽他扯著大嗓門只顧呼喊，因剛起身，精神頗有些萎靡，被他這一嚷，倒是頗有提神的功效，便笑道：「老林，你這死叫驢，爺剛剛起來，你便不能小些聲麼？」

那老林聽張偉抱怨，倒也不懼，他自張偉來台便跟隨於他，說笑原是十分隨意，便答道：「爺，您不常睡中覺，今兒這一睡可是一個半時辰……」

正說話間，外面的小廝們聽到吩咐，各自端著茶水、銅盆，魚貫而進，張偉先漱了口，用溫水擦了把臉，頓時覺得精神百倍，一跳起身，伸個懶腰道：「快把爺的衣服拿來，那鎮遠軍今日會操，爺要去看看！」

那老林聞言，一迭聲催促小廝快去準備，一邊埋怨著向張偉道：「我早便說過，爺身邊服侍的人最好選幾個心靈手巧的丫鬟，比這些笨小子強多了！」偷瞄一眼張偉神色，又道：「爺春秋正盛，身邊也該有幾個體己的服侍，這麼清心寡欲的，小人看了都難受得很。」

張偉卻不想這老東西又提起這個話題，他年已二十四五，古人在他這個年紀，只怕小孩都幾歲了，他不成婚也罷了，身邊連個妾侍都沒有，在旁人看來，自然是有些怪異。

張偉苦笑道：「丫鬟本來是可以尋幾個，不過，我現下孤身一人，做我的丫鬟難免被人說閒話，這不是毀了人家麼。這話你不必再說！」

他自前年起便被何斌強拉著見過幾個小家碧玉，若說模樣，也有幾個長得正點的，只可惜不能交談，也無從瞭解性格志向，想想古人女子的見識，便心下暗嘆：「這樣便娶了老婆，和買充氣娃娃有什麼區別？」再加上成日忙得要死，一時半會兒卻也顧不上這些了。

當下換了衣衫出來，上了馬車便直奔桃園鎮方向而去。

自災民來台已兩月有餘，台北人口已近八十萬人，原本五鎮之外，又加了淡水、桃園兩鎮，其餘五鎮充實戶民，每鎮的地盤、戶數，甚至已超過內地小縣，再加上數萬礦工、絲工織工、炮廠、雜工，每日裏官辦的馬車載著各色人等，絡繹不絕奔波於這七鎮之間，其興旺景象，即便是內地要衝的大城，亦不過如此。

馬車駛近軍營，張偉便聽到隆隆炮聲，便在車窗處招手喚來張瑞，問道：「今日演練，怎地離軍營這麼近，才到此處便能聽到炮響了？」

張瑞在馬上恭聲答道：「聽說是今日有不少軍人家屬提起來想看操，周將爺他們會議了一下，

覺得讓他們看看，對士兵也頗有好處，便將演武地點改在軍營西面五里處的那個小山包裏，爺若是不高興，一會兒張瑞去知會全斌一聲，下次不可如此便是了。」

張偉笑道：「誰說我不高興了？全斌他們這樣做很好，除了必要的保密操法，日後鎮遠軍可以固定時日讓這些軍屬看看，其餘鎮上的百姓，想看的也只管來看。這樣對軍心民意，都有莫大的好處。很好，沒有我的交代便能想到如此，全斌他們想得不錯。」

張瑞見張偉高興，便也隨著笑道：「可惜爺一會兒看操會有些不方便，聽人說那山包四周都立滿了人，就算是一會兒驅趕開一些，也沒有爺單獨校閱時那般舒適了。」

「這有什麼！獨樂樂不如眾樂樂，我費盡心力弄出來的這些，難不成藏在口袋裏不成……」

兩人正說得高興，卻見不遠處高傑打馬追來，張瑞見了，將嘴一撇，道：「高大統領又來向爺回事了，張瑞先暫避一邊吧。」

說完策馬離了車窗，將位置讓給那高傑。

張偉見高傑上來，肚裏也未必覺得有多歡迎，此人雖相貌堂堂，能力也頗出眾，就是性子猥瑣得很，自何斌以下，台灣諸元老大將都極不喜他，他除了張偉，對別人也是極不買帳。張偉耳邊一直有人嘀咕此人如何不堪，不過做為最高統領來說，倒也是不得不養著這條惡狗，只需提防著不讓他亂咬人便是了。

當下見了那高傑駛近車窗，一張臉勉強擠出笑容，向張偉道：「爺恕罪，屬下不能見禮了。」

張偉笑道：「高閻王，你現下成日將臉板得鐵青，這偶爾笑笑，可比哭還難看！」見高傑一臉窘迫，又笑道：「爺和你說笑呢。說吧，這麼急，又是出了什麼大事？」

「回爺的話，今日台北碼頭來了一艘福船，原本碼頭上的巡捕們以為只是尋常客人來買絲布，卻不料船上下來一群人，來頭卻是不小，他們不敢怠慢，立時便來回我……」

張偉不耐道：「什麼人來頭不小，難不成是當今皇上不成。說，到底是誰？」

「回爺的話，雖說不是皇帝，不過在這海外，算得上是土皇帝了。正是那鄭芝龍，鄭一官！」

張偉眉毛跳上一跳，心中翻江倒海般思索起來：「此人這會兒跑到台灣來做甚？難道不怕我結果了他麼？」

高傑見張偉臉色陰晴不定，忙道：「他帶來的人倒也不多，左右不過數十人，小人已派了人看住船隻，又急調了兩百健壯巡捕，只待爺一聲令下，便可將他們都一網打盡！」

「胡說！他來，自然是有他來的道理，你當他是蠢蛋麼。」轉頭又向張瑞喊道：「去，把你何爺施爺都找來，咱們今兒要大宴鄭大龍頭。」

「是。屬下立刻差人去辦！」

高傑見張偉如此發落，忙又急道：「爺，那鄭一官上得岸來，因此次鎮遠軍演武離港口較近，他聽到炮聲，便提起要去看看演武是怎麼回事，小的沒有爺的示下，不敢阻攔，現下那鄭一想是在演武處觀看演練。」

「嘿，他自己不去，我也想請他去，如此更好！駕車，去尋鄭老大去。」

待馬車駛上人潮如織的小山坡，張偉邊透過車窗四處尋找鄭芝龍的身影。其實他便是不找，在上百飛騎衛護衛下的這駕馬車，本身亦足以吸引任何人的目光。還未等張偉打量幾眼，便見不遠處鄭芝龍魁梧的身體，因張偉而來的聲勢吸引，鄭芝龍也正轉頭打量這駕馬車，兩人四目相交，鄭芝龍將頭微微一點，卻只是站在原地動也不動。

張偉肚皮裏暗罵：「他奶奶的，還給老子擺老大架子呢！」

表面上卻展顏一笑，忙令人開了車門，縱身一跳，邊行邊向鄭芝龍大笑道：「大哥，今兒是貴腳踏賤地，不知哪股風把您給吹來了，小弟當真是意外之極啊！」

鄭芝龍見張偉快步而來，腳步雖仍是一步不動，卻也向張偉笑道：「志華老弟，不來不知道，來了才知道你在這台灣弄的好大事業！這可把我和顏老大比下去了，顏老大是看不到了，我鄭一現下看到了，當真該活活愧死。」

說話間兩人已近，張偉先站住腳步，向鄭芝龍端詳一番，方又嘆道：「大哥，你這幾年間海上奔波，當真是十分辛苦啊，這眼角都有皺紋啦。」說罷，雙手將衣角一掠，口中道：「小弟給大哥見禮了！」

鄭芝龍急忙拉住張偉，急道：「志華，你現下是數十萬百姓之主，手底下強將如雲，謀士如雨，這鎮遠軍如此精銳，將來這南洋海外，還不都是你的天下？怎麼還對我行這種大禮，我當不得，當不得！」

張偉眼見他阻攔，手中卻是半分力道也無，臉上誠懇，眼神卻是閃爍不定，心中罵道：「算老子晦氣，和你這廝結拜，現下不向你行禮，倒顯得老子是小人，也罷，老子向你跪了，你這盟兄總也得還禮吧。」

當下不顧鄭芝龍阻擋，硬是跪了行了一禮，鄭芝龍表面無奈，也只得跪下還了一禮，兩人在平地裏磕了頭，方才各自站起。

張偉站起身來，卻見鄭芝龍身後站著鄭鴻奎、鄭芝鳳、鄭彩諸人，因素日裏不和，來往不多，便只向他們頷首一笑，算是招呼。

又向鄭芝龍笑道：「大哥你平日裏那麼忙，若是沒有要事，斷乎不會到我這台北來。大哥放心，只要有用得我張偉處，只管開口，到時便知張偉是不是講義氣的好男兒。」

鄭芝龍聽了張偉這番慷慨激昂的表白，心裏大是受用，心道：「你雖在這陸地做出一些事業來，到底還是明白海上誰稱雄強！」面上卻是不露聲色，只淡淡向張偉笑道：「且先不提，咱們一起看你的鎮遠軍會操。」

張偉見他如此，也只是一笑，便也背手而立，看山谷中六營的鎮遠軍士演練進攻防禦之法。

山谷中鎮遠軍也早得了通傳，見張偉也來看操，早有幾名參軍騎馬過來，守在張偉身後，見張偉專心向下看去，便在張偉身後說道：

「啓稟統領，這山谷左邊是周將爺領的三營兵士，主攻，身後火炮三十門，右邊是劉國軒將爺帶的三營兵士，主守，有火炮二十門。」

正講到此處，卻見那山谷中有小兵將紅旗一揮，周全斌身後的三十門炮一同開火，一瞬間，三十門炮的炮口皆吐出火舌，炮聲隆隆，將所有圍觀諸人的話音蓋過，天地間除了這火炮發出的怒吼外再無任何聲響。張偉略略轉頭看鄭氏諸人的臉色，卻見除了鄭芝龍神色如常外，其餘諸鄭俱是臉色大變，顯然是已被這火炮之威震懾。

周全斌這邊的火炮準備足足響了小半個時辰方才停止，卻見劉國軒那陣中跑出去好多被空心炮彈中白粉擊中的士兵。眼見敵方陣勢稍亂，周全斌一聲令下，場中又有小兵將旗一揮，整整一營的兵士整隊，分爲十個方陣，成斜線型向前推進，每陣又數名鼓手，邊行邊擂鼓，陣中槍刺如林，再加上隨著鼓點的呼喝聲，威勢極是駭人。

右邊軍陣眼見這一營士兵推進的近了，乃有人下令開炮，一番炮擊之後，進攻的一營士兵陣勢已亂，劉國軒卻也不下令士兵出擊，只是令各營排好陣勢，只待那一營兵進入射程，便瞄準開槍……

鄭芝龍看到此處，向張偉笑道：「志華，這般的演練法，不就是比哪邊誰的大炮多麼？這麼排得整整齊齊的向前衝，那邊防守的只需不斷開炮，列好陣勢開槍，攻方雖是大炮多上一些，不過人數與守方持平，如此來回幾次，只怕是攻方必敗？」

張偉笑道：「火槍戰法必需如此，如若是各人亂衝，根本無法發揮火槍集群射擊的威力，是以

必須平時就演練攻擊陣法，至於攻方是勝是敗，倒也難說。大哥，且往下看吧。」

鄭芝龍聽他如此說，便也笑道：「也好，便往下看吧……」

兩人說話間，何斌、施琅已聞報趕到，何斌笑嘻嘻上前與鄭氏諸人說笑一番。他原是鄭芝龍的心腹謀士，雖現下跟隨了張偉，與諸鄭的關係表面上也還融洽，自他到來，場面上是親熱活絡了許多。

施琅卻與他不同，原本就不受鄭氏待見，離了澎湖跟隨張偉後，關係越發的疏離，當下只向鄭芝龍行了個禮，算是見過舊東家。諸鄭對他倒是客氣許多，鄭芝龍還特意拉著他手寒暄了幾句，施琅見他親熱，又不好斷然掙脫，眼見得天氣漸冷，已是冬天模樣，竟把他逼出了一身汗。

第二章　雙雄再會

鄭芝龍亦點頭道：「此番的新任福建巡撫熊文燦，雖說是文人，卻頗有能力，我看，若是咱們不降，遲早他招降了別人來對付咱們，雖說我家大業大，和朝廷作對到底是底氣不足啊！是以我已應了熊方伯，此次是降定啦！」

一群人寒暄已定，再看向山谷裏演武的鎮遠諸軍，卻見雙方乒乒乓乓仍是打得熱鬧，兩邊炮彈飛來飛去，周全斌一方已是全軍壓上，劉國軒一方拚命的打炮，那空心炮彈打出的灰粉不住地落在進攻的士兵群裏，受到污染的士兵也不住退下，守方隊列卻因不住後退，躲開了攻方炮擊，故而對方雖是大軍壓上，場面卻是守方看贏的多了。

鄭芝龍眼見守方將勝，便向張偉一笑，道：「志華，這下可沒有辦法了吧？」

張偉卻道：「這可未必，你看這次攻方採取的新陣法如何？」

鄭芝龍聞言仔細看去，沉吟道：「適才攻方約兩千人，排得整整齊齊，現下一齊出動，前面的兩千人卻是散開隊形，將方陣變化為直線狀，後面的四千人仍是以方陣隊列前進……」向張偉笑道：「這樣的陣勢與適才是有些不同，可有什麼長處？」

張偉答道：「適才是故意用整體衝鋒法來看看效果，現下是用前面散線，後面縱隊的辦法，再輔以大規模的集群火炮用來衝鋒，可以最大規模的發揮火器之效。」

施琅在張偉身邊聽到他如此說，心內大急，不住地向張偉使眼色，讓他不可把這些機密告訴鄭芝龍，張偉只做沒有看到，心道：「就算告訴了他，他現下也決不會把這火器之用放在心上，他與我目的不同，可不會花大把的本錢搞這些玩意兒。」

鄭芝龍又看了一會兒，見攻方以微少的代價衝入守方陣中，守方一直以方陣迎敵，攻方大隊一到，守方隊形一亂，攻方又以少量的騎兵快速衝到守方炮兵陣中，守方火炮便即宣告無用，攻方炮兵卻已校正了射線，大量炮彈落入守方後陣之中，不一會兒工夫，守方便宣告失敗。

看到守方部隊亂紛紛如沒頭蒼蠅一般，鄭芝龍皺眉笑道：「這演武看來倒也有趣，只不知道真打起來實效如何……志華，咱們不爭執，今次我來，可不是要與你較量步兵長短的，你也知道，我志不在此，若論起海上戰鬥，只怕你雖買了幾艘戰艦，卻仍不是我鄭家百戰死士的對手。」

張偉見他極是驕傲手下的海盜，也不好和他爭拗，在鄭芝龍眼中，海上戰鬥仍是以登船拚鬥為主，需要弄潮和跳船的好水手，也需要能肉搏的好漢，他鄭家兒郎在海上拚鬥多年，若是論此，張偉

的艦隊自然不是對手。只可惜，海戰自英國對西班牙無敵艦隊後，登船肉搏的戰法在歐洲已被淘汰，只是鄭芝龍不知而已。

當下也不說什麼，只笑道：「我張偉現下雖做出一些事業來，到底也曾是鄭大哥你的下屬，咱哥倆何必說這些，白白的傷了和氣！」

「我知道你忌憚我，這南洋的生意你不跑了，改和那西班牙人做遠洋的生意……其實不必如此，日後你有什麼棉、絲、瓷器之類，只管賣斷給我，我斷不會讓你在價格上吃虧。」

張偉見他隻字不提讓他直接與倭國和東印度群島貿易的事，也只得一笑，答道：「大哥的心意我領了，我現下就有不少貨物是托了內地的商行轉賣，想來也有不少貨物輾轉到了大哥的船上，既然如此，日後有貨直接先和大哥的船隊交易便是了。」

鄭芝龍聽了此話，便向鄭彩大聲吩咐道：「鄭彩，你聽清楚了，日後你張偉兄弟有什麼貨物，你親自收下，按市面上的行情給價，不得拖欠，也不得壓價，聽清楚了？」

那鄭彩遠遠笑著應了。何斌在一旁喜道：「鄭老大有這分心，咱們日後賣貨可方便了許多。大夥兒甭看了，這演武也差不多了，大夥到我府上，咱們喝他個痛快！」

鄭鴻奎聞言嗤笑道：「廷斌這麼點酒量，可怎麼喝他個痛快？只怕酒未過三巡，你便鑽桌底去了吧？」

鄭芝龍見張偉、施琅皆有不悅之色，忙喝道：「鴻奎，你這張臭嘴！廷斌是好意，咱們領情還來不及，你倒敢嘲笑他。」說完向何斌道：「他便是這張臭嘴，咱們甭理，現下便去你府上，咱們兄弟好久不見，能飲者多飲，不善飲者只盡心便是了。走，咱們現下就動身！」

說罷便向張偉笑道：「大地主，快吩咐人牽馬來吧？」

何斌不待張偉答話，便向鄭芝龍道：「咱們台北不需騎馬，官道上有的是馬車，給幾個銅子就能跑遍台北啦。」又道：「不過，鄭老大不需要做這種老百姓的馬車，我的馬車便可以坐下五六人，鄭老大和鴻奎、鄭彩坐我的車，其餘的伴當便坐馬車去吧。」

鄭芝龍聞言，猛拍額頭，笑道：「適才便是坐馬車來的，卻把這事給忘了！也罷，我便沾沾廷斌的光，其餘人還是坐馬車去吧。」

說罷向張偉笑道：「這台北別的不說，單說這交通和環境，我鄭芝龍也是走南闖北的人，也只能說這台北絕對是天下第一！」

何張兩人連連拱手，道幾聲：「過獎，過獎……」一行人各自上了馬車，向鎮北鎮上的何斌府中馳去。

待到了何府，何斌自安排下人整治酒席不提，自己卻領著鄭芝龍一行人到得後院花廳。

何府花園是何斌令人去江南蘇州仿製了諸多精緻園林的圖樣，又尋訪了上好工匠花費鉅資建造而成，每一磚一石，一草一木，無一不是精心安排，這花廳正是安排在花園小湖湖心，一行人經由曲

曲折折的迴廊木橋，方才到得廳內坐定。

鄭芝龍看著滿湖碧綠的荷葉，嘆道：「廷斌可當真會享受。我得到內地，也得花錢好好整治一下家宅不可。在這海外，雖說是腰纏萬貫，到底是不能在這上面多費心思，現下老婆孩兒一大堆的，就住那麼個小院子，有錢又有什麼趣味呢！」

何張施三人初時還只當鄭芝龍虛應文章，隨口客氣幾句罷了，待聽到後來，各人心內都是大奇，都道：「莫非這人今日吃錯藥了？」

張偉腦中急轉，猛然想道：「對了！定是崇禎帝派了熊文燦來福建招安於他了。」

想到此節，便向鄭芝龍笑道：「可惜咱們都是海上巨寇，想回內地是不大可能啦。鄭老大若是羨慕廷斌這宅子，只管派人來台建造，這台北的基業原是鄭大哥首創，現下小弟雖在此安身，不過鄭老大想來台居住，小弟是一萬個歡迎！將來有什麼不是，也好就近聽大哥的教誨。」

鄭芝龍聽了喟然不語。

因酒菜已上，何斌便張羅著各人入席，推推讓讓良久，方坐定了席次，各人端起酒杯，先齊飲了四杯，張偉便舉杯道：

「鄭大哥，小弟能有今日，無非是當日大哥救了性命，後來又給船借錢，讓小弟把生意做了起來……」說到此處，不由得站起身來，向鄭芝龍一揖，只道：「小弟先乾爲敬！」

鄭芝龍聽到此處，心下也是稍許感動，心道：「無論如何，這小子總算是不忘舊恩，今番倒是沒有來錯。」

當下也不說話，只輕輕拍了一下張偉肩頭，與他一碰杯，將酒乾了，說道：「志華吾弟，適才哥哥卻不是發牢騷，此番來台，是要知會兄弟一聲，我鄭一要招安了！」

張偉倒還把持得住，何斌、施琅兩人聞言卻猛跳而起，一迭聲問道：「朝廷招安了？給了鄭老大什麼條件？前一陣子那福建巡撫馮一平不是還進剿澎湖麼？怎麼現下又招安了？」

鄭芝龍笑道：「你看你們，也是做大事的人，怎地如此沉不住氣！你看人家志華，就沒有你們這麼毛躁，怪道他雖是後入夥的人，卻能當你們的首領。」

張偉聞言笑道：「小弟這次可要駁大哥的話，我與何施兩位兄弟可沒有大小之分，大夥兒遇事商量著辦，只是蛇無頭不行，表面上把小弟推出來做主罷了。」

何斌也笑道：「志華這話沒錯，舉凡大事小務，都是與我們商量了來，就算有什麼舉措獨斷專行，那也是他眼光高過我們，咱們可都是心悅誠服的。」

又向鄭鴻奎道：「上次鄭老大便有意招安，是你挑頭不同意，前一陣子剛打垮了官兵，怎地，這次事怎麼成了？」

鄭鴻奎無奈道：「這次是新換了巡撫，卻比那馮一平懇切得多，允了大哥，一旦招安便可去安海安身，又授了海防游擊一職，部卒船隻都允准大哥保留。這海外貿易，他倒是沒說，不過，咱們生意照做，又能做個官兒，回鄉下說起來也是威風得很，我可不能再扯大哥的後腿啦。」

鄭芝龍亦點頭道：「此番的新任福建巡撫熊文燦，雖說是文人，卻頗有能力，我看，若是咱們不降，遲早他招降了別人來對付咱們，雖說我家大業大，和朝廷作對終究是底氣不足啊！是以我已應了熊方伯，此次是降定啦！」

說完望向張偉，道：「做哥哥的也不誑你，熊大人聽說你們在這台灣弄得好生興旺，特地囑我來問你，要什麼條件才肯歸降？」

張偉不料鄭芝龍此番來台卻是勸己歸降，一時間茫然無措，不知如何答話是好，半晌方遲疑道：「大哥，我這邊日子過得舒適，這台灣原也是化外無主之地，朝廷要我歸降做甚？」

「普天之下，莫非王土麼！若是你這裏沒有什麼起色也罷了，現下你招攬了大批災民，又是設官立府的，前任巡撫早便密報了皇帝，皇帝硃批，令這熊大人好生處置，哥哥說句實話，做大哥的在熊大人眼裏，只怕還不及你重要呢。」

「這個……」

張偉心中思來想去，一時半會兒竟然沒有頭緒，這歷史上直到康熙年間還有棄台不顧之說，若不是施琅力爭，只怕清朝已主動放棄這海外孤地，現下明廷居然主動要來招安，可見自己這幾年動靜實在是鬧得大了。

想來想去，只得先向鄭芝龍笑道：「大哥，現下先喝酒，待小弟與島上諸人合計一下，再給你回信，可成？」

鄭芝龍爽快答道：「這話也對，這麼大的事情，你也不好立時便做決定，做哥哥的就在這台北住上一天，等你的回覆！」

說完，眾人不再談及正事，只以飲酒為樂，只是張偉心中有事，又喝了不一會兒便玉山傾頽，不省人事了……

鄭芝龍見張偉醉倒，何斌、施琅也陶然有醉意，便向何斌道了擾，自去客房休息去了。諸鄭子弟自也有人安排住處，只餘下張何施三人，何斌見張偉趴倒在桌上，仍是醉態可掬，對施琅笑道：「張志華如此模樣，現下可是一分少見了……」，邊說邊令人速上醒酒湯來，正忙亂間，卻見張偉將頭一抬，笑道：「廷斌，背後說人長短，可不是君子所為吧？」

見何施兩人目瞪口呆，乃又笑道：「放心，我可不是醉糊塗了。只是適才腦子裏有事，不想再敷衍下去，故而裝醉罷了。」

何斌笑罵道：「你這人現在怎麼越來越狡猾，連我和尊侯都上了你的當！」

張偉施施然端起一碗酸梅醒酒湯，笑道：「不過，若是說一點醉意沒有，那倒也是吹牛了，我也確實是不勝酒力了。」

輕啜兩口，便正容向兩人道：「此番事情不小，我一個人不好做主，即便咱們三人也不好就拿主意，我的意思是，現下就召人在台北衙門召開會議，大夥一起議議，你們看如何？」

何施兩人自然沒有異議，當下三人便先向那台北衙門而去，自差人知會所有鎮遠軍將領會同台北衙門各佐雜官一齊來參加會議。

因何府與官衙相距不遠，三人便徒步而行，一來等桃園的鎮遠諸將也需時間，二來正好散步消食。何斌見張偉在前面負手而行，施施然頗是悠然自得，便向施琅笑道：

「尊侯，我敢說志華心裏已是有底了，適才他裝醉時，只怕已將對策想好，現下召人前來會議，不過是裝裝樣子，你若不信，一會兒便知道了。」

施琅這幾月一直奔波海上，原本就苦黃乾瘦的臉越發顯得老態，三人中，他最年輕，論起相貌，只怕是以他最老，聽得何斌如此說法，也只是淡然一笑，道：「志華兄遇到大事不動聲是有的，若說他現下已拿定了主意，我卻是不信。」略頓一下，又道：「不過大體上如何做，只怕他是差不多想好了，咱們也按自個兒的想法說，拾缺補遺，也是好的。」

待三人到了衙署，已有數十名平時辦事得力，在張何二人面前頗說得上話的佐雜人員站在衙門外等候，那台北巡捕營得了消息，正由統領高傑帶著人淨街，驅趕衙門外的閒雜人等，張偉見高傑拿腔作勢的指揮，便向他喝道：

「高傑，甭管這些閒事，你堂堂大統領怎地就沒有一個得力手下麼？」

高傑原本想在張偉面前作勤勉辦事狀，卻想不到捱了張偉訓斥，又覺得在諸多屬下面前失了面子，雖向張偉擠出笑臉，連聲應諾，肚皮裏卻是十分不快，張偉卻又向他笑道：

「成了，甭不樂意，爺說你也是讓你快進來，議事時你自也需在場，難道當自己不是一號人物麼。」

高傑聞言大喜，他幹這巡捕官兒，說起來威風，四鄉百姓見了他腿肚子直抽筋，到底古時不同現代，他這個台北公安局長在古時只是個佐雜辦事之人，與正規的鎮遠軍將領不能比肩，就連平時裏跟著張偉協理政務的官兒也不如，再加上張偉有意抑他，故而雖是手握實權，見了陳永華這半客卿的官學學正都需點頭哈腰，平時議事，也較少讓他參加，今次張偉親自叫他入內議事，當真是喜從天降，當下將關防細務佈置給屬下得力之人，自個兒樂滋滋跟隨著張偉等人向官衙之內而去。

待張偉等人飲茶閒聊之際，周全斌與鎮遠軍諸衛副統領以上諸將皆匆匆趕來，坐定之後，張偉正待開始，轉念一想，向何斌笑道：「此次要把陳永華請來！」

見各人聞言詫異，張偉笑道：「此番議事，陳復甫也會說話的。來人，快去官學請陳學正來。」

又稍待盞茶工夫，方見陳永華一臉詫色而來，一進大堂，見數十人端坐其中，見他進來，各人皆以目相視，陳永華向張偉苦笑道：

「志華，今日弄這麼大的場面，卻又把我請來做甚，總不至於你叫這麼多人來一起議官學的事吧？」

「復甫兄，只管放心，既然讓你過來，總歸不是讓你白跑腿，先坐下，稍安勿躁麼。」說完飲

一口茶，清清喉嚨說道：「諸位，今兒叫大夥都來，是有一樁關係到全台北的大事。我張偉以前的老大，有名的海上霸主鄭芝龍鄭老大，今兒坐船到我這台北來……自然，他不是閒極無聊，來尋我敘舊來了，此番來台，是因爲他已決心受朝廷的招安，坐上了福建海防游擊的位子……」

說到此處，見鎭遠諸將皆神色大變，劉國軒性子稍急，已然嚷道：「難不成他要幫朝廷來剿滅我們？」

一旁馮錫範嗤笑道：「若是如此，他蠢到來送死麼！依我的見識，定是他受了朝廷的指令，來招安咱們。」

張偉答道：「馮副統領說得沒錯，我那鄭大哥現下可是閩省的海防游擊，咱們這夥海盜正該他管。咱們這兩年動靜弄得大了，朝廷那邊已然知道，現下就是這麼兩條，一麼是招安，二麼，我這盟兄定然會依仗朝廷的力量，來剿滅咱們。大夥說說看，咱們該怎麼辦？」

他直接將議題點出，一時半會兒卻無人再有什麼話說，此事關係甚大，各人皆怕攬禍上身，誰知道張偉是如何想？

張偉見各人沉默，便將手指向周全斌一點，笑道：「全斌，你最早跟隨於我，總不該有什麼畏懼之處，說吧，今日言者無罪。」

「爺既然點了名，那全斌就先說說。依全斌看來，這招安招不得！」

「喔？爲何，說來聽聽？」

「全斌以爲，這台灣原本是化外之地，朝廷歷來不曾在此設官置府，現下咱們在此發展得好生興旺，朝廷便眼紅覬覦，若是招安，朝廷讓咱們交賦稅，咱們是交還是不交？朝廷收編鎭遠軍幫他們打仗，咱們是打還是不打？鎭遠軍的軍費，朝廷定然不會供給，收編了咱們，拿咱們的錢，用咱們的兵，至多給咱們一些官職，便將這些好處全然拿了過去？自全斌以下，這鎭遠全軍定然不服！」

周全斌此番表態，雖說不是與鎭遠諸將商議後而言，倒也完全說中了其餘人等的心思，待他話音一落，由劉國軒、馮錫範等人領頭叫好。

劉國軒大叫道：「咱們怕它個鳥，除了鄭芝龍在海上還有些勢力，値得咱們認真應付。就朝廷那些老弱殘兵，敢來台北，咱們鎭遠軍一個回合便能打敗福建所有的衛所軍！」

「沒錯，連鄭芝龍手下的海盜都打不過，還敢來台北尋死麼？」

「這台北是張大哥的心血，朝廷憑什麼拿了去？要想來拿，先得問過咱們鎭遠軍的一萬多將士！」

張偉聽各人說完，按下手勢，令各人肅靜，笑道：「這算是鎭遠軍的意見？軍內可有反對的？不要怕得罪人，今日之事非同小可，有甚麼意見但講無妨！」

等了半晌，見鎭遠軍無人說話，方笑道：「如此，鎭遠軍這邊是一致反對招安。」又向施琅笑道：「尊侯，你現下不是鎭遠軍的統領，你來說說，你們水師有什麼看法？」

施琅將嘴一抿，又低頭想了片刻，方正容答道：「若說朝廷水師那邊，全然不足爲懼，都是些

小船，又全無訓練，憑咱們的四艘戰艦，再加上新造的十艘小炮船，施琅敢說，足以橫行大明內地沿海！甚至沿岸而進，可直攻北京，朝廷必無還手之力。只是鄭芝龍……他手下的數千兒郎都是整年待在船上的好勇鬥狠之徒，若論起戰力來，施琅不敢擔保台北水師能戰而勝之……」

見鎮遠諸將皆神色不滿，施琅只做未見，又道：「若是鄭芝龍封了海上貿易的航線，又禁止內地商行與咱們做生意，再禁止咱們去內地採買物資，雖說咱們可以憑走私衝破封鎖，但鄭芝龍卻是走私的老手，航線、碼頭、內線，他都是一清二楚，若是橫下心來和咱們作對，只怕日後這台北的發展便困難許多了。故而，我的意思是，不妨先虛與委蛇，認了招安也好。這台北一草一木一磚一瓦都是咱們的心血，難道朝廷派個官兒來便能奪了去？」

「唔，尊侯是贊同招安的了。」

「倒也不盡然，若是朝廷令大哥你帶人內附，那咱們寧願拚個魚死網破，也決不能任人擺佈！」

何斌一直凝神細聽，待施琅說完，方擊掌讚道：「尊侯的說法正合我意！既然朝廷派了鄭芝龍來招安，若是咱們斷然拒絕，定然會招來種種報復，咱們現下根基不穩，諸多事物還得依靠內地，若是和朝廷翻了臉，只怕也難以維持。是以，我贊同施尊侯的看法，除非朝廷令咱們內遷，不然的話，招安可行！」

待何斌說完，原本靜觀風色的台北政務佐輔官員也儘自開口，大半皆贊同何斌施琅所說，亦有寥寥數人贊同鎮遠軍諸人的說辭。

張偉見兩邊各執己見，便左顧看向陳永華，問道：「復甫兄，此事和你有莫大的干係，若是咱們招安成了，我必會向朝廷保舉你。你原本就有功名在身，此番定能青雲直上……來來來，復甫兄，說說你的見識！」

陳永華旁聽了半晌，心中早有定見，見張偉發話詢問，也不推辭，便朗聲道：「諸位，復甫一直不曾襄助志華，此番議事原本不該發話，不過志華一再懇請，復甫只好腆顏多嘴幾句了……」

原本他以客卿的身分極易受到各方排斥，不過張偉一向敬重他，他本身又潔身自愛，平日裏除了在官學教授學子，也甚少摻和雜務，再加上他舉人出身，爲人嚴明方正，其父陳鼎也頗受百姓敬重，故而他這番客氣話出來，堂上各人均道：

「陳先生見識非凡，又是張大哥好友，但講無妨。」

見各人無有異議，陳永華方道：「其實這招安受撫一說，用在這台北原本就是不當。想這台灣自古是無主之地，自宋代有漁民在此歇腳以來，元朝與本朝都未曾在此設官立府。雖說島上大多是中國之人，但朝廷從未將此地納入版圖，也是有的。在皇上和百官眼裏，此地不過是蠻荒無用之地，若不是志華在此地大展拳腳，這幾年來將台北治理的興旺非凡，只怕朝廷仍是放任不管的。故而，就算是咱們從此要受朝廷管制，那也只是歸附，而非招安。咱們除了做做生意外，請問諸位啥時候扯旗造反了？」

他此番話一出口，各人均想：「沒錯，這台北原是無主之地，咱們在此又不是落草為寇，不像那鄭芝龍殺人越貨橫行海上，此外，這些年咱們台北從來沒有和官兵起過衝突，這造反招安一說，又從何說起？」

想到此節，各人均大笑道：「陳先生這番話大有道理！什麼狗屁招安，好像咱們真的是反賊一般！」

陳永華也笑道：「各位稍安……請聽我繼續說。」

眾人安靜下來，將目光看向陳永華，要聽聽這位大明舉人，還有什麼高明的見解要說。

見各人面露興奮之色，陳永華笑道：「雖說這台灣以前未受大明節制，但大夥兒畢竟還是大明的子民，華夏後裔，故而這台灣也自然就是中國之地。依朝鮮、呂宋之例封茅納貢，估計朝廷肯定不會答應。而且大明向來是有海禁，咱們流落海外，不服王化，雖未反，也可算是反了。但受招安而設官立府，咱們的辛苦又可是白費了，雖說志華兄兵權在手，但朝廷若是派官過來，這台北百姓到底是受不受朝廷官員的管轄？若是不受，那便是造反，若是受人約束，又恐失民心……」掃了張偉一眼，笑道：「怎麼與朝廷談判，要什麼價碼，就得看咱們志華兄的了。朝廷不過是怕台北這邊人多生亂，只要志華善加引導消解，只怕也沒有什麼大不了的。」

張偉聽他說完，忍不住鼓掌笑道：「知我者，復甫兄也！」說完振衣而起，掃視大堂內所有人等，慨然道：「大家的意思我全然明白了。放心，我張偉不是傻子，若是想來台北摘桃子，那咱們就打他娘的！若是能談得攏，自然也有大家的功名好處，我也不會讓大夥兒沒個出身。現下這事，算是個機遇，如何掌握，我心中已然有了定論，先散了吧。」

見各人紛紛起身，除鎮遠諸將外，各人都是神色輕鬆，喜上眉梢，心中暗嘆：「這古人究竟是皇帝最大，吃我的用我的，指著我發財，皇帝一紙詔書來了，便都想著給皇帝賣命了。若是老子直接便說造反到底，只怕這些混蛋表面上不說，肚子裏卻巴不得皇帝派大兵剿了老子吧。」

於是表面上笑容可掬，目送手下的那些屬吏出門，肚子裏卻恨得胃疼，心中又想：「李自成打死不受招安，這可比一般人強得多了。不過老子手下的這些將領，倒也是硬脾氣的多。」

眼見眾人就要步出大門，突然想起一事，叫道：「大夥兒聽了，這事尚未談妥之前，任何人不得走漏風聲！鎮遠諸將今日起緊閉營門，不得外出。這鎮上若是有了風聲，所有的推官屬吏，統統脫不了干係，明白麼？」

見各人都應了，張偉方擺手放他們出門，轉頭向何斌笑道：「開條件的事，以廷斌兄做生意的大才，自然是遊刃有餘了。」

何斌苦笑道：「怎地，你不去見鄭老大了？」

「不去了，徒生尷尬罷了。他原本也是個人物，現下招了安，以後上司面前站班，口稱標下，捧著手本覲見長官，誠惶誠恐，低頭下跪，什麼意思！」

「依復甫之見，咱們便只是請求內附罷了？」

「正是。請朝廷依國初奴兒干都司之例，不設職官，設衛所，咱們自請屯田駐守，屏藩大明，不領餉，但也不納賦稅。」

「咱們和那些土人蠻夷不同，朝廷可以設土司，設建州衛所，咱們可都是漢人，若是朝廷不依，該當如何？」

張偉笑道：「斷然不會不依！今上即位之初便能得數十萬民，上萬衛所軍，哪有不依的道理？」

說罷向四周掃了圈，堂上侍立諸人會意，除何施陳三人，其餘各人皆退出堂外，張偉方又道：「廷斌，你與鄭芝龍談妥之後，他必然無法做主。你送他走後，便秘密赴福州，帶一千兩金子，請見熊撫台，陳說台北苦衷，把荷蘭人的威脅誇大一些，告訴老熊，近期內咱們就要和荷蘭人開戰，驅走紅毛鬼。勝敗尚且難料，請朝廷派兵援助……還有，就說台北災民遍野，請朝廷最好能先下撥些農具、種子，都是陛下的子民，斷然不能餓死海外。」

何斌聞言大笑，指著張偉道：「志華，虧你想的出來！賄賂巡撫，誇大其辭，令朝廷不想背擔子，自然就遂了你的願！」

施琅、陳永華亦點頭微笑，都道：「若是能談妥，又有了名分，又不受掣肘，善莫大焉。」

張偉喟然一嘆，道：「若是依我自己的意思，斷然不會受朝廷的官位，我來自南洋，祖輩也是趙宋的臣民，與這明帝沒有什麼干係。現下我辛辛苦苦創下基業，卻要對他人拱手稱臣，心中卻是不甘。不過除我之外，大夥兒都是明朝臣子，雖說都是不願在內地捱苦受氣方流落海外，到底也想有一個好下場，我張偉不能攔著大家，也不願攔著大家，只要朝廷不過分，我總歸是隨大家的意思便是了。」

幾個見他有些意興蕭索，卻也不好勸慰，崇禎現下初臨帝位，諸般舉措深得民心，各人均道他是中興聖主，現在有機會被朝廷認可，每人心裏均如揣了火盆似的熱火，又怎會明白所謂中興連曇花一現的機會都沒有，短短幾年過後，天下大局便會糜爛的不成模樣。只是現下除了張偉，其餘諸人都不知道罷了。

當下計議已定，何斌自去尋鄭芝龍，施琅原本欲回港口船上，卻被張偉喊住，只道要他陪同一起去鎮遠軍中訓話，安撫軍心，施琅見張偉有些煩憂，便一口應了，隨張偉上了馬車，向那桃園而去。

兩人初時無話，奔行數里出了鎮北鎮外，施琅方向張偉說道：「大哥，你可千萬不要誤會……」

「什麼話！難道我不知道你與廷斌兄麼。你們願意招安也是爲大家好，我可沒有那麼小氣。」

「這台北究竟是你的基業，我與廷斌兄雖與你情同兄弟，到底是你當家做主，若是你不願意做人臣下，我與廷斌兄仍會與你患難與共。」

張偉心頭一陣感動，他雖料到何施等人會力主招安，不過親耳聽他們說了出來，仍是滿肚皮的不舒服，現下施琅如此說，他又是個肚裏不會拐彎的人，說出話來情真意摯，可比空言安慰令他高興許多。

將施琅的手拍上一拍，嘆道：「尊侯吾弟，你有這個心就好了。台北下一步怎麼走，全在我心裏。放心罷！」

兩人正說話間，卻聽到車頂傳來一陣啪啪聲，推開車窗一看，原來天色轉暗，黃豆大的雨點正洋洋灑灑的拋落下來，張偉深吸一口空氣，只覺得潮濕清涼，又有幾粒雨點打在臉上，頓時覺得人精神了許多，便向施琅笑道：

「天晦雨豪，很多文人騷客又要起悲秋傷時之感，我卻不同！風大雨急卻好過風和日麗，可令人警醒，令人惕厲，令人奮發，感時傷世，不如奮起邀擊！『會當凌絕頂，一覽眾山小』，詩人抱負若此，我張偉又豈懼之區區風雨呢？」

因風雨大作，那馬車一路急行，不消一會兒工夫便到了鎮北軍營營門之外，張偉推開車窗，見營門緊閉，營外半個軍人影子也無，笑道：「周全斌他們差事辦得不錯，剛剛回來便立時閉了營門，很好。」

眼見營門緊閉，馬車一時不得進去，只得停靠在外，自有飛騎衛持了張偉權杖前去叫門，不一會兒工夫，便見周全斌等人冒著豪雨趕來營門，迎接張偉。

張偉見諸將全身都已被雨水淋濕，便跳下馬車，整個人落在雨水之中，濺起的水花頓時將他長袍下襬打濕，待周全斌等人到他身邊，他全身也如落湯雞一般，周全斌急道：「爺，您怎麼從車上下來了！若是著了涼，卻是全斌的罪過了。」

轉身向營門處送油衣的小兵大喊：「你們要死了，還不快把油衣送上來！」

那幾個小兵見這些大將各自站在雨地裏，全身皆淋得濕透，又見張偉、施琅就在那雨地裏向營內走來，一個個嚇得魂飛魄散，手中捧著油衣沒命般飛奔而來。

有一小兵心慌，雨天地滑，靠近張偉時不慎滑了一跤，張偉原本就已渾身濕透，又被那小兵一濺，那星星點點的泥汁飛濺上身，臉上頭上皆是泥汙。那小兵嚇得跪倒在地，連稱道：「小的弄髒了爺的衣服，死罪，死罪。」

因施琅不再兼任鎮遠金吾衛統領，張偉提了張鼐為金吾衛統領，這小兵正是金吾衛行軍司馬屬下，平時裏負責些雜務，原本是心靈嘴巧之輩，頗受張鼐喜愛，現下見他捅了這麼大漏子，張鼐怒從心起，怒喝道：「來人，將這死囚拖了下去，重重責打，插箭遊營！」

「胡說！下雨天滑，他不慎跌了一跤，有什麼錯。責打已然過分，還要插箭遊營，當真是昏聵。對了，前幾次我都忘了和你們說，軍士有什麼錯，只管教訓。輕責訓斥，重責禁閉。輕易不要鞭打，更不准弄什麼插箭遊營！好好的人，你們把箭插在人耳朵上，弄得那般醜態遊行，好人也弄成了兵油子！」

「是！屬下們知錯，日後定不敢再犯。」

「很好，咱們這便去節堂，我有事要同你們說。」

周全斌見張偉仍不肯披上油衣，急道：「爺，您快把油衣披上，這要是著了涼，染上傷寒，那可不得了！」

張偉笑道：「爺身體健壯得很，淋這麼點小雨便躺倒在床上，那日後若是行軍打仗，你周全斌把我的宅子背著上路麼？」

見眾將還要諫勸，擺手道：「不必多說，爺淋淋雨，身上卻很舒適，誰再敢勸，便罰他裸身在這營內跑上幾圈。」

說完「哈哈」笑上幾聲，領頭快步向白虎節堂而去。

眾將見他如此作風，面面相覷，卻是誰也不敢再勸了，只得快步隨他向前，只盼能早點進入房內。張瑞卻悄悄叫來幾名小兵，令他們去準備乾衣，火盆，薑茶，然後方隨著張偉向節堂方向而去。

第三章　接受招安

就在張偉在台北整兵頓武之際，何斌卻早已隨鄭芝龍到了福州。安頓之後，鄭芝龍便向何斌道：「廷斌，今時不同往日。雖說那熊大人不怎麼約束於我，到底你現在身分不便，我可不能貿然便帶你去，若是他不同意你們所請，一怒之下或關或是要殺的，那我可沒有辦法向志華交代。你先在此靜候，等我有了消息，再去拜見撫台大人不遲。」

待各人進了屋，各自將濕衣除下，房內又點起火盆，手中捧著熱騰騰的薑茶，均是覺得舒服了許多，張偉直待各人將手中茶水飲盡，方對張瑞笑道：「現下心越來是越細了。」又道：「張瑞，記著！一會兒這節堂內所有的將軍，每人各賞綢布兩匹，給他們做衣服。因我來淋濕了衣服，由我來賠。」

諸將聞言，一齊下跪道：「末將們無功受祿，愧不敢當。」

張偉揮手道：「都是我的領兵將軍，什麼敢當不敢當，只要爺賞你們的，都給我收下，不要學這婆婆媽媽的，爺不愛見。」

諸將聽他如此說，便各自站起，不敢再遜謝。

那馮錫範看看張偉臉色，突然憤道：「爺辛苦打下的基業，卻有人要白白送給朝廷，爺養著我們這些兵將是做什麼使的？朝廷便是來十萬大兵，我看都未必能討得了好去，依錫範的愚見，爺不必在意別人的看法，只管在這台北割據，便是稱王稱帝，誰能奈何得了？」

他話音一落，所有鎮遠諸將也都言道：「馮副統領此言極是，爺養著我們這些大老粗做什麼，還不是要一刀一槍拚命廝殺保著爺的基業，現下正是用咱們的時候，只要爺一句話，咱們現下就去砍翻了鄭芝龍這廝，看他的鄭家水師，還由誰來統領。沒了水師，咱們又何懼於朝廷！」

張偉見施琅坐在一旁，神情頗有些尷尬，忙喝止道：「此事我已有了定論，誰再敢胡言，我定不饒！」

見眾將神色仍是忿然，便笑道：「大夥兒的心思我明白，都急欲報效我的恩情。很好！我現下就有一樁事，要用鎮遠全軍！」

諸將聽他如此說，忙一同抱拳，道：「願聽調遣！」

「很好，你們聽好了，都給我打起十二分的精神，待何爺從福建回來，咱們就準備著兵發台南，去打荷蘭紅毛！」

見羅汝才之外的諸將都面露訝色，張偉得意一笑，道：「你們各人都沒有想到過麼?」

張鼐笑道：「原以為爺整軍備武是為了對抗朝廷，卻沒想到是為了和荷蘭鬼開戰。」

周全斌也道：「正是呢。台北和台南關係一向平穩，沒有起過什麼爭執……」說到此處，按大腿一拍，叫道：「每年要給他們銀子、白糖，咱們大明天子還沒有拿過咱們一文錢，這洋鬼子憑什麼?好像台灣就是他們的。」摩拳擦掌道：「爺請放心，咱們鎮遠全軍一聽說去打洋鬼子，必然是歡呼雀躍，軍心士氣可用!」

「甚好!見你們如此，我心甚慰!不過暫且不必讓全軍知曉，暫且只讓校尉以上曉得便是。即便如此，自今日起營門緊閉，內不出外不進，嚴防走漏風聲!」

施琅在一旁問道：「咱們鎮遠軍後招募的兵士，可有不識水性不能坐船的?」

周全斌答道：「那自然是沒有。都是從近海而來，大半都識水性，便是有少數暈船的，當日來台時，已早已習慣。」

又問道：「咱們兵發台南，定然是坐船而去了?」

張偉道：「那是自然，難不成你周全斌有本事從大山上翻過去麼。」

張鼐問道：「若是咱們攻打台南，爺猜測著那荷蘭人可有援兵?」

「若不是顧忌他們在南洋有艦隊，我早已同他們翻臉了。就憑他們在台南的兩千兵士，能擋住咱們麼?!放心，他們的援兵沒那麼快來。待援兵趕到，台南已是咱們的了。那艦隊上能有多少兵

士，他們敢上岸麼。更何況咱們還有施琅的炮艦，還有英國人在南洋扯他們的後腿。」

說到此處，張偉轉頭問施琅道：「那勞倫斯現下就在船上，他回來時是怎麼說的，你給大夥兒說說。」

施琅道：「那勞倫斯前番去向上司稟報咱們要攻打荷蘭的消息，他那些上司早就想與荷蘭人爭奪地盤，一聽之下哪有不贊同的道理。自他返回後，這陣子英國人與荷蘭人在海上已有了不少摩擦，荷蘭駐守在南洋群島的艦隊通共有二十艘船，要兼顧整個南洋原本就嫌不夠，現下又加上英國人的掣肘，估計著等咱們打起來，荷蘭人也很難調動多少兵力來援，若是他們敢傾巢而動，英國人便去抄他們的後路。若是小規模艦隊過來，憑咱們台北水師盡可抵擋得住。」

堂上諸將雖說沒有經歷過實戰，到底有幾個本就是幹著刀頭舔血的勾當，靜默半晌，馮錫範疑道：「這說了半天，英國人並不直接派兵來台？」

羅汝才至此方開口道：「這些英國人狡猾得很，絕不可能為咱們衝鋒陷陣。」

張偉點頭道：「這話沒錯。誰都不是傻子，我們想要全台灣，英國人想搶荷蘭人的地盤，台灣有我們和荷蘭人，他們也知道打不了這台灣的主意，那人家憑什麼來給咱們拚命？想要好處，就得付出代價。他們肯幫咱們牽制南洋的荷蘭人，就盡到了盟友的責任啦。」

說完正容道：「今日我來，就是要知會你們做好準備。馮錫範，你領金吾衛一營的將士，協同台北鎮巡捕營鎮守台北。羅汝才也留台，嚴密監視各方的動向。其餘人等，率三衛五營一萬人，連同鎮遠水師、飛騎衛，準備好火藥、鐵丸、炮彈、被服帳篷、療傷醫藥、做好速攻不下圍城的準備。諸位，都明白了麼？」

「末將聽令！」

節堂內諸將同聲應諾，張偉環視左右，目視著自己手下這群不過二十來歲的青年將領們，從尋訪周全斌起，歷經數年，終於在麾下聚集了這批明末英傑。周全斌沉穩幹練、劉國軒勇猛非常、馮錫範處事精明、其餘張鼐、張傑、羅汝才也都是萬中選一的人才。現下雖說不上是帳下猛將如雲，謀士如雨，但也算得上是擁有了精兵強將了。

想到此處，捺不住心頭興奮，向諸將笑道：「雖說這營中不方便飲酒，不過今晚破例讓大夥兒喝個痛快，就算是誓師酒！」

諸將都年輕氣盛，哪有不好酒的道理？張偉此言一出，諸將頓時鼓噪起來，立時便吩咐準備酒菜，拉著張偉向那廂房而去，張偉見狀，方想起自己不勝酒力，雖是後悔不迭，卻也是逃之無門了。

就在張偉在台北整兵頓武之際，何斌卻早已隨鄭芝龍到了福州。安頓之後，鄭芝龍便向何斌道：「廷斌，今時不同往日。雖說那熊大人不怎麼約束於我，到底你現在身分不便，我可不能貿然便帶你去，若是他不同意你們所請，一怒之下或關或是要殺的，那我可沒有辦法向志華交代。你先在此靜候，等我有了消息，再去拜見撫台大人不遲。」

何斌聽他如此說，也笑道：「這自然是正理。哪有賊寇隨將軍直接去見巡撫的道理，我便在此守候，等你的消息便是了。」

待鄭氏諸人出門而去，何斌差出隨從，一人在房內看書等候。那雕木花窗沒有關嚴，一陣微風吹來，燈光左右晃動，何斌無奈，只得起身關窗，一眼看去，卻見窗外牆角處影影綽綽站立著幾個人影，猛然間聽到那幾人正低聲細語，凝神細聽，卻是什麼也聽不清楚。

何斌低頭想了一會兒，便拍手叫人：「來人！」

他一聲令下，門外便有親隨家人應道：「小的在，爺有什麼吩咐？」

「去，出門給我買些酒菜來。大晌午的，也沒人來張羅飯食，餓死我了。」

「是。」

那家人應了一聲，便再無聲息。

何斌嘆了口氣，也不再看書，轉身躺在床上靜思。待過了盞茶工夫，便聽到門外有人聲傳來，何斌問道：「是誰？」

「回何爺的話。適才您命家人出門辦事，因鄭爺臨走時交代，局勢不明，務必請何爺在房內稍候，不要出門。便是貴府的家人，也是不出門的好。若需要什麼，只管吩咐小人們去辦便是了。」

何斌聞言，豆粒大的汗珠頓時從額頭上流了下來，直淌到嘴角猶然不知，乾扯著嗓子笑答道：「如此也好，貴管家費心了。我只是想要些酒菜，自酌自飲罷了。從府上拿原也是一樣，倒是我考慮不周，勞煩大夥兒了。」

那鄭府家人笑著應了，自去準備酒菜不提。

何斌聽他去得遠了，方在房內急步而走，雙手握拳，心內只道：「此番命不保矣！原來鄭芝龍根本無意招安我們，這廝包含禍心，根本就是要借助朝廷的力量搞垮我們！」

心裏雖明白，一時半會兒卻想不出主意脫身，只急得在房內團團亂轉，直到指甲刺破手心，一陣刺痛傳來，這才突然想到：「脫身之策，只在此人耳！」

想到此處，便不再著急，只在房內靜候。

不多時工夫，鄭府家人將酒菜送到，隨著何斌親隨一共將酒席擺好，便要退出。

何斌坐在桌前，先是自飲了一杯，見那鄭府家人要走，便向他笑道：「何必如此著忙，且坐下與我同飲一杯！」

那家人笑首回話道：「小人是什麼身分，敢同何爺飲酒，沒的折了小人的草料！」

何斌又虛邀了幾回，那家人只是不肯，何斌便從袖中掏出一錠大銀向他笑道：「也罷，我知鄭府的規矩大，不勉強你就是了。這銀子你拿去，是爺的打賞。」

見那家人還要推辭，何斌怒道：「怎地，嫌爺給的銀子少麼？」

那家人連稱不敢，方才屈身行了一禮，眉開眼笑地將銀子收了，又向何斌作了一揖，便要辭出。

「且慢。」

「何爺還有什麼吩咐？」

「一個人飲酒無趣，你去看看你們鄭彩鄭爺可有閒暇，就說我邀他來飲上幾杯。」

「小的知道了，這便去請彩哥兒。」

見那家人去請鄭彩，何斌心內打鼓，不斷暗祝各路神明保佑，一定要將那鄭彩請來。

過了半晌，何斌心內忐忑不安，只如過了半輩子一般，突然見那家人躬身在前，身後有一男子白衣飄飄，丰神俊逸，擁有一張英俊而傲氣的臉，卻不是那鄭彩是誰？

何斌心內大喜，面上卻只是淡然一笑，往廂房門口處一站，向鄭彩遠遠笑道：「難得鄭大公子賞光，何斌幸何如之？」

鄭彩見何斌迎上前來，也道：「何需客氣。廷斌是客，原本咱們就該接見洗塵。倒教兄來邀我，卻是鄭彩的失禮了。」

兩人在門廳處客氣一番，方才相攜入席。

何斌不提此番正事，鄭彩卻也是隻字不提，兩人杯來盞往，只是談詩論文，閒話先朝典故，不一會兒工夫便喝盡了一壺黃酒，何斌便道令人再上一壺，那鄭彩已是微醺，見何斌令人上酒，便推辭道：「廷斌兄，彩原本便量淺，現下不知不覺間竟喝了這麼許多，已是過量。彩是不能再喝了，叨擾已久，彩卻是要告辭了。」

說罷，不管何斌如何邀留，鄭彩只顧要走，堪堪將身站起，便要向門外行去。

何斌見狀，突然正容厲聲向鄭彩說道：「大公子，何某突然想起一事，適才卻是忘了說了！」

鄭彩聞言大是詫異，問道：「廷斌兄，何事如此重要？若是此番招安一事，請恕彩無能為力，此事一概由我一叔處置，其中細節彩一概不知，也不想過問。若是此事，請恕鄭彩仍要告辭。」

說罷拱手一揖，以示歉意。

何斌卻笑道：「我怎會在此時用這些俗務來煩大公子。良朋美酒，自是會文的好時候，那些俗事且等明日再說不遲！」

「那廷斌兄有何大事要與鄭彩說？」

何斌將鄭彩一拉，又入了席，方才笑道：「說來當真是十分稀奇，前陣子台北傳來一首詞，填的精彩之極，依我的愚見，只怕是宋朝以來未有的大氣度和豪邁詞風。與此人的詞相比，稼軒詞竟不足道！更奇的是，此人竟然未及弱冠，現下便有如此成就，再假以時日，前途當真是不可限量啊。」

鄭彩原本就極好詩詞歌賦，平時裏也頗愛附庸風雅填上幾闕，現下聽何斌如此稱道，心內好奇之極，立時便問道：「此人姓甚名誰？家住何處？填的又是甚好詞？為何鄭彩從未聽人說起過？」

「鄭大公子，你卻有所不知，此人正是福州人士，說起來學填詞時日不久，是以名聲未曾讓大公子知曉，他那首詞，也是我差家人來福州採買物品時，因此人家中也是生意人家，無意中得見，我家人知道我素愛此道，便抄了來送與我看。我一看之下心中甚是佩服，此次親來福州，一來是事情重要，親來的好，二來，也是想拜會這位難得的才子啊。」

鄭彩聽到此節，不由得信了八分，此次來福州十分危險，何斌在台北也是主事之人，如何事情沒有眉目便親身涉險，原來有這層關係在裏面。當下心內癢癢之極，向何斌催問道：「到底塡的是什麼詞，廷斌兄可否背出來給小弟鑒賞一下？」

何斌大笑道：「這有何不可？大公子聽好了……」

見那鄭彩凝神細聽，何斌肚裏忍不住好笑，便背道：

「《沁園春、長沙》獨立寒秋，湘江北去，橘子洲頭。看萬山紅遍，層林盡染；漫江碧透，百舸爭流。鷹擊長空，魚翔淺底，萬物霜天競自由。悵寥廓，問蒼茫大地，誰主沉浮？攜來百侶曾遊。憶往昔崢嶸歲月稠。恰同學少年，風華正茂；書生意氣，揮斥方遒。指點江山，激揚文字，糞土當年萬戶侯。曾記否，到中流擊水，浪遏飛舟？」

背完看那鄭彩神情，卻見他雙目緊閉，兩手在桌上輕叩，嘴唇微動，顯是在複背這一闋詞，何斌心中忐忑，不知鄭彩究竟覺得如何。

正自擔心，突聽那鄭彩兩手一合，猛拍一掌道：「好詞！絕妙好詞啊！」說完站起身來，神情激動，在房內轉了幾圈，又道：「意境，意境當真是高妙之極。真想不出，一個弱冠少年能寫出這般意境非凡的好詞！」

雙目緊盯著何斌，問道：「何兄，你可千萬不要誑我！這詞當真是福州一少年寫的麼？」

何斌正色道：「鄭大公子，這話說的可真是差了。我幹嘛要誆你，還有，縱然我想誆你，你覺得這詞是尋常人物寫的出來麼?若真是名家之作，只怕早被傳抄天下了，哪能留到今日。」

「不錯。這詞雖志趣不凡，倒還讀得出是年少人的心曲抱負，此人志趣和心胸皆是不凡，若是能羅致在我鄭家手下，將來必是鄭家得力臂助！」

「嘿，這可是要和我搶人來著。」

鄭彩笑道：「我不與你搶，你也恐難如意。你那台灣說到底是海外孤島，我鄭家現在已歸附了朝廷，此人跟了我們，將來保舉一個功名也不是什麼難事，哪有和你去海外鑽沙的道理！」

說完拉著何斌的手，急道：「咱們現下就去找那少年，我要向他討教詩詞！」

何斌假意推道：「咱倆都飲了酒，這醉醺醺的，只怕不合適吧?」又打了一個呵欠，笑道：「再說我也乏了，想要歇個晌，待明兒我去辦完了事，再與你去。」

鄭彩急道：「此番你的事情可不是容易辦的！雖然芝龍叔和鴻奎叔沒和我說太多，不過你此行可沒有想的那麼容易。這一耽擱不知道多少天呢！擇日不如撞日，咱們現在就去。」

說罷便拉著何斌雙手，向外拖拽。

何斌無奈，只得笑道：「你也得讓我換換衣衫吧，咱們去拜會才子，可不能就這麼家常衣服就去了，在門外等我片刻成不?」

鄭彩無奈，只得先出門等候。

何斌掩了門，暗道一聲：「僥倖！若不是前些日與陳永華論文，張偉在一邊恥笑，自己硬逼著張偉背了這闋詞，只怕是今日別想脫身了。現下雖有鄭彩相助，能不能成還是五五之數，無法，也只得博這一注了。」

當下假做換衣，喚了長隨進房，暗中囑咐幾句，便開門與那鄭彩向鄭府門外行去。

還未走上幾步，便有那鄭府家人上前攔道：「何爺，大公子，老爺吩咐了，現下事情還沒有辦妥，何爺出去只怕是有危險，還是留在府中靜候老爺消息的好。若是有什麼需要辦備的，只管吩咐小人去辦便是了。」

何斌還未出聲，那鄭彩便不耐道：「閉嘴。爺做事要你來多嘴！給我退開，我與何爺去去便回。老爺有什麼責罰，我自會同叔父講。」

那家人聽他如此說，只急著跳腳，卻又不敢當面說出要軟禁何斌的話來，拚了命地向鄭彩使眼色，鄭彩一心想去拜會那天才詞人，哪會留意？見他仍擋在身前，怒從心起，「啪」打了那家人一個耳光，怒道：「反了你了！再敢擋路，爺立刻就開發了你！」

那家人吃了這麼一記耳光，心裏也是氣極，當下咬牙笑道：「成，既然大公子一意要出去，小的們自然沒有不依的道理。」

說罷讓開去路，目送那鄭彩攙著何斌出門而去，打了一個呼哨，在暗中設伏的數十名壯漢尾隨何斌一行而去。

鄭彩卻不理會其他，只興致勃勃拉著何斌問道：「那少年家住哪裡？咱們是步行還是坐車？」

何斌笑道：「雖說不遠，走路到底還是累得慌，再說，走得一身塵土到人家裏去，也是不恭敬得很。」

「對對，這話很對，我這便叫騾車來。」

說罷向府前叫了幾聲，吩咐人去牽了一輛騾車過來，與何斌坐了，何斌向那車夫吩咐道：「到尙書里。」

鄭彩見那車夫不動，喝道：「沒聽到何爺的吩咐麼！」

那車夫聽得鄭彩發怒，忙不迭揮鞭驅車前行，向那尙書里行去。

何斌自上了車便閉目養神，不管那鄭彩急得上竄下跳，就是不肯再講那少年詞人的情形。待車行了半個時辰，正路過那福州府衙，那騾車突地一停，鄭彩怒道：「怎地又把車停了？」

那車夫委屈答道：「不是小人要停，是何爺的伴當把車拉住了。」

何斌不待鄭彩發問，早已將腿一伸，自有親隨扶著他下了車，見鄭彩一臉驚詫，何斌冷笑道：「鄭大公子，不是何斌欺你。實是你那幾個叔父一心想拿我這反賊來邀功，只怕這會兒他們在巡撫衙門裏不知說我們多少壞話，待那撫台發怒，下令剿滅，先把我獻了上去，殺了祭旗！虧我與張志華一心以為你那叔父想回內地，不欲在海上樹敵，好心來招撫我們，原來是嫉賢忌能，向巡撫告了我們的狀，又來哄騙我們，當真是其心可誅，其行可鄙！」

見鄭彩一臉不信神色，何斌又道：「此番若不是你帶我出門，你當你那叔叔們安排的家人兵丁都是吃素的麼。」揚眉抬頭向鄭彩身後冷笑道：「你回頭看看，適才那混帳帶著幾十條壯漢跟隨了來。鄭彩賢弟，此番做哥哥的靠你才脫了身，保住了性命。雖說是矇哄於你，卻也得謝你救了愚兄一條性命。」

說罷將身長揖，向鄭彩拜上三拜，起身大笑道：「走罷，明知山有虎，偏向虎山行。我何斌既然來了這福州，那巡撫衙門便是龍潭虎穴，也得闖上一闖了！」

鄭彩迷糊問道：「廷斌兄，既然你明知如此，又何苦去撫台衙門送死呢？」

「嘿，我若去了，還有一線生機。我若是不去，只怕必死無疑！現在我就是能逃離你叔叔的掌握，難不成我能從福州飛到台北去麼？你叔父只是吩咐下人看住我，沒有明著翻臉把我鎖上，也正是因此緣故，不然的話，就算有你領路，我又哪有這般容易出門！」

說罷轉身，昂首向前方的巡撫衙門行去。

那鄭彩看在眼裏，只覺得何斌雖身量不高，貌不驚人，此時的氣度舉止，卻當真令人折服。呆了一刻，突然想起問道：「廷斌兄，請教那詞人到底是不是福州人士？」

何斌遠遠回頭笑道：「那詞是張志華從海外帶回，原是一海外才子所作，我也無緣得見，他日若是訪得此人下落，一定告之大公子便是了！」

鄭彩聞言茫然若失，只喃喃自語道：「原來是海外的才子所作，只怕今生是無緣得見了，可惜……可嘆啊！」

何斌卻不理會他，只帶了十餘家人向那巡撫衙門而去，身後遠遠跟隨的那些鄭府家丁，見他離撫衙越來越近，因此地是鬧市，又有不少巡捕官丁來回巡弋，故而眼見何斌慢步向前，卻是一聲也不敢吭。跟了幾步，又見鄭芝龍帶著鄭鴻垄數人從撫衙而出，正好與那何斌迎個對面，那家人當時只覺眼前一黑，心內只道：「此番吾命休矣！」

鄭芝龍從衙門出來，卻不料正與何斌迎個對面，心中驚訝之極，向何斌笑道：「廷斌，你以前很穩重的一個人，怎麼今兒這麼急性子？我不是讓你在家等我消息麼，怎麼就一個人巴巴的跑來了，也虧你敢！」

何斌先不答話，只向鄭芝龍兜頭一揖，板著臉道：「鄭老大，想我何斌跟隨你多年，功勞苦勞都頗是立了一些。雖說現下與張志華在台北發展，但也沒有得罪過老大你，何苦一定要壞我的性命？」

鄭芝龍聞言一怔，強笑道：「廷斌，你說的這是什麼話！我好好的幹嘛要壞你性命？即便是招安不成，我也敢保你平安回台北！」

何斌冷笑道：「不必了！芝龍兄何必把我當傻子呢！安排那麼許多家人看著我，難不成是好耍的麼？」

「那也是爲了護著你的安全！」

「不必掩飾了。自你到台北，我心中便有不安，只是想來想去，想不通其中關節，適才在你府裏，突然見你差人看著我，這才豁然開朗。你親自來台，一則是取悅熊撫台，二則，也是讓我們放鬆戒備。想你鄭老大不是什麼善男信女，我與張志華脫離你掌握，又一拳一腳的在台北開創那麼大一個基業，現下隱隱然有取代你閩海霸主的模樣，你安能不怒?你怎能不想辦法翦除我等？不論咱們是否同意招安，你定然會在撫台面前一力詆毀，兩邊都做了好人，又能借官府之力對付台北，當真是一石二鳥之計，小弟佩服之至！」

鄭芝龍待何斌這番話說完，方才冷笑道：「不錯。想不到我小看了你何斌這個鑽在錢眼裏的商人！你能脫得了身，又悟通這其中的關節，也罷，我也不必瞞你，此番我卻是定了計要對付那張志華。不過你也可以放心，適才撫台發怒，要我立斬了你，還是我拚死勸諫，才先寄下你這條人命。你隨我多年，我要對付的是張志華而不是你，你且隨我回去，我自然不會壞你的性命。如若不然，只怕明年今日，便是你何斌的忌日。」

「有勞鄭老大關心。只是這富貴險中求，何斌卻不想把性命交托到他人手上，是死是活，只管自己搏上一搏，大哥若是行開一步，何斌便托人請見撫台。大哥若一意要爲難，那何斌只能敲鼓求見，總之今日一定要見那撫台的面不可。」

鄭芝龍想不到何斌平日裏笑容可掬，言辭和善，看起來如泥人一般好捏，現下隨了張偉幾年，性格卻變得如此強悍，見他手中拿著鼓槌作勢欲敲，心中思忖了一番，覺得此人進去也不過是速死而已，便冷笑道：「也罷，我好言相勸，好心袒護，你卻毫不領情，也罷，從今日起，你我再無情誼，以後是敵是友，只看朝廷的意思。若是撫台下令，只怕我也救不得你的性命了。」

說罷拂袖而去，暗中留下人手打聽消息，回府之後得知原委，自是大罵鄭彩不提。

何斌在撫院門口遞了拜帖，又賄賂了門政傳話，半晌過後，聽那院內有人說道：「撫台大人命那何斌進見……」

何斌聽得真切，便將全身上下整飾一番，又令背著金塊的兩名健壯隨從隨他一同向那衙門後院而去。

見何斌帶著人往內院而來，卻有一撫院中侍衛的旗牌軍校迎上前來，喝止何斌一行，又向領路的內院家人怒道：「不曉得規矩麼，巡撫大人傳見誰，便依例帶誰進去，怎地敢把這幾個不三不四的人也往內院領！」

那家人聽那旗牌官喝斥，倒也不慌，向後一努嘴，笑道：「這位何先生說是帶了一些家鄉土產，他一個人搬不動，總不能就把東西扔在外邊？那要是老爺知道了發作下來，誰擔當得起呀。」

何斌見那軍校仍是不依不饒模樣，心中有數，向身後隨從使個眼色，自有人上前，在那軍校袖中捏上幾下，那小校收了銀子，臉色轉和，仍是在何斌諸人身上摸上幾摸，驗明了沒有凶器，方才揮手放行。

第四章　賄賂巡撫

當即微微一笑，也遵命不提。後來見各人各自散去做事，何斌便托了熊文燦身邊管家，於晚間悄悄於熊文燦書房入見，將那千兩黃金送上。熊文燦不想這台北來人出手如此闊綽，一送禮便是上萬多銀子，心中狂喜，立時便改了稱呼，口稱何賢弟不提。那送到北京的奏章，也令人寫得分外賣力了些。

待到了內院正堂門前，那領路家人令何斌暫住，自進去稟報，何斌凝神細聽，約莫過了一炷香的工夫，方聽到裏面有人咳了兩聲，爾後聽到有人道：「甚好，傳他進來罷。」

待那家人出來傳喚，何斌便整衣而進，甫一進門，便見大堂正中正端坐一中年男子，面團團似富家翁，頭戴四方平定巾，身著玉絹長袍，見何斌打量自己，兩隻眸子射出寒光，嘴角一抿，冷哼了一聲。

何斌突然想起還未見禮，而且自己這般打量這位朝廷要員，實屬大不敬的行爲，只怪在海外久了，這些禮節之類早已疏怠。當下不敢怠慢，立時跪在地上，磕頭請安，口中道：「草民何斌，給方伯大人請安。」

「你且起來。」

「是。」

何斌至此方向四周打量，見大堂四周分列著錫槊、鋼叉、籐棍各兩對，這原是京官出外所備儀杖，又見熊文燦左首坐著幾位儒生打扮人物，想來便是這位撫台大人的幕僚清客了。

因熊文燦沒有賜他座位，何斌只得原地起身，站在大堂正中，見熊文燦目視自己，便又向他一揖，恭聲道：「方伯大人，草民何斌有下情要上陳大人。」

「你還有什麼話說！適才游擊將軍鄭芝龍來同我說，此番他去台，你們出言不遜，舉止傲慢，你們那個匪首張偉，居然連面也沒露。聽他說，你們想自立爲藩守，不願受朝廷管轄，如此你還來做甚？欺朝廷無人耶？」

說罷，將手中茶碗一頓，喝道：「來人，拿去！著有司會審！」

何斌知成敗在此一舉，眼見堂下侍立的撫院中軍已向堂上過來，便要著手擒拿自己，將雙手一舉，大笑道：「草民請問撫台大人，若是咱們無心歸附，又爲何要派何某來此？難不成何某的腦袋沒事被大人砍著好玩麼？」

見熊文燦不爲所動，又道：「何斌雖是賤命一條，在台灣卻也是做得主的人物。前任福撫朱大人，便是因剿滅鄭芝龍失敗丟了官職，不是何某威脅大人，何某死不足惜，只怕鬧將起來，對大人的前途不利。」

聽到此處，熊文燦本人尚無反應，眼見那些軍校便要將何斌拖出，熊文燦左手處便有一清客笑道：「大人，依晚生看來，還是讓這賊寇說說來意的好。」

熊文燦輕捋鬍鬚，點頭道：「也罷。」轉頭向何斌喝道：「速速講來！」

何斌將身體一掙，冷笑道：「大人，僅憑一面之辭就下定論，未免失之草率！想我們與那鄭芝龍，雖未動過刀槍，不過一向不睦，大人難道不曾聽說？」

「那也是你們的事，和撫局無關。」

「不然。同樣的話，在有心人說來，自然便是不同的結果。比如那台北災民成堆，整日鬧事，小的們成日是不堪其擾，又因台灣一向是化外之區，聚集的大多是悍勇不法之徒，再有台南荷蘭人爲患，宣稱台灣是他們領土，讓我們這些在台北墾荒之人向他們繳納賦稅。故而爲朝廷計，不方便在台設官立府，只需建衛鎮守，以防有賊人造反作亂便是了，如此苦衷，撫台如何能完全明白呢。」

「一派胡言。聽鄭芝龍說，你們那裏足有數十萬人，人丁興旺，所入豐富，哪有你所說的這般淒慘。」

「大人，那鄭芝龍唯恐我們與他爭奪海上貿易之利，故而一心想整死我們，他嘴裏哪能有實話！他那倭國貿易的航線，一年獲利百萬有餘，故而極是忌憚有人與他爭奪，我們在台北已快活不下去，他此番去台，與他商議海外貿易之事，他一口回絕，現下卻說咱們收入頗豐，試問大人，這天下誰不知道他鄭芝龍走私發家，富可敵國？咱們在台北土裏刨食的，能賺幾個錢？」

那熊文燦聽何斌如此說，與身邊諸幕僚對視一眼，心中都以何斌此番說辭爲然，他們自然不知台北有諸般產業，張偉、何斌又有往南美的貿易船隻，只道台北之眾確實只是些流民墾荒。聽到此處，各人心中皆是對鄭芝龍之刻薄凶橫不以爲然，又念及他如此富有，三番幾次的只是送了幾萬銀子給撫台，至於這些清客之類，所得便是更加的少了，若不是有用他之處，當真是可除之而後快了。

熊文燦此人，原本便最愛招撫，打仗又費錢，又費力，哪有給幾頂官帽子便將悍匪大盜招爲己用來得舒服？他自任福建巡撫始，先是招鄭芝龍，後任兩廣總督又欲招降劉香老，待後來奉命鎮守襄陽，征伐張獻忠、李自成，手下雄兵十數萬，他仍是以招撫爲主，後成功招撫了張獻忠，得意一時。哪知那張獻忠假投降，成日賄賂熊文燦以防其疑心，後來在穀城扯旗又反，不多久便又成燎原之勢。崇禎大怒，將熊文燦逮繫詔獄，後終於砍了他腦袋。此人一生，可謂成也招撫，敗也招撫了。

因見何斌言辭懇切，頗有道理，熊文燦終於點頭道：「聽來還是有些道理在。不過你們招募了數十萬災民，這也是不對的。內地百姓皆吾皇赤子，你們把他們誘到海外不毛之地，不服王化，早晚必生禍亂！」

「回大人，台北原有數萬人，皆是歷年閩人中家境貧苦不能自存者，無奈之下出海尋一條生

路。台北雖窮，到底土地肥沃，只要肯踏實苦幹，總歸有幾口飯吃。各人聽說那閩南大旱，災民遍野，因怕家鄉親人受苦，故而哀求咱們出船出力，到內地把閩南願意來台的災民接到台北，還能有條生路。若是留在內地，一則增添吾皇負擔，二則怕有歹人在其中惑亂，恐生大變啊。」

「到了台北就不生變了？狡辯！」

「台北與內地不同，孤懸海外，原是化外不毛之地。縱然是生亂，又與朝廷何傷？是以張偉與小人之意，只需朝廷給個名義，設衛置所，平時注意彈壓，維持著不生變亂就是了。何苦要朝廷多費心力，管制那區區彈丸小島？」

見熊文燦臉色越發和悅，何斌又道：「稟大人，那台南荷蘭紅毛勢力越來越大，幸得咱們敷衍的好，每年拚了命的想辦法給他們銀子安撫。即便如此，他們仍是勒索不休，若是朝廷設官立府，這銀子是給還是不給？若是給，哪有天朝上國向外夷納貢道理，若是不給，必起爭執，那請問朝廷是否能派水師大兵剿滅？若是不能，則受苦的是台北百姓矣。只怕到時候百姓怨恨官府和大人，必生大亂！」

熊文燦不悅道：「難不成咱們怕那些個紅毛鬼不成！」

話音甫落，身邊眾清客便咳個不休，他聽了頓悟，立時便改口道：「不過多一事不如少一事，能不起爭端最好，和睦外夷，也是天朝上國的風範。」

說到此處，台北建衛之事熊文燦已決心向上陳報，只是顧慮張偉受撫後又割據為亂，心內終是不安，便沉吟道：「你們的苦衷我已知曉，只是這建衛受撫，我卻做不了主，必得將此事向皇上稟報。且建衛之事不歸我管，終究要福建都司首肯方可。」

「大人，這便是敷衍之詞了。現下福建一省內自然是大人最大，朝廷所派的都司不過是元老親貴，掛名而已，究竟該如何處置草民等人，自然還是大人您做主。」

「這可不是胡說麼，福建還有那麼多的親王、郡王，什麼時候輪到本府爲大。若是被巡按聽得了，參我一本，只怕我這巡撫就做不成了。下次可千萬不可亂說。你們在海外浪蕩慣了，我只怕受撫之後，你們不懂官場規矩，得罪我尚沒有什麼，若是得罪了別人，那可是不得了。」

「那總得需大人您照應。小人們正是聽說大人您的令名，方才決心受撫，總之，日後有何差使，還需大人您幫忙才是。」

「這個自然。那末，就請李老先生現在便幫我草詔奏章，將台北受撫一事詳情細細寫了向聖上奏報，等候聖裁。至於這位何斌足下，還請在這巡撫衙門暫住，等聖旨來了，再做處斷，如何？」

那姓李的清客聽熊文燦如此安排，自然遵命不提。何斌卻叫一聲苦，心道：「看來是無論如何也脫身不得了。這聖旨一來一回便要十幾天時間，只能在這巡撫衙門苦候了。」

當即微微一笑，也遵命不提。

後來見各人各自散去做事，何斌便托了熊文燦身邊管家，於晚間悄悄在熊文燦書房入見，將那千兩黃金送上。

熊文燦不想這台北來人出手如此闊綽，一送禮便是上萬多銀子，心中狂喜，立時便改了稱呼，口稱何賢弟不提，那送到北京的奏章，也令人寫得分外賣力了些。

那天之後，熊文燦便對何斌高看了幾分，平日裏有閒暇也會請何斌飲酒論文，何斌又加意奉承，不過十餘天時間，就與老熊相處的如同家人父子一般親熱。他平日裏出手大方，這撫院上下無一不受了他的好處，又見熊文燦高看於他，各人都是加意巴結，外間人等見此，不知道何斌原是被囚之人，還以爲是熊文燦的親戚子侄一般。

何斌雖混的得意，倒也不敢太過疏忽。安頓不久，便偷偷派人通傳了張偉福州情形，張偉大罵鄭芝龍混蛋之餘，立時便派遣了數十名精幹好手，潛伏於巡撫衙門一旁，只等聖旨一來，若是朝廷不允所請，便立時可以救了何斌逃脫。

至於鄭芝龍方面，張偉因眼見要與荷蘭人翻臉，此時實在不可以多面樹敵，固而雙方雖已是撕破臉皮，卻仍是刻意避讓，台北貨物，仍是交與英國人與內地商行代賣，自個兒出手多賺銀子的想法，也只好暫時打消了。

鄭芝龍此次暗害張偉何斌不成，心內卻是鬱悶之極，加勁剿了幾股小盜，也是頗受熊文燦的誇獎，便暗中也招募了不少健壯好漢，充實安海，實力亦是日漸膨脹起來。

幾方人等一直苦候了大半個月，一直至十一月底，方有聖旨傳回，由錦衣旗校在撫衙正門開讀，駢四驪六的說了一通，原來是同意熊文燦所請，詔命張偉爲台北衛都指揮使，正三品，何斌爲指揮同知，從三品，其餘同知、僉事、經歷、吏目等官職，皆由熊文燦與張偉自行任命，具冊呈報史部便是。

至此之後，張偉便是有了朝廷官職，正式成爲大明帝國的高職武官，只是他身處台灣，無人能管轄於他，崇禎肯給官職，亦是因天下多事，招撫一人總比逼反一人的好。

只是張偉在台北港口又接了一次聖旨的時候，心內暗想：「此事終究是無奈之舉，就怕何斌他們得了官位，反倒一心爲朝廷效命，這可就不大妙了……」

待何斌從福州歸來，與張偉一起賄賂打發了頒旨的錦衣旗校，原本依何斌的意思，得快些趕製好公服、朝服、常服，然後帶陳永華施琅等人至福州保舉，一來可以寬熊文燦之心，二來可以振台北士氣，然後再攻擊荷蘭，可收事半功倍之效。

何斌原本是普通的市井小民，後因家境貧寒跟隨鄭芝龍在海上奔波，憑著心機膽識，終博得了豐厚家財，又隨張偉至台北，數年恍惚過來，已是一人之下，數十萬人之上，除了沒有正式的官誥，已是尊榮之極。現下又做了指揮同知，雖說只是從三品的武官，見了知府也只是平禮相交，家裏娘子早已喜不自勝，已將三品夫人的行頭定好，待何斌頭頂烏紗帽，身著三品武官的補服，玉帶官靴喜氣洋洋的返家，當真是恨不得立刻便攜著娘子在台北七鎮四處逛上一圈。

他回台三日，除了與張偉一同送走了錦衣旗校，又力言暫緩攻台南外，整日在府大宴賓客，呼

朋喚友，又與在台北衙門供職的來台舊人一共商議保舉的官職人選，什麼同知、僉事之類，這些人也是不敢想，至於經歷、吏目等六七品的小官兒，倒是人人眼紅。

這數日來，無數人來尋何斌，敘舊喝茶拐彎抹腳者有之，直來直往索官者有之，撒潑胡鬧者有之，據理力爭者有之，成日在何府中攪鬧，何斌初時尚覺得有趣，乾脆齊集在府中一同商議，後來見各人吵得不成樣子，剛做官的新鮮勁兒又已過去，想起施琅、陳永華根本不見蹤影，就連張偉亦是消失數日，心頭納悶，不免自嘲一番，便吩咐下人備車，偷偷從後門溜出，向張偉府中而去。

待到了張偉府前，卻聽張偉家人言道：「我們爺說了，若是何爺來了，便請到鎮遠軍中尋他。」

何斌無奈，只得又令人驅車趕往鎮遠軍中。他倒不嫌跑路，只是在心中暗想：「朝廷建的是台北衛所，這鎮遠軍的名號，需得提醒志華，不可再用。」

片刻馬車便駛至軍營門前，自有小軍通報，不消一會兒工夫，便有人持著火牌返回，何斌注目一看，原來是金吾衛的一名司馬。那司馬見何斌看他，便跪地行了一禮，笑道：「給同知大人請安。」

何斌一時想不起此人姓名，卻知道他是馮錫範帶了來的，為人甚是沉穩幹練，乃是馮錫範的得力臂助，便含笑將那人扶起，嗔怪道：「你行禮便行禮，還叫什麼同知大人，這官職是哄著朝廷和百姓的，咱們自己幹嘛也弄起這些來，下次千萬不可如此。」

那司馬咧嘴一笑，回道：「這倒不是小人們做怪。是張爺有令，待同知大人來了，一定要以官職相稱。」

何斌聽得那司馬如此說，雖面上仍嘻笑如常，肚裏卻道：「張志華這可算是著人損我了。」當下便不再多說，便令人將營門打開，等了半天，卻見那營門分毫不動，何斌怒道：「怎麼回事，爲甚這營門半日不曾打開？」

那司馬見何斌生氣，立時便斂了笑容，答道：「回大人的話，張鼐將爺有令，除持有火牌印信之人可進軍營，其餘人等皆不得入營。大人若是進營，需下車獨自步行。」

何斌聞言氣極，心頭如被火油烹煮一般煎熬的難受，一陣陣煩悶之感襲來，差點兒便要揮手毆擊那司馬，好不容易平復了情緒，向那司馬冷笑道：

「很好！那張鼐還是我看著出息起來的，想不到現在當真威風得很，軍令一下，令行禁止，若是有一日令你們砍了我的腦袋，只怕你那腰刀立時便揮到我脖子上了吧？」

見那司馬吭哧吭哧不敢答話，何斌跳下車來，怒道：「虧我還是什麼鳥同知大人！頭前帶路，我看看張志華如何向我解釋！」

那司馬不敢多嘴，小心翼翼帶著何斌進了營門，立時派小校飛奔去通知在營的張偉知道，待張偉迎上前來，何斌已氣呼呼行至節常門前。

見張偉仍是身著庶人衣袍，身後施琅及鎮遠諸將皆是身著普通皮甲，唯有自己已換了大明的二

品武服，原本興師問罪的心，突然冷卻下來，想一下原是自己太過熱衷，被他玩笑一下倒也無妨。

張偉卻不知道何斌原已動怒，見何斌身著嶄新官服，乃上前笑道：「同知大人來啦，小的們可是有失遠迎。」

何斌原已熄滅的怒火立時被張偉點燃，一時說不出話來，只是顫抖著手指向張偉，口中喃喃念道：「你好……你好！」

張偉見他情形不對，忙正容道：「廷斌兄，這是爲何？」

「爲何？」

何斌咆哮著道：「我何斌是有些熱衷功名，不過同意歸附朝廷也是你張志華同意之事，何苦如此取笑於我！想我在福州冒了性命危險，難不成是爲了今日被你羞辱麼！」

說罷拂袖轉身，便欲回頭返回鎮北。

張偉大急，忙拉住了何斌衣袖，道：「廷斌兄，你我相交數年，難不成幾句笑語便生小弟這麼大的氣？」

「幾句笑語？」何斌轉頭怒道：「在那營門處你便命那金吾司馬取笑於我，然後又擋我的馬車，令我步行進營，折辱於我，現下又當著諸將的面取笑我，志華，你此番未免太過分啦！」

「金吾司馬如何敢取笑你？」張偉怒道：「來人，適才是誰在營門處値班？」

「不必裝腔作勢，不是你令他喚我同知大人麼，這不是取笑是什麼？」

「唉呀！兄誤會大了！這的確是我的命令，不過卻不是爲了取笑於你，是即日起，軍中所有人等皆需喚我爲指揮使，喚你爲同知，待我們保舉施琅爲同知，張鼐、周全斌、劉國軒、馮錫範爲都僉事的呈文批覆回來，軍中稱呼便立刻更改，不得拖延。這番舉措，也是爲了讓朝廷放心，自即日起，也不准再自稱鎭遠軍，只准自稱是台北衛所軍士。」

何斌聽到此處，胸中怒火已熄了大半，雖是身體仍兀自氣得發抖，人卻已是冷靜下來，便又問張偉：「志華，你做得很對。我原也想提醒你快改了這鎭遠軍的稱呼。你自己想到了，倒省得我多嘴。只是你在搗什麼鬼，幹嘛令人不准我坐馬車進來，一定要我步行？」

「嘿嘿，倒不是防你一人，你可曾看到我的馬車和其餘閒雜人等？」

何斌回頭四顧，整個軍營除了軍士外，再也看不到任何一個平民的身影，狐疑道：「這是爲何？」

張偉將何斌手臂一拉，笑道：「別急別急，我們剛從節堂會議出來，原本要通知你來，不料你這幾日忙得昏天黑地的，就沒有喊你……你反倒自己過來了，也好，這便同我們一起去看火炮！」

何斌聽得張偉說他「這幾日太忙」，禁不住老臉微紅，便任由張偉一拉，向那營北放置火炮的營房而去，待回頭看看施琅，卻見他向自己略擠擠眼，故意走上幾步官步，何斌頓時火大，向施琅瞥告兩眼……兩人這般眉來眼去，不一時便到了營房。

待看守小軍將營房大門推開，各人便魚貫而入，只見整整八十門四輪火炮整整齊齊排列在營房

之內，何斌詫道：「上回演武還只有五十門，怎麼這麼點時間便造成了八十門？」

「廷斌兄，哪有把全部實力擺上檯面的道理！台北炮廠這半年多來拚了命的鑄造，好在台北便有鐵礦，硝石硫磺之類也管夠使用，我又不再要求後裝炮彈，改爲前裝，這樣工藝便省了許多事，若不是我堅持要用開花炮彈，改用實心彈，只怕現在一百門炮也鑄了出來。」

施琅此時方開口道：「還有，咱們這些炮都選用優質鐵材鑄造，不比大明的那些銅炮，重量上便輕便了許多，雖只是千斤左右，射程應該還在三里開外，而且都是開花彈，這一炮打過去，立時便有數十人倒地了。」又皺眉道：「儘管如此，一門炮也得配三十匹馬，才夠使用，現下雖是一直從內地購買馬匹，仍是遠遠不足。」

張偉道：「此次攻打台南，也不必將火炮盡數帶去。只帶三十門便夠了。此番沒有辦法使用馬匹，只得用人力推拉，好在不需行軍，多使些人手便是了。」

何斌聞言詫道：「那你何必這麼著急鑄出這麼許多來？」

「廷斌兄，咱們去打人家，總也得防備人家來攻打咱們。若是我們在台南得手，卻讓荷蘭人打下台北，那可就是得不償失了。是以，我令炮廠多鑄出來，是要在台北港口碼頭附近修建炮台。前些日早便令人用米漿大石建好了炮台，只待將這些火炮運去，澆築好地基，便可以使用了。」

「那咱們這台北便算是萬無一失了？」

「除非荷蘭人從國內調來大兵，不然的話，自然是如此。」

施琅皺眉道：「有一條大哥你沒有想到麼？咱們的火炮只是野戰用的六磅炮，而荷蘭人戰艦上自然會有大型火炮，射程遠在炮台火炮之下，那咱便只是被動挨打，如之奈何？」

「這我自然是想到了，炮台是以堅石鑄成，荷蘭人的大炮就是先打著炮台，也造不成什麼大的威脅，咱們又不想打沉它的船，只待它駛近，方才開炮還擊。雖說是被動挨打，到底炮台要比木船結實，只需擋住它們不得靠近就是了。那荷人屢次攻澳，歷次皆是敗在澳門炮台之下，是故台北建炮台之事，刻不容緩！」

說完嘿然一笑，道：「我自來台灣那一日起，便無一日不考慮與荷蘭人的戰事，現下總算是諸事齊備，你看這眼前的火炮，還有隔壁倉庫裏儲備的火槍、彈藥，糧食被服帳篷醫藥，以我訓練有素之威武之師，以敵五倍之兵力，此戰務必全勝，方能不負我的一番心血，諸位將軍，你們可明白了？」

見諸將無不應諾，張偉又道：「施將軍適才也說了，台北水師經過那英國人的幫助，諸般海上航行炮戰之法無不嫻熟，必能擊敗荷人水師，襄助咱們的步兵，運兵的船隻也已齊備，今夜便令兵士分批上船，待明日一早，便可船發台南！諸將，各自去準備罷！」

見各人應諾出了門，張偉又向何斌笑道：「現下可明白了？明兒便要兵發台南，今日哪還能容外人進來。」

「志華，我不是與你說了，待咱們去過福州，再打不遲。」

「廷斌兄，不是我有意與你作對，實在是將令一發，改期不吉。我早已與諸將打過招呼，待你一回來便兵發台南，各人早已做好了準備，前幾日，果尉以上校尉以下皆已知道消息，若是改期，士氣如何？軍心如何？爲將者不可朝令夕改啊！更何況福州之事雖重要，到底不過是錦上添花之事，待打下台南，全台盡在我手，那時候再加官進爵，也是美事一樁麼。」

說罷一笑，又道：「至於廷斌兄這幾日府內混亂情形，倒是值得沉思。咱們這點基業不過是剛剛開頭，這便開始擺功爭利，將來若是有什麼變局，那還不立時便垮了麼！依我的意思，這幾日所有到你府中要官做的，咱一個也不給，有怨或不滿的，難不成高傑的巡捕營是吃乾飯的？」

「我知道了，總之這名義可變，實質仍如當初，可對否？」

「哈，廷斌兄總算是明白了！做大事者，需防五音惑耳，五色迷目，這官威官服享受起來是好，不過咱們可沒到那享受的時候，不可不慎哪！」

何斌嘆一口氣，道：「不必多說，總之依你便是了。」

翌日清晨，台北港口靜靜停泊著一百餘艘大小不一的船隻，萬名士兵連同物資早已在半夜登船完畢。上船之前，才召集所有的果尉宣布計劃，由果尉到船上通傳所有的伍長，再轉達給兵士。

碼頭上，張偉負手而立，凝視著眼前的這些兵船戰艦，歷史在此時已然由他的撥動而改變了方向。原本到待數十年後，方由鄭成功率四百餘艘戰船，近三萬人攻台南，現下船隻和兵力減少了一半還多，只是這位歷史支流的推動者，心中卻絲毫不以爲意，數量上固然是少了許多，質量上可也高出許多……此戰必勝，才是這位初臨戰場的統帥現在內心的想法。

「諸位統領、校尉，兵士們士氣如何？」

由於嚴令兵士說話，明知眼前的這些戰船上搭載著滿滿的士兵，卻渾然不知船艙之內那些軍士的情形如何。

「回爺的話，兵士們知道是去打荷蘭鬼，雖說初戰有些緊張，不過對去打紅毛鬼卻是沒有一個人有二話說。您放心吧，戰場上就能看到兵士們的表現了。」

張偉輕輕點頭，笑道：「前面的話也罷了，倒是後面那句很對。到底如何，還是只能在戰場上看。」轉頭向馮錫範道：「我們現下便要登船，一會兒你同何爺回去，安排人手役夫整治炮台，封鎖碼頭，鎮內的事你不必管，由高傑負責，鎮外若是出了什麼紕漏，那我唯你是問！」

見馮錫範躬身應了，又向羅汝才吩咐道：「汝才，你要派出細作留神打探，不論是內地，還是鄭芝龍，都得給我留神。有什麼變故，立時派人尋我報告，不得怠慢。」

囑咐了兩人，回頭見高傑亦在不遠處，見他看來，立時在臉上擠出幾分笑容來，張偉一見，竟覺得有幾分親切，他此番離台距上次去福州已有數年，此去又是與荷蘭人開戰，兵凶戰危，雖說心內把握十足，到底還是有些不安，勉強將情緒提起，向送行的何斌笑道：「廷斌請回，請放心，就等著飲我們的得勝酒吧！」

說罷揮手而別，與施琅登鎮遠艦，聽那施琅下令道：「起錨，開船！」船上頓時一陣忙亂，起錨，絞索，整帆，眾水手經英人數月訓練，一應事務早就諳熟於心，不消一會兒工夫便諸事停當，那艦船慢慢離了港口，向大海中駛去。

張偉不理會這些細務，只站在船頭目視著這龐大的艦隊，打頭的二十四艘運兵船，大半是張偉的飛騎衛，雖說無法騎馬，但武藝精良又身著甲胄的飛騎衛，正適用於與荷人搶灘肉搏。還有四百名槍法精良的三衛兵士，兵船偽裝成運糖船的模樣，待駛近大員島碼頭時，便由他們先行上岸，而後以飛騎協同火炮上岸，壓制敵方火力，在後續的四艘戰列船及十艘小型炮船的掩護下，六十二艘運輸船滿載著兵士和物資，浩浩蕩蕩跟隨著前行的船隻，向那台南而去。

「指揮使大人，我代表大英帝國東印度公司，對您獲得貴國政府的任命，表示由衷的祝賀！」

張偉正沉思間，猛不防聽到有人操著蹩腳的漢語和他說話，回頭一看，卻正是那英國海軍軍官勞倫斯，因其與張偉聯絡有功，由東印度公司上報回英國，此人已由上尉升至少校，薪水待遇自然也水漲船高，因而對張偉著實是十分感激。現下見張偉也得了官職，料想這個年輕的中國人自然也是喜不自勝，現下覷見張偉一個人在船頭發呆，便殷勤地跑來向張偉道賀。

「聽說閣下的官職可是貴國的上等軍職了，當真是恭喜啊。」

張偉全然不在意自己得了什麼官職，那不過是虛名罷了，見這勞倫斯鄭重其事，反倒覺得好笑，聽他不住奉承，只淡淡一笑道：「這也沒有什麼，謝謝少校先生。」

見勞倫斯眨巴眨巴雙眼，顯是很不理解自己的態度，又笑道：「我國地大物博，人口眾多，故而官員也比英國多得多，像我這樣的官職，也是很尋常的。不過，閣下的漢語學得不錯了啊，這倒是真正值得恭喜的，以後咱們溝通便方便的多了。」

勞倫斯聞言得意道：「這是自然。由翻譯溝通，到底不如咱們直接交談方便。」又轉頭四顧，低語道：「再說有不少機密，知道的人越少越好。」

張偉讚道：「少校這番見識當真不凡，我相當欣賞。這樣罷，知會你們公司上層，日後凡派人來台灣，都要學好漢語，我日後定個級，過了漢語四級的，除了你們公司的薪水外，我另外發給補助，少校，從這個月起，你便可以每月領五十兩銀子！」

「啊啊，當真是萬分感謝閣下！待打下台南，我便立刻知會公司和下屬，大夥兒努力學習，一定能成！」

張偉噗嗤一笑，不再糾纏此事，因見施琅過來，便問道：「何時能到大員島附近海域？」

「明日一早，先讓假的送糖船靠近，然後炮船到鹿耳門外水域，將外海控制，等候荷人戰艦決戰。」

張偉皺眉道：「這些都還好辦，只是鹿耳門水道低淺，四艘戰列艦都進不去，無法對台南的赤崁城構成威脅，該當如何？」

第五章　出兵台南

那炮只不過打了小半個時辰，岸邊的士兵們卻只覺炮聲一直在耳邊響個不停，不住有同伴被炮彈擊中，慘叫連連，人人皆是臉色發白，心中只盼著這該死的炮聲快點停歇。

此事一直是台南之戰最困擾張偉的地方，當年鄭成功攻台，戰艦落後，兵器原始，若不是向台南時鹿耳門水道突然漲潮，船隊才得以避開熱遮蘭城的炮台，直接從台南的禾寮港上岸，搶奪了荷人囤積的糧食，站穩了腳跟。

現下張偉雖在戰艦及武器上遠超鄭軍，火炮也不比荷蘭炮台遜色，但修建了堅固城防的熱遮蘭城到底是心頭大患，他可沒有想過自己也能「有如神助」，大股船隻直接停靠到台南碼頭。

施琅笑道：「這也不算什麼。我與勞倫斯商議過，荷人在大員島駐紮了一千士兵，台南本島反而只駐了五百人不到，雖說那熱遮蘭城內有十餘門大炮，不過大半是對付船隻的實心彈，對人員殺傷極小，待我們打下了大員，用小型的運輸船大舉進逼，那十門火炮能打死咱們多少人？待咱們上了岸，咱們的火炮可比他們多得多啦，是以大哥你不必擔心。」

「不過，若不是這荷蘭人重視大員那個小小的沙洲島嶼，而是把重兵佈防在台南本島的話，咱們此仗還真的不容易啊。」

「荷人現下不過是把台灣當成貿易中轉站，那台南是多好的地方，荷人一上岸，便選了一處有淡水河流經過，土地肥沃、野獸成群的地方，附近還有不少沼澤，裏面都是經年的大魚，若是有意移民開墾，這些年下來，只怕早已不復當年模樣啦。」

施琅見張偉如此說，便笑道：「這荷人如此，不是等同老天把這一塊上好的土地送與大哥你麼，這可當真是鴻運當頭。」又問道：「這些年大哥一直派人打探台南情形，卻不知道究竟如何？」

張偉未及回答，那勞倫斯便搶話道：「台南及外島大員共有普羅岷西亞和熱遮蘭兩座小型城堡，除軍人以外，還有荷蘭商人、平民、醫生、傳教士等兩千餘人，圍繞兩座城市，方圓數百里內，住有漢民數萬，原住民數萬，加起來十萬人左右。漢民以農耕爲業，閒時漁獵。原住民則完全以漁獵爲生，這些年台南賣向海外的鹿皮，大多是原住民的獵物。」

見張施二人詫異，勞倫斯傲然挺胸道：「當初大英帝國也對台灣感興趣，是以一直在搜集台南的資料，現下有了張偉閣下做盟友，也就不必隱藏什麼了。」

張偉按捺住心中的不悅，將身一扭，向海面看去，只看到船行時那海面上一股股的波浪湧起，湛藍的海面上不時有飛魚海鳥掠過，再加上星星點點航行在四周的戰船，看起來當真是美麗非常。看著這如斯美景，張偉心內暗道：「此時你們還敢亂打主意，待我控制了整個南洋，看你們還敢不敢！」

那勞倫斯不知張偉心中正是不悅，他正是說得興起，又向張偉道：「當日我們與荷蘭人共同進攻澳門，死傷頗多，還有數十名英國人被澳門葡人扣押，連同一百多荷蘭人給他們修炮台，待咱們打下荷蘭，可以合作再攻擊澳門，趕走葡萄牙人，到時候澳門可以給英國做爲租地，東印度公司得到更大更好的發展機會，也必將會重重感謝閣下。」

張偉聽他說起此事，不覺冷笑道：「少校，不要把事情想的太過簡單！當初租澳門給葡萄牙人，也是因明朝官員收受了賄賂，朝廷早有收回的打算。這些年你們幾次三番的在澳門開戰，早有官員報了上去，我現在身爲大明的官員，夥同你們去打澳門，我可怎麼向上司交代！」

「啊，這是我的疏忽，我向您道歉！」說罷鞠了一躬，以示賠罪。

張偉卻突然笑道：「不不，這沒什麼。閣下適才的提議，倒讓我想起一件事來，不知道有沒有商量的可能。」

「閣下請說，只要有可能，我們必當效力。」

「你們知道，因爲我與鄭芝龍的衝突，我不可能做南洋的貿易生意。雖然趕走荷蘭人後，我們雙方可以通過台南港口加大影響，擴大生意，不過終究是杯水車薪，是以我的意思，是想與貴方擴大合作的規模，一同聯手，將荷蘭人從整個東印度趕走，你們看如何？」

「這……請恕我直言，閣下現在的實力太弱，不足以負擔一場大規模的戰爭。而且，雖然我國也極欲控制東印度群島，不過荷蘭人先來一步，從這裏掠走了大量財產，故而在歐洲人稱『海上馬車夫』。坦白說，他們的海軍實力並不比大英帝國差上什麼，是以在我國準備與荷蘭爆發全面海上戰爭之前，我們只能與其發生一些小規模的衝突，偶爾假扮海盜搶搶他們的商船，若是想打下整個東印度，那非得正式宣戰不可，目前的形勢，好像是不大可能。」

張偉點頭稱是，答道：「確是如此。是以我的意思並不是讓你們主攻，只需在明年繼續向我提供戰艦即可。」又笑道：「我亦知你們為難。前番若不是急著想打開貿易管道，連這四艘也不會賣給我。說是讓我幫你們打荷蘭人云云，其實只是想坐山觀虎鬥罷了。也罷，若是戰艦不方便再賣給我，我想請你們公司從貴國招募一些造軍艦的人才，我自己花錢打造戰艦，這總該可以了吧？」

勞倫斯初聞張偉又要買船，正在為難，不知如何回絕才好，又聽得張偉放棄買艦，只需要提供造艦技師，便慨然答道：「只要閣下提供優厚之待遇，我國造船的技師有的是，我幫閣下去英國本土招募便是。不過，閣下究竟能仿製出怎樣的軍艦來，這我可不能擔保。」

張偉冷哼道：「我國沿海造船技術並不比貴國落後多少，只是這大型戰艦沒有造過罷了，待你們提供一些技師，我仿製一下，只怕也未必比你們落後，甚至領先你們，亦不是不可能。」

勞倫斯聞言訕訕一笑，表面上不與張偉爭論，心裏卻是不以為然，在他眼裏，這些東方人也只是會燒些瓷器，紡些絲綢罷了，至於大炮軍艦，還是不要亂造的好。

當下各人又閒聊片刻，便各自回艙休息不提，來日便要有一番大戰，自是要提前養足精神爲是。

到傍晚時分，張偉令人用旗語詢問了其餘諸船的情況，方入放心入睡，原以爲自己必將輾轉難眠，卻不料一挨枕頭，便已是兩眼一黑，睡將過去了。

天色尚且昏黑一片，張偉便在一陣搖晃中自睡夢驚醒，猛然起身，惶然四顧，半晌後方想起原來身在船上。

愣怔了一會，便自起身，洗漱一番推門而出，見天色方透出一絲紅光，長伸一個懶腰，打上一個呵欠，撲面而來一股海風，雖略有寒氣，但潮濕腥鹹的海風吹打在身上，令飽睡一場的張偉頓時便清醒過來。

信步走到船頭，凝視著不遠處呈縱隊航行的其餘定遠、平遠、安遠三艦，與鎮遠一樣，三艦皆是三桅三層的優良戰艦。雖然左右兩舷的三層火炮現在都封閉在艙內，但明顯凸出的火炮窗口，卻令凝視這幾艘戰艦的張偉心情大好，無論是速度、火炮數量及質量，水手素質，軍官水準，眼前這四艘木質帆船戰艦無疑是這個時代最優秀的戰艦。

在英國海軍軍官的地獄式訓練下，輔助以張偉鎮遠軍的體能操練，整個台北水師的官兵素質自入伍後得到了顯著提高，若不是張偉及勞倫斯都知道海上肉搏的戰鬥方式已被淘汰，只怕施琅還要加上搏鬥訓練。

在張偉與勞倫斯堅持之下，所有的甲板水手皆只是配備火槍罷了。因張偉想起英國的海軍軍神納爾遜，正是在一場海戰中被靠近的法國艦船上的水手一槍擊中了胸部而死，只怕連火槍也懶得配備了。

悄然站立片刻，便招手喚來一名正在甲板上賣力擦洗的水手，吩咐道：「去，把勞倫斯少校和施統領請來。」

見那水手向艙室而去，張偉心內嘀咕道：「這兩人，大戰在即，居然還睡懶覺！」

又等了半天，方見施琅打著呵欠慢步踱來。張偉好笑道：「尊侯，原本我比你愛睡懶覺，怎麼現下你也有這毛病了。看看，太陽都露半邊臉了，水手們都起身了，你這大統領可帶得好頭?!」

施琅不理會張偉抱怨，不緊不慢走到張偉身邊，見左右無人，方低語道：「正是因大戰在即，船上水手都沒有經過實戰，緊張是難免的，若是咱們都這般沉不住氣，那下頭的人不是該更慌了！」

張偉笑道：「平日裏讓你們多打炮，正是爲了此刻，若是緊張便壓倒了這麼久的訓練，那還真該愧死。」

見施琅不以爲然，便笑道：「也好，也好，學謝安鎮之以靜的法子，咱們中國的名將在養氣方面，那可是天下獨步。可惜這會兒沒有圍棋，不然我雖不大會下，也要和你手談一局。」

施琅見他仍有取笑之意，橫他一眼，不再理會。轉頭凝視周遭海面的戰船，見三艦戰艦和其餘小型炮船都緊貼著鎮遠呈斜線縱隊航行，滿意的一點頭，正欲說話，卻見勞倫斯帶著副官施施然而來。

張偉向施琅笑道：「看看，這兩人仍是未睡足的樣子，待我問問，他們是不是鎮之以靜。」見勞倫斯走近，便笑問道：「少校，怎麼再過一個時辰就到大員海域，你卻這般遲起，這可不是一個好軍官的表現吧？」

勞倫斯聞言詫道：「作戰方案都早已制定完畢，優秀的海軍軍官和水手自然會臨敵應變，而我們身為主官，養足精神指揮戰鬥就是了，一夜不睡就能打勝仗了？閣下的邏輯我完全不能贊同。」

見張施二人都不以為然，勞倫斯又道：「兩位有所不知，我們大英帝國的海軍最講究靈活機動，其實這海戰時指揮不變，基本上要靠各艦艦長的個人素質以及預先制定的方案，除此之外，很難有什麼方法。」又笑道：「兩位儘管放心，派在其餘船上的指揮官都是優秀的英國海軍軍官，在指揮上決無問題！」

張偉見施琅已是頻頻點首，顯是這數月來對英人的海上指揮已深深折服，便又問道：「戰術什麼的先不提，臨敵作戰，貴國海軍最大的特點和本質是什麼？」

「進攻，進攻，再進攻！」勞倫斯傲然答道：「英國海軍決沒有防禦的傳統，除非是實力對比相差太遠，不然進攻的一方永遠是我們。」又殷勤解釋道：「海戰時最忌擺什麼防禦陣勢，一定要主動攻擊，根據敵情展開變化，如果一味的依靠實力擺開什麼防線，那隨著風勢的變化，一定會吃虧的。」

張偉聽到此處，表面上不露聲色，內心卻著實以英國海軍的實力爲優，即便是將來掌控全國，以超強的經濟實力大量的建造軍艦，但優秀的海軍人才，卻不是短期內能造就出來的。以中國一向內陸爲重的傳統，想在短期內挑戰英國這樣的海洋國家，唯有依託陸地力量，不停的消耗對手實力，方有戰而勝之的機會，若想直接在大洋上與敵交鋒，那想來是必敗無疑。

勞倫斯卻不知道張偉此刻所想，見他面帶憂色，不解道：「閣下，據探明的情報，荷蘭人在台灣的實力遠遜我們，他們的主力艦隊也不大可能全然開來援助，何必擔心呢！」

施琅重重一點頭，也道：「正是如此！」

張偉見兩人如此，將手一伸，搭在兩人手上，笑道：「如此，這海戰便拜託兩位了！一會兒到了大員，我便要上岸指揮對大員和台南的陸戰，兩位多費心吧。」

三人一同將掌一擊，相視大笑。施琅與勞倫斯開始指揮艦隊放慢速度，暫且拉開與前方糖船的距離，張偉自帶著親隨參軍謀劃準備，待糖船靠岸，先鋒敢死之士衝上島立住陣腳，張偉便乘坐舢板小船，隨同後面的大隊一同上岸。

便在身後張偉等人準備之際，劉國軒親自帶領四百槍法精湛的敢死之士分乘五艘運糖船已漸漸

地逼近大員島外。

看著不遠處緩慢清晰的小島，劉國軒緊盯著島上那黑漆漆的熱遮蘭城，向身邊歷次至台南交糖的通事問道：「那普羅岷西亞城離大員碼頭多遠距離，城內大炮能打得著碼頭附近麼？」

「回將爺的話，那大員島只是個沙洲小島，加起來十餘里方圓，碼頭距那普羅岷西亞城不過兩三里的路程，城內有十五門大炮，都是能打五里路的紅衣大炮，只要開火，定能打到咱們。」

劉國軒將牙一咬，道：「娘的，咱們上岸將碼頭護住，擋住荷蘭人出城便可，大炮來轟，也只得先頂著了。」又囑咐那通事道：「一會兒靠近，那荷人派小船來檢查時，你一定不要著慌，打仗的事又不要你管，若是連個謊都扯不圓，老子先斬了你的頭，再打那紅毛鬼！」

那通事笑道：「將爺只管放心，小的走南闖北這麼些年，生死早便置之度外，若非如此，也不敢主動要求來此，只管放心，管教那荷蘭鬼子看不出破綻來。」

兩人計議已定，待船行離大員島數里之遙，便將船緩緩停住，待那荷人前來檢查。那大員島上荷蘭人卻早便見船隻向島內而來，高塔上早有兵士搖旗指揮，待船隻停下，便有一只划槳小船載著十餘士兵向糖船而來。

待小船駛近，便有一名軍官模樣的荷人帶著幾名士兵跳上船來，見了那通事，卻也是熟人，雖說荷人倨傲得很，見那通事點頭哈腰問好，那軍官也擠出一絲笑容來，嘰哩咕嚕說了一通。

劉國軒伏在船艙內，只聽得那通事笑道：「都是常來常往慣了，哪需要軍爺您進艙檢查呢，一會兒到了碼頭便要卸貨，我還能挾帶什麼不成！」

那通事說完，自有人將話翻了過去，那荷人軍官先也是一笑，後又將眉一皺，說了幾句。便有人對通事翻道：「他說了，雖然如此，程序卻是要查一下的。倒也不會爲難咱們，便在艙口看一下便得。」

話音未落，那軍官早等得不耐，將手一揮，便有兩名兵士持槍向艙口而來，那通事道：「幾位軍爺，可千萬不要把糖袋弄壞了，到時候少了斤兩，我可沒有辦法交代。這怎麼說也都是你們荷蘭國的東西啦！」

那些荷人聽了，哈哈笑上幾聲，走向艙口的兵士將艙蓋一打，見眼下整整齊齊盡是整理好的糖包，便也不再下艙，只用刺刀在艙口向下捅上一下，見糖包破裂，白糖流出，便一同笑嘻嘻轉身返回，向那軍官報告。那軍官原也是應付差事，見士兵並未下艙也沒有喝斥，待士兵返回，又嘀咕兩句，便轉身下船，自上了來時的小船，回島上不提。

那通事聽了，懂得意思，便大聲吩咐水手：「都給我聽了，隨著那紅毛鬼的小船，向碼頭去罷。」

各船都聽了吩咐，便起錨整帆，向那島上碼頭而去，那荷人小船卻是不顧身後糖船不便，在前面慢慢而行。

船艙內，劉國軒急得一頭暴汗，直將那些個荷人的祖宗八代罵了個遍，方聽到那通事在艙口低

聲道：「各位爺準備了，待我呼喊一聲，便是碼頭到了，艙門我已打開，請各位爺移開糖包，到時候便可一衝即出！」

劉國軒卻不答話，只將手移向腰間佩刀，五指緊握，直捏得指節發白，又過了片刻，艙中各人卻彷彿等了半輩子一般，只覺得身底一震，身子一扭，有那立腳不穩的便歪倒在旁人身上，正在狼狽之際，卻聽那通事喊道：「到碼頭啦，卸貨啦！」

話音一落，劉國軒便打頭將艙門一掀，衝出艙外，叫道：「弟兄們，見真章的時候到了，都給我出來，向碼頭衝啊！」

話音甫落，便見那各船艙門都被掀開，初時尚是三三兩兩，待周全斌衝上碼頭，揮手一刀將那目瞪口呆的荷人軍官砍倒，身後諸兵亦各自砍翻了碼頭上戒備的荷人兵士，只不過一會兒工夫，各船上的兵士便已都上了岸，早預先便演練好了該當如何，各人都尋找可以掩護的沙丘趴下，又有周全斌呼喝指揮，那熱蘭遮城上巡邏士兵剛發現碼頭異常，拚了命的報告長官知道。

待荷人軍官上城一看，岸邊的六百軍士早已成散線或跪或伏，將整個港口碼頭護住。因不少人趴在沙丘之上，那普羅岷西亞城頭巡哨遠遠只見碼頭打將起來，又見亂紛紛衝上人來，便急急跑去報告，待軍官趕到，卻是也說不清碼頭有多少敵軍，也不知是何方敵人來襲。

城中一陣慌亂，城中荷人評議會得了軍隊報告，一時也不知原委，只道是小股海盜來襲，指責軍隊疏忽之餘，又下令城中軍隊出擊。由軍職最高的佩德爾領四百四十名士兵出城攻擊，務必要將冒犯荷蘭尊嚴的這些暴徒趕下海去。

那劉國軒原以爲城內會迅速出擊，誰料等了半晌，方見那城門打開，一陣軍號聲響傳來，便有那排列整齊的荷蘭軍人魚貫而出，向碼頭而來。

劉國軒令道：「各人聽好了，都不要慌，敵人來的不多，都給我瞄準了打。」

冷眼覷去，見散開的兵士雖都神色緊張，倒還沒有畏懼膽怯模樣，咧嘴一笑，便專注於對面的荷蘭軍隊。

只見那數百荷人出城之後，又將隊列排得整齊一些，分爲三個方陣，吹著軍號向碼頭處而來，劉國軒原以爲對方必會一直走到射程之內，正待這些荷人走近便下令開槍，卻不料對方堪堪走到一里開外，便停住腳步。

劉國軒正在納悶，突然聽到那普羅岷西亞城中轟然一聲巨響，一陣厲嘯聲向這邊傳來，腦中突然一悟，大叫道：「趴下，趴下！敵人開炮了！」

劉國軒一聲大喊過後，又令身邊傳令兵一同知會周圍兵士，見各人都已全身趴伏在岸邊的沙堆上，便也將身子向沙堆上一撲，說來不過一瞬間的工夫，那城內已是轟轟轟打了十幾炮。

那第一顆彈丸在空中飛了片刻，便正落在劉國軒左手不遠的士兵群中，立時有十餘名士兵被炮彈巨大的衝力掃起，立時斃命者有之，斷手斷腿口吐鮮血者有之，身邊倖免之人原本還想施救，卻不料那十餘門火炮連接開火，那炮彈接連不斷打到鎮遠士兵群中，自劉國軒以下，各人皆將頭埋低，雙

手不自禁插在沙堆裏，心中唯盼炮彈不要落在自己身上。

那炮不過打了小半個時辰，岸邊的士兵們卻只覺炮聲一直在耳邊響個不停，不住有同伴被炮彈擊中，慘叫連連，人人皆是臉色發白，心中只盼著這該死的炮聲快點停歇。

劉國軒雖也是心情緊張，到底要比普通兵士膽大許多，雖全身趴在沙堆上，仍不時抬起頭觀察對面荷軍情形，待炮聲漸稀，便見那荷軍開始整隊，眼見是要攻過來了。

「大家都給我把頭抬起來，身子蹲起來！炮已經越打越稀了，還趴個鳥！」

耳聽得統領四千人的大統領這般叫罵，各人不但未覺憤恨，反倒心頭一陣輕鬆，均道：「此番炮擊是熬過來了。」忙不迭都爬起身，眼瞅著荷軍開始進逼，又聽那劉國軒大聲令道：

「各自裝藥，裝鐵丸，不分列，隨意射擊！給我好好瞄準了打，待我下令，務必一次就把那些荷蘭紅毛打跑！」

各兵聞言，暴諾一聲，急忙從腰間鐵罐裏掏出火藥、彈丸，前裝槍管內，待用鐵條通好，便只等劉國軒下令，便可射擊。台北鎮遠軍槍彈的制式裝備，腰間懸三鐵罐，火藥一罐，鐵丸兩罐，用腰帶繫在腰部，取用甚是方便。

待那荷人走至三百步附近，劉國軒身邊有一參軍便急問道：「統領，可以下令開槍了吧？」

「不急，待他們再近些。」

說罷凝神細看，卻見那荷人也在裝彈，便笑道：「咱們的人都是趴著或是半蹲，那荷蘭人打慣了戰陣對攻，又可能以爲咱們人數不多，適才又遭了炮擊，他們此番輕視咱們，可要吃大虧了。」

又見那荷軍裝彈後又上了刺刀，劉國軒詫道：「怎地那荷人軍官不知道刺刀影響彈道麼？這刺刀明晃晃的看起來好看，卻是妨礙射擊，於肉搏又無用，這荷蘭人當真是糊塗得很。」

那佩德爾正是不出劉國軒出料，因情況不明，不知是大股正式的軍隊來襲，只道是閩海附近的小股海盜來討便宜，又見那碼頭對方兵士或伏或蹲，散亂得不成模樣，便向身邊副官笑道：「你看那些蠻子，手裏好像也有一些火槍，卻不知道排好陣勢，亂七八糟的不成模樣。」

那副官自然要拍馬奉迎主官，忙笑道：「這些東方野蠻人知道些什麼，在閣下的指揮下，最多一次攻擊，便能將他們全部趕下海。」

佩德爾聞言搖頭，道：「對方既然敢來，自然也有些可依恃的地方。而且對方是用台北糖船蒙混過關，很難說是不是與台北有關係。我聽說那台北張偉最近兩年很是招募了一些士兵，只怕他不服我們對他徵稅，前來攻打也有可能。」

那副官道：「台北的士兵我曾經見過，都有制式軍服，眼前這些人遠遠看去，不像是台北的制服。」

佩德爾將身一挺，傲然道：「即便是又能如何？難道還能打敗我們不成？」說罷斷然下令道：「進擊，約一百步時，分列向沙灘上的那些暴徒開火！」將腰又挺上一挺，親自站在隊列左側最前方，手持軍刀，帶領著這四百多荷蘭軍人，以最正規的步伐和速度，向海灘上前進。

待堪堪走到一百步時，佩德爾下令道：「依列陸續開火！」他命令一下，自有傳令官大聲將命令傳了，不消一會兒工夫，便見那第一列一百多名士兵將槍平舉，向著沙灘上零星的東方人砰砰砰開起火來。

那佩德爾眼見四百四十名士兵依次放了一槍，打出的子彈鐵丸打在沙灘上撲撲作響，只見不遠處那些暴徒各自將身體埋在沙丘裏，鐵丸大半不能造成什麼傷害，直接都打在了沙裏。

佩德爾氣惱道：「命令，全體前進！到五十步時再擊發一次，然後全軍突擊，將這些混蛋趕下海去！」

荷軍在佩德爾的率領下又繼續向前，劉國軒見狀命道：「一會兒他們必定會停下來，再打一次，待他們第一列擊發完畢，閃身讓第二列士兵向前時，咱們來一次全體齊射，然後原地棄槍，持刀衝擊！」

戰鬥打到此時，劉國軒心裏已然有底，那荷蘭人不明敵情，不作偵察，便冒然帶了士兵來衝擊，待行到五十步處，自己帶的這幾百人可都是從萬二鎮遠軍中精心挑選的神射手，待荷人停步射擊，己方只需一個齊射，便足以令荷蘭人留下永難磨滅的教訓。

待荷軍行到五十步時，果然如劉國軒所料，又停步列隊，由前排士兵先發了一槍，第二列士兵正待持槍而出開火之際，卻見對方沙灘上三百餘支火槍豎起，荷人突見那麼許多槍管瞄向自己，正自嚇得膽戰心驚，卻聽得「砰」一聲大響，已有一半的士兵被擊中，聞聲倒地。

荷軍正慌亂間，只聽得那些東方人發出一聲駭人的大喊，將手中火槍往地一扔，便抽出腰間又細又長的佩刀，飛速向自己這邊衝來。

那佩德爾雖是站在隊伍前列，卻是命大得很，鐵丸嗖嗖自他身邊飛過，卻是沒有一顆擊中於他，眼見隊伍大亂，自己的副官也被擊中斃命，佩德爾大急，叫道：「不准亂，這些野蠻人的人數不比我們多多少，快，齊射，然後肉搏！」

他倒是悍勇無比，在他大吼大叫喝令下，倒也有大半荷軍士兵舉起槍來，向狂衝而來的鎮遠軍士兵開火，只是對方越衝越近，眼看那東方人的猙獰面孔越來越清晰，荷軍士兵皆是嚇得膽戰心驚，哪有什麼心思瞄準，甚至有小半人槍口抬得過高，直接將子彈射到了空中，一陣齊射過後，衝鋒中的鎮遠軍士兵不過只倒下了三四十人，餘者見身邊兄弟倒下，心中更是憤恨，拚了命的嘶喊，將手中倭刀高高舉起，就待與荷軍肉搏。

佩德爾眼見士兵們已全部將彈藥射出，便舉刀大喊道：「舉起槍，盡責的時候到了，為了荷蘭的榮譽，衝啊！」說罷自己一馬當先，向前方衝了過去。

只可惜身後荷蘭士兵卻沒有他那般膽壯，只有十來個人緊隨他而去，其餘士兵雖也向前，卻是步履艱難，衝起來十分緩慢。

劉國軒卻是衝在隊伍前列，見對方軍官揮舞著長刀向前衝了過來，大叫道：「各人給我閃開，那荷蘭人還是個漢子，交給我了！」

他從來是獨斷專行，身邊的幾個參軍勸他不必衝鋒也是不聽，身邊有護衛親兵自然也知道他的脾氣，見他發話，只是緊緊跟隨他身後，卻是不敢上前相助。

待劉國軒與佩德爾相遇，佩德爾見眼前這個身材高大粗壯的東方人來與自己肉搏，身後的親隨卻不上前，便轉頭向身後喊道：「不要來幫我！」

說罷將身一扭，右臂高舉，用盡全身力量向劉國軒劈去。

劉國軒見他來勢凶猛，將身一閃，卻不肯與他對刀，佩德爾一刀砍了個空，整個人向前撲去，劉國軒轉身一刀，正劃在佩德爾腰間，一股鮮血噴出，只穿布質軍服的佩德爾整個腹部被割開，鮮血和著內臟狂湧而出，只倒在地上掙扎幾下，便自斷氣了。

劉國軒見狀，遺憾道：「膽子是滿大，可惜刀法太差。」

跟在佩德爾身後的士兵見其慘狀，卻沒有替他報仇的想法，只嚇得臉色慘白，發一聲喊，便各自開動雙腿，拚了命的回頭向普羅岷西亞城的方向跑去。

劉國軒再看向別處，卻見與敵交上手的鎮遠諸士兵皆是將刀舞得如雪花一般，那荷蘭人早便不重肉搏，那刺刀又窄又細，哪能和鋒利無比的倭刀相抗，雙方士兵接觸不過盞茶工夫，便有上百名荷軍士兵被砍翻在地。

其餘荷軍早就嚇破了膽，各自將槍一扔，便拚命向來路跑去，劉國軒令人追了一會兒，又砍翻了幾十個跑得慢的，其餘兩百多名荷軍士兵總算是僥倖逃脫了性命。

見了滿地屍體，劉國軒道：「一會兒那城內必定還要開炮，出城攻擊是不敢了。槍也不必撿了，把咱們的傷兵和屍體抬回去，還按剛才那般躲避炮彈，等待咱們的援兵。」

待快步回到碼頭沙灘上趴倒，卻聽到城內轟隆炮聲又起，那炮彈又在空中向沙灘上飛來。此番炮卻是打得很久，一直打了半個時辰才止。

見沒了動靜，也沒有對方士兵出城，劉國軒站起身來，將口中沙子吐出，笑道：「這些烏龜暫且是不敢出動了。他們炮彈雖多，可也不能一直不停地打，這樣再打下去，只怕炮管都要炸開了，大傢夥兒站起身來，活動一下吧。」

又向身邊一個參軍吩咐道：「趁這會兒炮停了，你帶幾個人速去那北邊海邊，看著鹿耳門水道，若是台南本島有荷蘭援兵過來，速派人來報我。」

又令帶來的軍醫整治傷患，各士兵整治槍管裏的海沙，派人警備荷蘭軍艦來就近炮擊，正忙得不亦樂乎，卻聽到有人大聲報道：「稟統領，咱們的軍艦和援兵到了！」

劉國軒扭頭一看，見不遠處海面上大股戰艦海船駛來，顯是台北水師及援兵來到，心頭大喜，喝令道：「各人注意了，快到碼頭幫忙，第一批下來的定是咱們的火炮，先將路墊平，幫著拉炮！」

待大股船隊駛近，只見那十艘小型炮船在四周海面戒備，四艘遠字級大型戰艦卻駛近島邊，逆風向上，將艦首對著海島，劉國軒正在詫異，卻見四艘艦首同時冒出一股火光，耳邊聽到震天般炮吼，卻是鎮遠等艦艦首的十二磅重達五千斤的重型加農炮對著普羅岷西亞城開火，雖說只是四門大

炮，聲勢卻比適才城內那十幾門炮更加駭人。

劉國軒轉頭向那普羅岷西亞城看去，只見城頭上雞飛狗跳，顯是也聽到了炮聲，還未待城頭上士兵跑盡，這大型火炮射出的龐大炮彈已然飛到，雖遠隔數里，也能聽到炮彈擊在城頭的沉悶巨響，隱隱約約看到不少人影被炮彈震飛，又見得城頭碎石飛揚，劉國軒讚道：

「娘的，這五千斤大炮真不得了！要是這沙灘上擺上五十門，管保能把那城堡炸平。」

話音甫落，便聽到有人訓道：「你這莽夫，成日盡說些胡話。五十門重炮，你能用牙齒拖上岸來麼！」

第六章　台南海戰

相應的，張偉在岸上自然也命令火炮部隊做好了一切準備，只待荷軍軍艦與己方軍艦開始接火，便可以進行射擊，張偉自然不會在荷人軍艦一進入視角便開始射擊。只有在他們完全進入戰場，與己方軍艦開始炮戰無法迅速逃離之際，方是岸上火炮開火之時。

劉國軒回頭一看，卻不是張偉是誰？忙陪笑道：「國軒見這艦炮聲勢驚人，一時有感而發，請爺恕罪。」

張偉冷哼道：「這還罷了，我一上岸便問了隨你的參軍，問你有沒有隨著大隊衝鋒，果不其然，你第一個帶著衝出去的。國軒，不是我說你，如果是到了緊要關頭，主帥衝鋒也罷了，現下你只要給我守住便成，你衝的哪門子鋒？若不是現在正是用人之際，非處置你不可。」

見劉國軒只顧傻笑，張偉知一時半會兒拗不過他這脾氣，便又沒好氣道：「國軒，我給你四百

人，死傷多少，快給我報上來。」

「適才已有人報上數字，肉搏和敵方火槍倒是沒打著什麼人，死三十八，傷七十五，大半是死傷在敵軍炮擊之下。」

「傷者已救治了麼？」

「那是自然，已做了簡單的包紮。」

「立刻著龍驤衛行軍司馬派人將傷號送上船去，即刻送返台北，著人好生醫治。這些可都是我軍中的寶貝，若是因疏忽怠慢死了一個，著行軍司馬抵命。」

劉國軒領命，自去安排本衛司馬執行。

張偉見他匆忙而去，嘆一口氣，對身旁趕來的張鼐道：「張鼐，我知道你也是勇猛非常之人，不過打仗切忌主帥輕敵隕身，若是你敢親身犯險，我可不會饒你！」

張鼐自是唯唯聽命，又請示張偉道：「遵爺的將令，已將三十門火炮卸在大員島上，請爺的示下，是現下就攻城，還是待將士稍歇？」

張偉擰眉細思片刻，令道：「暫不攻這普羅岷西亞城，圍而不打。將火炮支在沙丘上，配合艦炮將城上的大炮端掉。預計著一會兒便有台南外港的荷蘭軍艦過來，到時候還要配合軍艦打倒敵軍艦隊……」

轉頭見火炮已然全部卸好，那普羅岷西城的炮台正受艦炮攻擊，炮手皆溜得蹤影全無，已有數門大炮被艦炮擊毀，故而這碼頭上亂糟糟人來人往，倒是沒有受到炮擊，否則的話，只怕一顆炮彈過來，便要打死數十人。

張偉見亂得不成模樣，心知這種大規模的登陸作戰很難做到井然有序，倒也不急，向身邊的參軍說道：「你速去安排炮位，將炮口盡數對準那城上大炮，給我拚命地轟，在禾寮港的荷蘭軍艦到來之前，務必將城頭火力消滅。」

因大炮已經卸好，碼頭開始湧動著三衛士兵的身影，除金吾衛留一半人駐守台北，整整一萬人的三衛士兵加一千人的飛騎衛開始依建制先後下船上岸，張偉因怕城內突然開炮，張瑞帶著先前下船的飛騎衛將防線前移，威逼其城防，掩護後續上岸的部隊。

待萬餘人的部隊登陸完畢，依次排開陣勢，距劉國軒登岸已有兩個時辰，其間經艦炮和登陸火炮的轟擊，普羅岷西城防早已被轟擊得破敗不堪，城頭上的火炮炮位早被擊垮，至於城內士兵，則是一個影子也見不到。若不是張偉慮及攻敵堅城必有重大死傷，只怕這上萬的士兵幾個衝鋒，便可立時將這城堡拿下。

施琅與勞倫斯指揮水師將敵方火炮壓制後，便掉轉船頭，順風側著艦身，只待敵艦來援助，卻不料等了良久，一直不見敵船蹤影，一直待到中午，方見從台南漂來一隻小船，上打白旗，向大員碼頭而去。

施琅極是詫異，向身邊勞倫斯問道：「這是什麼緣故？怎地還沒有接戰幾回，便打白旗投降

了？」

勞倫斯搖頭道：「不可能。一定是荷蘭人商量出了停戰條件，來和張大人談判來了。」又向施琅笑道：「得命令士兵提高警覺，一會兒談判失敗，小船返回之時，便可見荷蘭戰艦出動。」

施琅亦笑道：「他們也是怕打，怕損失，方才派人來談。我猜我們爺的意思，無論如何一定會打，一仗先把他們打怕了，才永遠不會來打台灣的主意。」

勞倫斯聞言聳肩，也不和施琅爭執，只是暗想：「若是能談判得到最大利益，還選擇打仗，那可真是很蠢的行徑。」

張偉於大員海灘亦見到荷蘭人的小船向碼頭而來，他卻不像施琅等人會誤以為荷蘭人來投降，記得鄭成功攻台，荷蘭人也是先行攻擊，失敗後派人談判，卻是百般狡辯，總之是不肯交出台灣，故而雖見敵人派人來談判，他也是不抱任何希望。

眼見那小船越來越近，張偉便令道：「神策衛出五百人，於碼頭上左右夾道，歡迎荷蘭使者。」

待那小船停靠在岸邊，只見一個高個兒荷蘭人舉著白旗在前，身後跟隨一名漢人模樣的隨從，遠遠那荷人便喊了一句，那漢人便在他身後大喊道：「不要開槍，我們是和平使者。」

張偉猛然聽到這一句話，不覺噴飯，心道：「你怎麼不帶隻白鴿來呢。」當即便派遣一個參軍去迎接荷使。

那荷人見碼頭上兩邊站立著數百名手持火槍的士兵，他本欲避開這些神色不那麼友好的敵兵，卻發現唯一的小道已被卡死，無奈之下，只得膽戰心驚的在軍士叢中行走，快步跟著那參軍腳步一直向前，沒有走上幾步，便弄得一頭汗水。

好不容易那參軍停住腳步，那荷蘭使者向前看去，只見眼前是一座不高的沙丘，約莫有數十名軍官模樣的人站立在沙丘周圍，唯有一個二十來歲模樣的中國人，端坐在一把小馬紮上，見自己向他打量，那年輕人還微微一笑。

那荷使大喜，心道：「這位中國大人年輕得很，看來還很好說話，待我好好的遊說他退兵，那可是大功一件。」

他只道張偉年輕，或許好矇騙，卻也不想想人家統領上萬大軍，出奇不意打得荷蘭大員司令損兵折將，又豈是他一個小小艦長能哄騙的？

當下那荷人笑嘻嘻衝上前去，將手伸出，便欲與張偉握手，卻不料沒有行得幾步，便被一黑臉中國將軍攔住去路，那荷使肚裏不滿，很是埋怨了中國人不懂禮儀。

正在此時，只聽那椅子上的年輕人說了幾句，便將臉轉向身後翻譯，聽那翻譯說道：「這位中國將軍問你，所來何意，可是要投誠於他麼？」

「不不，我當然不是要投降。本人，咳，本人是台灣總督屬下的卡烏艦長，奉總督及評議會的命令，特來和閣下談判。」

見自己特意加重語氣的「艦長」二字並沒有得到什麼特別的反應，卡烏沮喪道：「我們不明白爲什麼在台南與台北兩方和平共處了數年之後，貴方突然起兵攻打我們，作爲愛好和平的一方，我代表總督及台灣評議會，鄭重的向閣下提出和平建議，只要貴方退兵，我們絕對不會追究貴方的戰爭責任。」

張偉原本就知道荷蘭人絕不會提出什麼好的條件，卻不料對方一張口便是讓自己無條件退兵，當真是傲慢無禮之極，心頭火起，明知對方在漫天要價，就等自己就地還錢，卻是不耐玩這種遊戲，將臉一板，冷冷向那翻譯道：

「你告訴這位先生，如果他不在十分鐘內上船回台南，我將令人砍了他的腦袋。還有，你告訴他，限台南的荷蘭人三日內投降，否則的話，一律處死。」

那卡烏初始尚不知道張偉板臉說了些什麼，只覺對方臉色陰沉，顯是對自己開出的條件很不滿，他卻沒有膽量等對方來還價，正待說出總督在他臨行前交代的第二方案，卻聽那翻譯將張偉的話翻了過來，他初始尚且不信，笑嘻嘻對翻譯道：「請將軍別開玩笑……」

卻見張偉神色沉鬱，周圍軍官亦是用看來狂暴而野蠻的眼神望著他這隻待宰羔羊，心頭大慌，叫一聲：「上帝！」不及多發感慨，也不顧翻譯如何，撒開腳丫子便向岸邊狂奔起來。

張偉及身邊的諸將見他撅著屁股跑得飛快，不由得大笑起來，劉國軒向張偉大笑道：「爺，要是適才那指揮官像他這般飛奔，我可沒有辦法追上他。」

張偉亦隨著眾人笑了一陣，見那翻譯還在原地，便問道：「你怎地不走？」

「小人是中國之人，給荷蘭人做翻譯只不過是混口飯吃，現在將爺您來打荷蘭鬼，小人願效犬馬之勞，又怎會與那荷蘭人一同回去。」

張偉聞言，這才仔細看他一眼，見他神色精幹，面目黝黑，身量雖是不高，身上的肌肉盤結，卻也是顯得孔武有力。

便笑問道：「好，你是條好漢！不過，你在台南可有家人？若是有，還是先回去，免得讓荷蘭人尋家人的麻煩。」

「小人光棍一條，父母早逝，現在尚未娶妻。」

「喔？看你年紀，大概在三十上下，怎地還未娶妻？」

那翻譯臉一紅，答道：「小人海外奔波，又在台南種了幾年的地，看起來比真實年紀大上許多，小人今年二十五歲，實在也是到了娶妻的年紀，只是一向家貧，又沒有人張羅，便一直拖到現在。」

張偉嘆一口氣，很是爲當時的貧民覺得難過，便又問道：「這台南的漢人有數萬人，大夥兒想來都是在內地過不下去才到這台南來，此處生活如何，可有甚苦楚？」

「唉，回爺的話，原本荷蘭人沒有來台之前，咱們就有不少漢民來台南種地，此處土地肥美，又有眾多野物，原本是上天給咱們這些窮人的寶地，我從福建來台也有七八年了，初時日子過得極

美，雖說吃的用的都頗粗疏，到底無人管束，又能混個肚飽。那荷蘭人來台後，開始尚且沒有什麼不對，他們做自個兒的生意，咱們種咱們的地，有時還能用鹿皮換點兒貨物。誰知道沒有幾年，他們便在此地設官立府的，開始徵稅，徵鹿皮，強令咱們種甘蔗，一道命令下來，便把咱們折騰得七仰八翻，大夥兒原是不服，聚眾鬧了幾回，卻是敵不過人家的堅船利炮，幾回下來死傷了不少人，現在雖是滿肚怨氣，卻也不敢有什麼異動了。爺現在來攻打台南，別的不敢保，只要爺一上岸，吃的住的咱們台南的漢民全包了。這一點，小人敢打包票！」

張偉聽到此處，心知這台南情形與自己原先設想的相同，心內甚喜，他原慮及荷蘭援兵來封鎖海岸，導致軍隊糧乏，如若果如這翻譯所言，那這最後的擔憂亦可不必。

心內喜悅，臉上也自帶了幾分笑意，那翻譯見他高興，便趁機將身一跪，叩頭道：「將爺，小的郭懷一願追隨麾下，跟著爺一起打荷蘭鬼！」

張偉聞言一震，心道：「原來此人便是數十年後領人反抗荷蘭統治、慘遭殺害的郭懷一，他原是鄭芝龍舊部，為人慷慨任俠，在台南漢人中素有威望，由他領頭，方有數千人隨他一起反抗荷人統治。不想在此地能得一良才，當真是喜從天降。」

想到此人曾是鄭芝龍舊部一節，張偉忙問道：「郭懷一，你可曾跟隨過鄭芝龍鄭老大？」

「小人曾經跟鄭老大跑過幾天私船，後來厭倦海上生涯，便在這台南踏實種地，從此再無聯絡。」

「唔，我見你是個人材，很好。這便隨這位周將爺左右，襄助軍務，待我日後再安排你。」

郭懷一聞言大喜，忙又叩了幾個頭，方才起身站起。

他原也不是這般容易投效的人，只是今番見了張偉兵強馬壯，又見他身邊諸將皆是年輕有爲，氣宇軒昂之輩，心頭羨慕之餘，不由得對自身境遇失望，因見張偉看他眼神頗是親切，一時激動，便提出要投軍報效，哪知張偉即刻便允准其請，郭懷一滿心歡喜，見周全斌向他招手，便滿面春風的站將過去。

張偉見各人仍是臉有笑意，便正色道：「那卡烏一回，荷人軍艦必然開出，國軒，現在這普羅岷西亞城的火炮已然全被打瞎，你帶著龍驤衛四千人，還有先上岸的神射手進逼至城下，挖溝建木柵，將城圍死！」

劉國軒領命而去，領著屬下金吾兵士開拔向前，待到了城外一里許，便留千人戒備，其餘人挖溝伐木，建造長壘。城內荷人雖見了，苦於實力差得太遠，也只得任由他施爲。

張偉又命人將沙丘上的火炮轉移炮口，對準海面，他料想那台南的荷蘭軍艦未必會知道這大員島邊已有這許多火炮，適才那卡烏在人群中來來回回，也不曾得見，只盼這些岸炮能支援海面的艦船，以最少之代價，打贏海戰。

那卡烏拚命將小船划了回去，顧不得一臉汗水，便將此事報與總督揆一及駐台海軍司令官范德蘭，兩人一聽說對方如此無禮，深感自己身爲西方優秀人種的尊嚴受到了嚴重的挑釁，揆一向范德蘭

怒道：

「閣下，通過適才的觀察得知，對方的陸軍兵力爲數不少，現在已登陸上了大員，而且在他們海軍艦炮的支援下，已經對普羅岷西亞城的城防火炮進行了毀滅性的打擊。唯一能阻止並毀滅他們登陸台南企圖的力量，便是閣下的海軍，雖然他們擁有絕對優勢的陸上力量，但我相信，在閣下指揮下的無敵海軍，必能給予他們永難磨滅的打擊！」

范德蘭將唇下的八字鬍一挑，傲然道：「那是自然。其實本不該派人去尋他們進行什麼和平談判，評議會實在是太儒弱了，我想不通爲什麼讓這些商人神父來參與我們的作戰計劃，如果按照我的意思，剛才直接出動艦隊，打垮敵人的海軍，沒有補給的陸軍算什麼？不要五天，他們便會哭著尋求我們的饒恕。」

說罷向卡烏令道：「艦長先生，請立刻回你的武裝快船，整個艦隊的四艘戰艦和七艘武裝快船一併出動，將這些野蠻人的戰艦打沉打爛，讓他們永遠恥辱地沉在這海底。」說罷將身一擰，帶著副官向自己的艦隊旗艦赫克特號行去。

待他上了船，升起司令旗，率先起錨出港，向外海的台北水師方向駛去。

雖說荷蘭人驕傲的選擇了與數量上占優的敵人決戰，但並不表示他們的海軍指揮官是一群愚蠢的莽夫，考慮到敵人是艦身對著台南，又處在上風，如果貿然正面進擊，只怕一開始的海戰便將被敵人壓制。慢慢駛向外海的范德蘭不得不在心中佩服敵方的指揮官亦是一名優秀的海軍將領，考慮到己方已處下風的現實，范德蘭思慮良久，終於下了令他後悔不迭的命令，他命令以武裝快船為先導，四艘主力軍艦在後，沿著大員島外側海域逆風行駛，待駛出台南一側的大員島外海時，正好可以迎風展開艦體，然後以嫺熟的海戰經驗，打垮敵人的海軍。

如果不是匆忙之間沒有打聽好敵情，忽略了敵人可以在大員島近海碼頭佈置岸炮的可能，范德蘭的這個計劃，可以說是現有條件下主動出擊的最佳選擇了。不過在歐洲人到達美洲及亞洲的這麼多年裏，還從來沒有相應的敵手有過可以給自己毀滅性打擊的火器，故而已經對這夥中國人擁有先進軍艦很是吃驚的荷蘭指揮官們，又怎會去考慮對手還有相當數量的精良火炮呢。

當荷蘭人的軍艦鬼鬼祟祟沿著大員島外側海面而來的時候，劉國軒預先派去打聽敵情的參軍迅速派人稟報張偉，張偉聞報大喜，立時派人用小船通報了施琅和勞倫斯。

因台北水師的所有艦船還是用艦首對著大員方向，艦身對著台南海面，如果被敵人突然從人員海一側繞過來，臨時調整方向的台北水師，必將陷入混亂之中，現下既然接了張偉急報，施琅和勞倫斯迅速指揮艦船調整艦身，黑壓壓的火炮從各層甲板中推上了炮位，裝藥和填彈工作亦已完備，只待荷人軍艦一到，便可開火。

相應的，張偉在岸上自然也命令火炮部隊做好了一切準備，只待荷軍軍艦與己方軍艦開始接火，便可以進行射擊，張偉自然不會在荷人軍艦一進入視角便開始射擊。只有在他們完全進入戰場，

與己方軍艦開始炮戰無法迅速逃離之際，方是岸上火炮開火之時。

兀立在炮群之中，儘管周全斌、張鼐等人一再相勸，張偉仍是不管不顧，盯著海面上漸漸逼近的荷蘭艦隊，心中油然升起一股豪氣，此戰之後，該沒有人質疑他在台灣的絕對統治權了吧。

與此同時，軍艦上的范德蘭自然也發現了大員港口星星點點的台北軍隊，在張偉的隱藏下，他自然無法發現靜靜趴在海邊沙丘上的火炮，只是遠遠看到對面的台北艦隊正在調整艦身，暗罵一聲，不理解爲什麼適才自己艦隊並沒有暴露目標，敵人艦隊爲什麼會發現自己從左側繞來，只是已經衝到此處，在雙方都有所準備的情況下，只能看雙方的炮手誰打得準，或是運氣更好了，有的時候，一炮打到對方的彈藥庫而瞬間報銷一艘戰艦的事也並非沒有，所以在主力艦相等的情況下，相差幾艘小型改裝炮船，在實力上並不能說是處於劣勢。

順利地駛過大員碼頭海面，在與碼頭相距三里的海面，荷蘭艦隊與成功調頭的台北艦隊開始接火。

荷軍軍艦不愧是久經沙場的老牌海軍，雖然台北水師的水手及炮手經過英國人幾月來的殘酷訓練，仍然不足以彌補在實戰經驗上的不足，儘管各船上的英軍海軍軍官努力指揮，在瞄準開炮的程序上，仍然紛紛落後於荷軍。

荷軍瑪麗亞號主力艦率先開火，目標正是台北水師旗艦鎮遠號，而且荷蘭人一開始的運氣顯然不錯，第一顆炮彈便命中目標，正好打在鎮遠艦的尾舵上，於是失去尾舵的鎮遠軍無法做出任何閃躲和規避的動作，只能一直停在原來的水面上，如果這場海戰以台北水師敗北告終，那麼鎮遠艦要麼被擊沉，要麼被俘，完全沒有逃走的可能。

緊接著赫克特號開火，擊中了鎮遠艦首，好在炮彈穿船而過，沒有造成什麼人員傷亡，在鎮遠艦遭受敵艦瘋狂炮擊後，定遠安遠平遠紛紛開火。

與敵軍不同，台北水師倒沒有全力打擊敵軍的主力艦船，而且紛紛瞄準那些只擁有二十門小型艦炮的武裝快船，這自然是英國人的意思。

武裝快船看起來威脅不大，實際上它們擁有快速進入和逃離的速度，以及靈便調頭和穿插的能力，一場海戰的主角固然是大型戰列艦，但有的時候，一隻老鼠搞死大象也並非什麼稀奇的事。以三艘主力艦爲首，其餘十艘小型炮船亦同時開火，數百顆炮彈紛紛向那些荷蘭人的武裝快船飛去。

與此同時，對方的炮彈亦向台北水師的主力艦船飛來，於是一陣轟鳴過後，鎮遠艦又遭受了幾次成功的炮擊，造成數十人的傷亡，而定遠三艘也各自受到傷害，所幸敵人一開始的運氣已消失無蹤，大半炮彈都落在水中，而船小承受力差的荷蘭武裝快船，倒是有大半被台北軍艦的炮彈擊中，其中有三四艘傷勢嚴重，艦身開始嚴重進水，雖然艙內的水手拚命舀水，但是被擊沉的命運已然不可避免。

范德蘭倒也經驗豐富，看出對方的企圖後，鑒於一時半會兒也無法給對方的主力艦造成致命的打擊，於是通過旗語命令，己方船隻開始一齊向對方的炮船開火，一陣炮擊過後，台北方一艘炮船當

即便受到了致命的創傷，艦身被打穿了幾個大洞，舀水的速度根本無法跟上進水的速度，只是幾分鐘時間，艦長便不得不下令棄船，於是數十名水手炮手如下餃子般跳入海中，一小片海面隨著這些人的划水動作而煮開似的沸騰起來。其實各艦亦受到了不同程度的創傷，其中四艘受損嚴重，艦長不得不暫停炮擊，以穩住艦身來修補漏洞。

如果海戰以這樣的旋律進行下去，最多是某一方受創船隻過多而逃走，而不可能會有什麼決定性的戰果，想一戰打垮荷蘭艦隊，以便登陸台南的張偉，自然不會允許這種情況發生，待看到雙方已然開始接戰，任何一方在此時有什麼舉措都是致命的影響，覺得時機已到的張偉果斷的命令所有的火炮開火，三十門岸炮發出巨吼，一起向荷蘭艦隊的四艘主力艦開火。

很快就要接受悲慘結局的艦隊指揮官范德蘭正面對著台北水師艦船的方向指揮，猛然聽到身後傳來轟隆隆的炮聲，心頭咯噔一下，只道：「壞了！」

其實若論這些火炮的實際作用，亦只不過相當於數艘小型炮船，只是荷蘭人在正面迎敵之際，身後突然傳來炮響，對其心理的打擊是不言而喻的。

正在范德蘭苦思對策之際，決定這場海戰的時刻在任何人都沒有準備的時候到來了。第一撥岸邊的火炮炮彈有一顆擊中了范德蘭的旗艦赫克特號的彈藥庫，命運之神終於選定了勝者，一陣巨響過後，整個赫克特號被炸得飛向空中，艦體整個裂成了碎片，與之一齊飛向空中的還有赫克特號上近三百名的軍官、水手、炮手，當然，也包括正在苦思的艦隊司令范德蘭。

在瞬間失去了艦隊司令後，瑪麗亞號又不幸被擊中了尾舵，於是與鎮遠艦一樣，它只能呆呆地停在原地，等候這場戰鬥的結束，或是在此之前便被擊沉。

在赫克特號被擊沉，瑪麗亞號失去機動能力後，這場海戰已經大局已定。適才做為使者便施展了一番逃命功夫的卡烏先生，果然是逃跑的行家，他身爲主力艦的艦長，於此時考慮的倒不是如何接替死去的范德蘭來指揮戰鬥，見到數百個人被炸得在空中亂跳後，他原本就不多的戰鬥欲望迅速降低爲零，嚇破膽的艦長不由分說的命令轉舵，順風逃走，另一艘主力艦的艦長見他率先逃跑，自然也不甘人後，於是緊接著，戰場上最後一艘主力艦亦掉頭逃走，自然，兩艘船又各挨了幾顆炮彈，所幸沒有傷筋動骨，倒是沒有影響他們逃走。

原本就擔心戰局進入僵持無法登陸的張偉見敵艦奪路而逃，心中大急，命令所有火炮向這兩艘軍艦開火，只可惜並不是每一顆炮彈都能擊中彈藥庫，兩艦儘管跑得歪歪斜斜，但由於順風而逃，還是很快逃離了戰場。不過後來在張偉扼腕的時候，負責監視敵情的參軍派人來報，這兩艘嚇破了膽的軍艦壓根沒有回台南港口，而是直接從大員島又繞了一圈，直接向外海而去了。張偉聽報，當即便仰天大笑，知道這兩艘軍艦逃回了巴達維亞，至於是純粹逃命，還是去搬救兵，除了兩位艦長之外，旁人就不得而知了。

主力艦逃走後，面對全部的敵軍海上及岸上火力，知趣的瑪麗亞號及其餘七艘武裝快船選擇了投降，當六百多人的俘虜被押上岸後，張偉當即傳令：

「兩千金吾衛兵士打頭，連同四千神策及一千飛騎，重新上船，在基本無損的其餘水師艦船的掩護下，登陸台南！」

台南的禾寮港自建成以來，終於迎來了首批正規的中國軍隊，遠遠在熱遮蘭城中眺望的荷蘭總督揆一痛苦的閉上眼睛，無心再觀察港口那川流不息頭戴圓笠，身著綠袍的中國士兵。

自城頭而下，回到議事大廳，揆一用沉痛的語氣向所有在議事廳中等候消息的評議會成員宣布道：「各位先生，我們的海軍艦隊戰敗，中國人已在禾寮港登陸成功，我們要麼面臨長期的圍困，等候未知的救援，要麼將面對中國人的瘋狂進攻。」

看著所有評議員驚愕的眼神，又宣布道：「有鑒於現在的緊張局勢，本人宣布，將對整個赤崁地區進行軍管，我將立刻派兵掩護熱蘭遮城外所有的荷蘭人進城，至於城外的中國人……」

他慘笑一聲，說道：「我剛才站在城頭，已看到赤崁的中國人蜂擁而出，歡迎他們的軍隊了。各位，請退出大廳，回到城中的安全地區靜候消息。如果中國人決定強攻的話，此處將很有可能遭受炮擊。」

說罷不顧廳內諸評議委員的反對，命士兵將那些委員強行帶離出場，待場內清理完畢，一眾城內的陸軍軍官在揆一的命令下進入廳內，召開台南的第一次緊急軍事會議。

揆一見城內陸軍司令克倫克已然入內，也不待他坐定，便急問道：「司令官閣下，請問在您多年的戰鬥經驗判斷下，敵軍是展開後便強攻，還是會圍城待我們糧絕？」

那克倫克先是不急回答，又站在窗前向遠方碼頭凝視片刻，方撫摸著頷下濃密的鬍鬚答道：

「根據現在的目測，敵軍約有六至八千人，十倍於我們……」

他話未說完，揆一便急道：「難道他們會選擇強攻麼？」

正於此時，耳邊突然傳來巨大的轟鳴聲，揆一臉色變得如死人一般慘白，一把拉住克倫克的手，道：「完了！他們開始發炮進攻了。」

克倫克原本便看不起這個文職官員，他原先便擔心台北的中國人聚眾成亂，建議揆一派兵彈壓，卻因何斌賄賂了評議會諸多下層荷人，在評議會中向揆一施加了不少壓力，於是在張偉等人初來台羽翼未豐之際，荷蘭人已失去了消弭禍患的良機。現在面對強敵，揆一在評議會面前尚且能強自裝得鎮定，面對克倫克等職業軍人，虛弱害怕的真實面貌便暴露無遺。克倫克將揆一的手一把甩開，面露譏嘲表情笑道：

「總督大人，是我下令城堡內的城防大炮向碼頭上的中國人開火，一會兒待他們深入內陸，避開大炮射程便晚了。不知道您適才為何沒有下令？」

「啊！啊啊……是我疏忽了。」

揆一雖對克倫克的不敬有所查覺，並心生不滿，不過此時正是用得著這些軍人的時候，倒也不敢和他翻臉，只得尷尬的承認錯誤，又由於炮聲太響，兩人便暫停討論，走到窗前觀察起炮擊的效果來。

雖然張偉等台北將領均擔心熱蘭遮城的炮擊，但艦隊在剛剛經歷一場激烈的海戰後，根本不能直接投入對岸上城堡的炮戰，加上擔心敵方燒毀港口，增加登陸的難度，故而只得在面臨敵軍炮擊危險的情形下斷然強行登陸。

原本已經上了一半的人還是沒有聽到炮擊，張偉正在心裏納悶，卻不料那邊熱蘭遮城城頭火光猛然閃起，架在城頭的火炮開始了炮擊，這碼頭外海及陸地正是人山人海，十餘發炮彈轟然落在人群之中，亦有落在海面之上，雖未直接擊中船隻，反是把船上的人皆嚇出一身冷汗來。

而已經登陸上岸的士兵卻運氣欠佳，不少炮彈直接落在了人群中，十二磅的炮彈夾雜著鐵片碎石，一發便令數十人身死受傷，第一波炮彈落下，第二波便已飛到，一時間場面大亂，雖有各級軍官拚命維持，仍有不少士兵驚叫奔逃。

張偉早便上岸，雖亦在炮彈射程之內，卻是離岸邊較遠，故而沒有炮彈飛來，饒是如此，身邊的親隨仍苦勸他離開，他原本想聽眾人之勸離開，卻見眼前這般景象頓時氣得臉色鐵青，立時向張鼐令道：

「你帶著親兵去督陣，督促各級軍官快速帶著屬下兵士向四處散開，對那些吵鬧不休，自行奔逃，推擠隊伍，散亂人心的，即刻殺了！」

又向張瑞令道：「你帶著飛騎衛散開，見那些不顧命令私自奔逃的，擒住殺了！」

張鼐張瑞領命而去，周全斌見張偉仍是站在原地面有怒容，便婉言勸道：「爺，這些士兵雖久經訓練，到底是初上戰場，見身邊人被炮彈砸成肉餅，怎地不怕？就是全斌站在此地，亦是心驚。請爺再向內陸退上一退，以防炮擊。全斌也帶人去維持，不教士兵散亂便是了。」

張偉聽他這般說辭，怒容稍懈，卻只是不肯收回前命，向周全斌道：

「全斌，我亦知這般炮擊下驚惶難免，不過你亦見了，那四散亂跑的不過是少數，多半兵士仍是在主官帶領下有序奔離港口，當初上船之前，便曾言道，炮擊時不可驚慌亂跑，一則衝亂隊伍，二則人人亂跑反致擁擠不堪，跑得更慢。這些人明知道理，仍是這般不聽軍令，死不足惜。」

見周全斌仍有相勸之意，擺手道：「全斌不必再說，軍隊便是軍隊，慈不掌兵，義不理財，這是有道理的。此事我意已定，就這麼辦了。」

說罷扭身向內陸行去，那周全斌隨他行上幾步，回頭向身後看，卻見張鼐和張瑞已逮了十幾名跑到外面的兵士，排成一排，一陣槍聲響起，已是盡數殺了。周全斌雖是心中不忍，卻見那碼頭上雖是仍遭炮擊，卻因軍法正在殺人，士兵們雖見頭頂炮彈飛來，卻也是不敢亂行亂動，由負責安排路線的參軍帶領，成隊成隊的迅速離開，周全斌嘆一口氣，心中不得不承認張偉雖是手狠，做法卻是一點沒錯。

那熱蘭遮城的炮擊足足打了一個多時辰，直打了三百多發炮彈，一直到炮管熱得發燙，眼見再打便要炸膛，方才停歇。登陸台南的七千餘士兵原本就快上了一半，待炮擊一停，便又拚命上岸，待荷人大炮能再敷使用時，碼頭上已是空無一人了。所有的兵士皆轉移到炮彈射程以外，那四郊的漢民已然知道台北漢軍來攻，早便準備了茶水乾糧等候，待張偉率人一離炮彈射程之外，那些鄉民便攜老拖幼，迎上前來。

眼見這台南鄉民如此熱情，張偉自是慰勉不提。待大隊士兵趕來，正是口乾舌燥之際，見有現成的熱湯乾糧奉上，心中都是感激不已。

待張鼐、張瑞亦各自從後面趕到，張偉方令檢點傷亡，便在這短短一個時辰之內，死亡二百餘人，傷五百餘人，傷者大半斷手斷腿，傷勢頗重。張偉心痛之極，忙令人紮營建房，好儘快將傷兵送進醫治療傷。又令人將死者屍體拖回，好生處置，用船送回台北安葬。至於那三十餘名臨陣脫逃被殺的兵士，張偉亦令同樣辦理，撫恤銀子照給，只是日後不得與戰死士兵同般待遇就是。

張偉這邊正忙亂不堪之際，遠處熱蘭遮城中議事廳內，揆一與克倫克及身後諸荷蘭軍官卻正捧腹大笑，各人一直在窗前觀察炮擊，親眼得見對面軍隊死傷慘重，各人均是大樂，各自點燃雪茄，舒適地坐回座位。

揆一大笑，向克倫克道：

「這些野蠻人，總算是見識到了大炮的威力！我諒他們不敢進攻我們了！」

克倫克雖是瞧不起揆一，卻也深以爲然，道：「雖說敵人還有艦炮，不過熱蘭遮城建在內陸，敵人的大型戰艦不便靠近射擊，咱們依託堅城，若是他們敢靠近來炮戰，只怕是自尋死路。沒有大炮掩護，敵人步兵無法正面強攻，再說，他們也沒有什麼登城的器械，現在，我可以斷定敵軍將以長壘圍城，企圖用圍困的辦法來打垮我們。」

揆一聽聞，方獰笑道：「城內只有幾千荷蘭人在，糧食卻囤積的足夠食用幾十年，圍吧，等巴達維亞的援兵來了，就可以裏應外合，打垮他們！」

克倫克點頭道：「不錯，現在看來我們是可以高枕無憂的。總督閣下，我建議給城內所有的荷蘭男性公民發放槍枝，讓他們協助守城，這樣，敵軍的人數優勢會減弱很多，我們更加的不必擔心了。」

揆一自然連連點頭稱是，立即便派了人去安排，這城內的荷蘭男人又豈有不會使槍的？不消一會兒工夫，便有一千多健壯男人領了槍枝，自有軍官安排他們輪班上城頭幫助守城。

第七章　攻城戰略

林興珠帶著五百手下早已爬到了城下，因城頭有亮光，各人在他帶領下，特地挑了城頭士兵最少的一處城角伏下，那處城頭的荷軍士兵只有三五人，雖說這熱蘭遮城並非大城，但守夜士兵畢竟太少，又哪裡能照顧得過來？

到了下午，又得知大員島上的普羅岷西亞城亦未受強攻，敵方只是挖了深溝木柵，建造了長壘，那普羅岷西亞城內糧食雖然不多，但除了駐軍外，只有區區幾百人的平民，糧食吃上一年亦是足夠。揆一聞報更是放下心來，又知道卡烏帶著船逃走，雖然心裏罵幾句膽小鬼，卻也期盼著他能快點帶著支援艦隊返回。

卻說張偉與校尉以上將領一同用餐完畢，便在原地召開會議，向諸將徵詢意見道：「你們大夥兒說說看，這台南本島的戰事如何進行？」

見各人臉色陰沉，低頭不語，張偉喝道：「都給我把頭抬起來！打仗麼，哪有不死人的！」

周全斌抬頭道：「回爺的話，全斌在想，是不是請艦炮來炸上一陣子，然後咱們再攻城？」

張偉搖頭道：「不成！那大員的普羅岷西亞城離海面近，艦炮加上岸炮，才打掉了敵人的火力，這熱遮蘭城靠近內陸，依靠城高能打到軍艦，軍艦卻非得拚命靠近岸邊，方能打到城上，效果也可與大員同日而語，這樣做得不償失，不可不可。」

又道：「我把那普羅岷西亞城放著不打，也是因爲艦炮沒事就能去轟它幾下，可以把它逼降。」

張鼐聞言道：「既然如此，咱們也築長壘將這熱蘭遮城圍住便是了。」

「這也不成。據台南的鄉民言道，那熱蘭遮城內有幾個超大的糧倉，囤積的糧食足夠裏面的荷人吃上幾十年，圍了也是無用。」

「那咱們強攻便是了！」

「胡說！沒有大炮，敵人身處堅城，又可以動員百姓幫助守城，只怕咱們沒攻上幾次，這七千兵士就死的不剩幾個了。況且，那雲梯也沒有，憑指甲爬上去麼？」

各人皆被他訓得垂頭喪氣，一時半會兒也拿不出什麼好辦法來。

張鼐恨道：「要是能把大員島上的三十門火炮弄來，轟他娘的，炸他個雞飛狗跳！」

張偉原本也自頭疼，聽張鼐如此一說，只覺心頭一動，細想一下，已是有了辦法，頓時眉開眼

笑，指著張鼐道：「好！你說得很好！」

張鼐倒嚇了一跳，忙道：「那火炮運送不便，只怕沒有上岸便讓敵人轟沉了，我只是隨口胡說……」

張偉笑道：「誰說要運炮過來。」轉頭問那幾個旁聽的行軍司馬道：「此次登陸，火藥可帶的夠多麼？」

有一老成司馬站起身來，恭聲答道：「回大人的話，火藥搬的不多，不過應該夠火槍使用了，若是火炮要用，還需再往岸上送才成。」

張偉大笑道：「成了！不必再送了，足夠使用了。」又向諸將道：「今日立營，明日派人挖溝建壘！」

說罷揚長而去，自去休息去了。只留下周全斌等人面面相覷，他適才還說圍城無用，現下卻又讓人布壘，這葫蘆裏賣的什麼藥，各人卻是怎麼也想不通了。

「豈曰無衣，與子同袍！」

張偉慨然向勸他入室就寢的眾人說道：「爲將之道就沒有士兵睡在野地裏，將軍卻舒舒服服跑到室內睡覺的道理。」

見張瑞還要勸，將臉一板，怒道：「我親下命令，各兵即便沒有搭好帳篷，亦不得騷擾民家，莫非我可以例外麼？」

由於奔波勞累，又加上登陸時受過炮擊，傷號頗多，諸多士兵無暇搭設自身的帳篷，待到了傍晚，歡迎台北軍隊的台南民眾見不少士兵無處安身，便熱情相邀這些兵士回自己家中歇宿，周全斌等人原待答應，回了張偉，張偉卻一口拒絕，道：

「倒不是怕那荷蘭人出城來攻，他們那點人馬，借幾個膽給他們也不敢，只是借宿民家，不合我的軍規。傳令下去，百姓送水，可以喝；乾糧、衣袍不准收受，要婉謝，膽敢私借百姓物品，擅自入民居者，論死！」

他一聲令下，自然沒有人敢離營而去，於是不少士兵裹著行營被褥，就這麼幕天席地的躺在野外，張偉身邊的親隨飛騎雖是搭好帳篷，卻有那郭懷一前來，請張偉到他家中休息，張瑞等都道郭懷一已投靠張偉，他家倒也不算民居，卻不料張偉嚴辭拒絕，無奈之下，只得在帳篷內多放置了幾床棉被，指望他能睡得舒服些。

張偉來自現代，睡慣了軟床，初來時便很不適應古人的硬木板床，睡起來當真硌腰得很，於是略有資財後，不管睡哪兒，都力求大床軟被，張瑞隨他多年，自是十分清楚。那帳篷搭在野地，匆忙之間哪能弄得仔細，除了沒有石子之類，身底兀自高低不平，張偉心理上雖是明白要和士兵同甘共苦，身體反應卻由不得他，睡到半夜，身底酸痛難忍，無奈之下披衣而起，帳外的張瑞見他起來，忙問道：「爺，起夜麼？我令人送便壺來？」

「不，我要巡營。」

張瑞聽了，便要張羅侍衛，張偉笑道：「何苦來著，這軍營內士兵都是我的屬下，還帶什麼侍衛，累了一天，也讓他們歇著。你跟著我便是了。」

張瑞聽了一笑，答道：「也是，我也是太過小心了。在這兵營內還怕甚麼。」

說罷待張偉穿好衣服，便按著腰刀隨在他身後，慢慢向士兵睡處行去。一路上自有巡夜的士兵上前盤查，見是張偉披衣出營，帶隊的果尉便要隨行保護，被張瑞訓了幾句，便自又去巡夜不提。

張偉先是巡查了睡在露天的兵士，見各人都裹著被子睡在野地，台灣雖說冬天亦是暖和，到底是野外天寒，加之又有露水，各人都睡不太沉，故而張偉走近，便有不少兵士驚醒，張偉雖令他們不可喧嘩，又怎禁得住各人起身行禮問好，這營地內頓時便是一片嘈雜聲，卻聽人遠遠喝道：「是誰在吵？找死麼！不知道夜營喧嘩犯了軍令，是要禁閉的麼！」

各軍士被這厲聲一喝，便各自噤聲不語。

那人見仍有幾個人影站立原地，怒道：「當真是該死！三更半夜的不睡，待我看你是誰，明日罰你苦役！」說罷急步向前，待行到張偉身前，怒目一看，頓時吃了一驚，吃吃道：「原來是指揮使大人，屬下不知，衝撞了大人，請大人責罰！」

張瑞一看，原來是金吾衛的都尉林興珠，便喝斥道：「怎地也不看清是誰，便這麼大呼小叫的，成何體統！」

林興珠原是吃了一驚，聽張瑞如此說話，卻是不服，將脖子一擰，答道：「這黑燈瞎火的，屬下實在是認不出，總之，請大人責罰便是了！」

張瑞大怒，不料想這小小都尉竟然敢公然頂撞，正待令人將林興珠押下，卻聽張偉向林興珠說道：「你巡夜甚是辛苦，黑地裏自然認不出我來，誰要責罰你了。」

見張瑞還要發作，忙對林興珠道：「成了，快去巡你的夜，我再轉上一圈，便回去睡了。」

見林興珠帶人離去，張偉不緊不慢負手踱步向前，待左右無人，方訓斥張瑞道：「人家盡職，你反而訓斥，豈不寒了人心？此事可一不可二，切記切記。」

見張瑞委屈，拍拍他肩，笑道：「你自然也是在盡責，我不是怪你，只是再有此類事情，記得不必如此就是了。」

見張瑞無話，乃又繼續向前，兩人在營地繞了一圈，從南至北足有數里，張瑞見他還要查看，勸道：「爺，咱們看了那些睡在外面的兵士也就罷了，再向東大半是睡在帳篷之內，也看不到什麼，不如就此折回頭好了。」

張偉不理，仍是負手向前，自營地最北端向東，繞了一圈，又開始向南折回，一路上盡是帳篷，黑漆漆的不見人影，若不是營地中每隔一段便有刁斗火把，如此無月的黑夜，只怕兩人連路也摸不著了。

行得數段，張瑞正覺無趣，他亦疲累萬分，若不是職責在身，只欲就地躺倒。

正當他昏昏欲睡之際，卻見前面張偉猛然停住，背手而立，忙急趕兩步，便要詢問，卻見張偉手伸在身後，向他擺上幾擺，張瑞凝神細聽，隱約聽到一陣哭聲，心中大詫，忙也湊到前面，聽到哭聲來自不遠處一個帳篷，彷彿聽到有人說話，見張偉又向前湊了幾步，張瑞自也是忙不迭跟上。

聽了一陣，張瑞只覺心頭煩悶，若不是適才訓斥林興珠挨了張偉的罵，真想當即便抽刀進去狠劈。

正憤恨間，卻見張偉向他招手，兩人默默又向前行了十餘步，方聽張偉令道：「你記住這個帳篷，明兒知會該管的將官，那個死了弟弟的，就別讓他上陣殺敵了，待戰事結束，好生送回台北，令其退伍，該得的撫恤，一文也不准少。」

見張瑞一臉不願，張偉嘆道：「雖說他弟弟違了我的軍令被殺，死得不冤，到底人家是兄弟，哪有不罵的道理。你不要氣，天理國法之外尚有人情，我原亦不是無情之人，只是身處上位，有時候不得已罷了。你再另外從我家裏拿二百兩銀子，給他家人，只是不要說是我的賞便是了。」

說完又默然向前，到自己帳篷前方又長嘆一口氣，鬱悶道：「我不是令人不要在一家多招兵士，怎地這兩兄弟一齊在軍內呢。」

張瑞見他鬱鬱不樂，忙答道：「聽那人語氣，好像兄弟好幾個，可能是招兵時考慮到他家生計困難，故而破例了吧。」

「查一下，是誰招募他們的，降職，罰俸！再交代募兵之人，獨子不招，一家不二兵。」

見張瑞領命去，張偉自進帳休息，原本便睡得不適，現下心中有事，更加是輾轉反側，心中翻來覆去的只在想那個兵士的話：

「那個張偉，殺人如同殺雞一樣，我弟弟只不過是一時嚇壞了，就生生被他令人槍殺，可憐他長了二十多歲，哪曾見過如此炮擊，這樣便殺了他，怎能教人心服！若是被我逮到機會，拚得這一百多斤，非一槍打死他不可！」

想來想去，只在心裏嘀咕：「我做錯了麼？難道我真的以殺人爲樂，以殺人立威，全然不顧別人的感受？要知道，一條人命沒了，毀的可就是一家人……難道我心腸如此歹毒麼？」

想到此節，便覺得全身燥熱，身上的被子便蓋不住，一腳踢了下來，只覺得額頭冒汗，隱約已聽到外面有人聲響起，一縷亮光透過帳篷照射進來，顯是天快大亮了。

又過得一陣，聽到不遠處傳來嘈雜的人聲，打開帳門問侍立的飛騎，原來是台南百姓又送熱湯來了，想著這些百姓大早起來，攜老扶幼的打火燒湯，又老遠奔波而來，張偉心頭一陣感動，手扶帳門，幾欲落淚。

想著昨日一台南老者跪在自己身前，泣求自己立時將那些荷蘭紅毛趕出台灣，張偉心情激盪，想道：「一國哭不如一路哭，一路哭不如一家哭，我現下既然有權決定他人的性命，總該照最少的損失來，少死了一個兵士的弟弟，卻有可能讓我吃上敗仗，那樣不僅會多死更多父母的愛兒，又使這台南百姓失望，繼續被荷蘭人欺壓。軍法無情，日後若有違法的，仍然是當死則死，即便我這雙手沾滿

鮮血，卻又如何？」

想到此處，心胸豁然開朗，幾欲縱聲大笑，忙招呼人做了早飯，吃完後便令道：「傳令下去，全軍開拔，至熱蘭遮城外築壘！」

軍營原本便只是在熱蘭遮城大炮射程外三里處，待張偉一聲令下，七千兵士離了營盤，浩浩蕩蕩開往熱蘭遮城外，開始在城的周邊挖長壘，台南百姓亦有不少自告奮勇，協同兵士挖壘，伐木，只不過大半天工夫，一道木柵長壘便已築成。

城內的荷軍軍官及總督揆一自然早便發覺外面的舉動，克倫克還提議自己帶兵出去進攻一次，騷擾一次對方的行動，揆一卻是大大的不以爲然，向各軍官道：

「我知道困守城內對各位的軍人榮譽是一種侮辱，不過敵眾我寡，城內的正規軍隊只有六百人，面對十餘倍之敵，出擊可能會面臨難以預料的災難。」

說到此處，揆一得意洋洋總結道：「讓這些蠢蛋築壘好了，這樣反而限死了他們進攻的道路，城內糧食有的是，待援兵來了，各位會將今天受的羞辱加倍奉還給這些野蠻人的。」

各軍官見他如此說，方才息了出城挑戰的念頭，揆一倒想打上幾炮，昨日炮擊的威力令他難以遏止繼續用火炮打擊敵人的想法，還好克倫克明白敵方軍隊選擇的距離剛好是炮彈力竭的地點，這樣的距離開炮，等同於爲敵人的行動放禮炮助威，還是不要丟臉的好。

待傍晚回營，周全斌等人按捺不住，跑到張偉帳中，卻見張偉正倚著木案看書，帳內經一天的整修，已是平整舒服許多，見周全斌等人入內，他倒也不奇怪，笑著向地上指道：「各人都盤腿坐下吧，這地上鋪了棉被，坐上去倒也舒服。」

待各人盤腳坐下，又笑道：「這麼急著跑來，是心裏不耐煩，不知道下一步怎生是好吧？」

周全斌答道：「正是。前日軍議，爺說圍城正對了敵人心思，怎地又令人挖長壘，豎木柵，那荷蘭人耗得起，咱們可耗不起啊。自帶的糧食本就不多，雖說糧船又返去運糧，可若是那荷人艦隊回來，斷了海路，這台南百姓亦沒有什麼餘糧，只怕過上一段時間，沒有糧食，軍心必亂！到時候，咱們連跑的本錢都沒有，那可如何是好？」

他話一說完，其餘軍將自是連聲贊同，張偉初時不露聲色，見各人著急，便問張鼐道：「你說說看，不圍城，如何強攻？」

張鼐吭哧了半天，方道：「我自然是沒有辦法，才這般著急，若是有了辦法，自然是要稟報的。」

張偉又環視四周，見眾將皆垂首無言，方大笑道：「破敵之策我昨日便想好了！大家不必憂心，三日之內，我必將那熱蘭遮城拿下！」

各人聞言都是又驚又喜，那周全斌忙問道：「不知道爺想的是什麼妙計，全斌怎麼想也是想不出來，請爺快賜教！」

張偉笑道：「你們可記得，我昨日曾問起火藥的事？」

見各人仍是茫然，張偉大笑道：「破敵之計，便在這火藥上！」

見各人仍是一臉詫異，張偉又道：「你們想想，攻城之利器莫過火炮，若有數十門紅衣大炮，攻其一點，任是多高多厚的堅城，就沒有不被轟開的道理。火炮之利，首在火藥，若是沒有火藥爆炸的推力，彈丸能自個兒飛到城頭麼？是故現下咱們沒有大炮，卻可以利用火藥來造成大炮轟擊的效果，炸裂城牆，一擁而進，則城必破！」

周全斌聞言疑道：「火藥咱們是有，只是如何才能用火藥炸開城牆？」

「挖洞，填藥，引火。」

張鼐悟道：「挖溝築壘，只是為了迷惑敵軍，待他們放鬆警惕，便至城牆下方挖洞填放火藥，引火爆炸，則事可成？」

「張鼐所言，正是我此次定下的破敵之策。」

周全斌道：「挖洞進城之法，我也曾想過。只是咱們面對敵軍大炮威脅，距離甚遠，雖可夜間偷偷摸進城，但途中必被荷人發覺，如此，挖洞之事必不可行。」

張偉道：「此事我亦想過，天啓六年，努爾哈赤攻寧遠，袁崇煥面對八旗軍以大型攻城車藏人於其中，自城下挖洞破城之法，袁在危急之時以棉被包裹火藥扔至洞中，如此挫敗了八旗用城下挖洞之法破城的慣技。料想現下我軍突到了城角，敵人可應對之策有二：一，出城，二，從城頭向下開槍，咱們可沒有攻城車，短期之內亦是造不出來，若沒有掩護，敵軍從城頭向下射擊，則必然死傷慘重。」

說到此處，突然向旁聽的都尉林興珠笑道：「興珠，你來說說，咱們該如何挖洞？」

眾將大詫，以林興珠的身分地位原只是列席旁聽罷了，以周劉張三人一衛統領的身分，張偉也甚少主動爭詢他們的意見，其餘校尉以下，只怕連與張偉說話的機會也是不多，現下張偉卻主動問及林興珠這個小小都尉的意見，當真是前所未有。

林興珠被張偉一問，原就緊張，見衆上司同僚神色古怪，注視自己，頓時臉紅過耳，不知道如何是好。

張鼐見他半晌不答張偉的話，不耐道：「林都尉，速速回答指揮使大人的問話。」

林興珠吃他一喝，更加緊張，雖勉強張嘴，只是吭哧吭哧不知說什麼是好。

張偉見狀笑道：「林興珠，你也是個男人，怎地昨晚執行公務時那般強項，現下扭捏如同一個娘們？定神，收心，仔細想想再回我話！」

林興珠吃他一激，他性格原本就倔強得很，敢當著張偉的面頂撞張瑞，便可知道此人並不是一味逢迎媚上之人，現下連遭訓斥，反倒激起他好強爭勝之心，當下便在心裏仔細盤算片刻，乃揚頭亢聲說道：「回大人的話！興珠以爲，大人之策漏洞過多，需得仔細琢磨，方可施行。」

「喔？有哪些漏洞，說來聽聽。」

林興珠額角微微冒汗，卻仍是大聲答道：「一、無法近城。人多則敵軍必然發覺，一路以大炮

轟擊，死傷必定慘重。與其半夜被人轟得七暈八素，倒不如白天光明正大的強攻。若是人少，以曲線規避炮擊，反能靠近城角，但若是敵人出城而攻，該當如何？正如大人所言，敵人便是不出城，在那城頭向下射擊，我們以下擊上，如何與人家相抵敵？二、這火藥炸城之法，興珠雖聽人說起過，不過威力究竟如何尚不得知，該用多少，如何引火，引火後何時起爆，那引火之人可有危險？這些大人都未提起，若是這般便去攻城，興珠以爲，是在拿兵士的性命冒險。」

他身邊各人聽他囉哩囉唆說了這麼許多，見張偉面無表情，無可不可的模樣，各人都是背心冒汗，生怕張偉一時火起，立時命人將他拖出去斬了。

張鼐是他的長官，立時喝斥道：「住嘴！讓你說說看法，怎麼敢如此無禮！出去！」

林興珠立時站起，便待離去。

張偉見他仍是一臉不服，將嘴一撇，笑道：「興珠，你可別對張鼐不滿，他攆你出去，是怕我發火處置你，這可是爲你好！」下巴一揚，對張鼐和林興珠道：「都坐下！」

兩人聽命坐下，那林興珠此時方如夢初醒，兩隻手垂在膝前，兀自微微發抖，心內也是奇怪：「自己爲什麼如此大膽，難道脖子是鐵鑄的麼……」

卻見張偉將手拍了兩下，大笑道：「壯哉，妙哉！林興珠此人可堪大用！有見地，有膽識，好好，很好！」

林興珠聽他誇獎自己「才堪大用」，心頭只覺一股熱血湧將上來直衝到眼，兩眼頓時模糊，唯恐被人發現，只得將頭一低，暗中偷偷拭去。

張偉卻是看得分明，心中也是感動，待林興珠情緒稍稍平歇，又道：「興珠說的都很對，我昨日先想到用火藥炸開城牆，晚上回去，卻也想到興珠所慮之不足。直想了半夜，方才有了解決之法。」

見各人凝神細聽，張偉鄭重說道：「先挑選精壯兵士五百人，分五隊，於夜間悄悄匍匐前行，敵軍鬆懈，加之人數不多，只要不出意外，便足以潛行至城下。俟他們潛至城下，後隊一千飛騎持火把攜火藥吶喊向前，分十隊向前衝刺，敵軍必然開炮，此時潛在城下的軍士開始在城角挖洞，待飛騎趕到城下，以藤牌護住挖洞軍士，俟洞挖好，火藥塡好，前後兩隊待引火藥線點燃，即刻後撤。火藥一炸，後隊所有兵士一齊突擊，一戰破城！」

「大人，何爲藤牌？」

「取林間細藤，輔以棉布編織成牌，可擋槍沙。只是在城下舉牌，敵槍射程甚近，故而藤牌一定要厚，一牌要擋住數人，是以要大。衝擊時，兩人舉一牌，一人持火把，隊形散列，敵炮瞄準不便，造不成什麼傷亡。這藤牌的優處便是輕便，若是舉著鐵牌門板之類，雖也能擋住槍子兒，可是太過厚重，不容易舉著突擊。如此，待城破，大隊迅速出擊，飛騎返回突擊上城，務必要不計犧牲搶占炮位，多奪得一門大炮，咱們的大隊便能少戰死一些將士。張瑞，你可明白？」

「屬下明白！」

「張鼐，你明日帶一千兵士去編製藤牌，全斌，你將火藥灌製成包，二十斤一包，中插火捻引爆，每二十包一洞，分五洞放置。務必要一次將城炸開。」

「屬下遵命！」

張偉各人沒有異議，輕輕一笑，抿嘴道：「好了，各人回帳休息，各自將事辦妥，我明日再派人去熱蘭遮城勸降，料想他們不會同意，不過，這防範之心再過兩日便會鬆懈，兩日之後，三更之時出擊。」

眼見各人便要出帳而去，張偉將林興珠叫住，吩咐道：「興珠，那五百挖城壯士，便由你來統領！」

林興珠心內興奮之極，他原本便是都尉，統領五百屬下，現下讓他帶五百人也不算什麼，只是這攻城統兵重責現下落在他肩上，張偉顯是對他信任非常，當下將身一躬，大聲道：「屬下敢不效死？若是有辱使命，興珠提頭來見！」

「哈，不要你提自個兒的頭來見，若是那城中頑抗，到時候，你將那荷蘭統兵官的頭提來見我，我給你擺慶功酒！」

林興珠聞言不再多說，只將身一躬到地，轉身昂然去了。

第二天，張偉先是派遣了郭懷一手持白旗前去勸降，卻被那揆一挖苦嘲罵一通，郭懷一大怒，差點兒便要撲上去痛毆揆一，衝撞間，又故意大喝要困死城內荷人，荷人眾軍官自克倫克以下，聽到郭懷一如此說，均在心內慶幸不已。所幸白人亦有不斬來使之傳統，故而郭懷一雖甚是無禮，那揆一倒也沒有為難於他，只是冷冷拒絕勸降，便將他送出城來。

待郭懷一一出大廳，各人便大笑起來，揆一心中自也是安慰之極，心裏只是盤算：「卻如何突破封鎖，讓巴達維亞快點派援兵過來？」

荷人放心之餘，又見敵軍每日越發起勁地挖溝，均覺得好笑之極，原本安排了三百士兵及三百民眾夜間上城值夜，又在城頭多點柴堆照明，待過了兩夜，見敵軍一直沒有動靜，士兵及民眾皆疲累不堪，便由揆一提議，撤下兩百兵士和所有的民眾休息，只留百餘士兵在城上警備。

張偉這邊卻是外鬆內緊，那邊長壘慢吞吞的築造，軍營這邊卻是忙得熱火朝天，待藤牌編好，又著飛騎衛先前演練，火藥包的藥捻長度亦是試過了幾次，緊趕了兩日，已是一切齊備。

這一日晚間張偉調派人手，一切皆依前日坐議決定而行。那林興珠早已選定了五百將士，他倒也奇怪，別人多半是挑選全軍最精壯之人，唯獨他在營中轉了幾圈，任營中好漢在他面前提石鼓，玩花刀，卻是一個不選。到最後至張偉帳中回了張偉，卻是只帶自己原屬下的五百人。

張偉奇怪，問道：「這卻是為何？我這台北士兵原也沒有什麼不好的，只是讓你在全軍挑選，是為了強中選強，你一人不選，莫非全軍最強之士都在你的屬下不成？」

林興珠已知張偉脾氣，便老實答道：「那自然不是，只是今晚之事大為凶險，臨時挑人，我信

不過。自己手下兄弟我帶了好久，各人什麼脾氣，屬下的果尉能力如何，我都清楚得很，打仗麼，最忌將不識兵，也忌兵不服將，屬下還是帶原來的兵士就好。」

張偉聽他如此一說，也覺得頗有道理，便也一笑罷了。

到了晚間天黑，先令這夥人吃了晚飯，強令他們睡覺休息，待二更時分，將林興珠及手下喚起，全部換上黑衣，老天卻也湊趣，張偉等人看那天上，卻是連半邊月牙兒也欠奉，各人都道：「此真是天助中國也！」

待林興珠等人到得長壘，悄然爬過，各人不顧地面冰涼，依次趴在地上，便是連大氣也不敢出，偶有忍不住咳上兩聲的，立時便被林興珠傳令訓斥，待趴伏到了三更時分，林興珠一聲令下，五百人便於地面上快速蠕動。

此匍匐前進之法乃是張偉特令加入訓練內容，施琅周全斌等人初時尚不理解，待今晚隨張偉身後，見不遠處地面上隱約有黑色人影慢慢爬動，想來那數里外城頭絕無可能發現，周全斌心裏對張偉不覺大是感佩。

這匍匐前進之法亦是大耗體力之法，長壘之外距熱蘭遮城足有五里開外，若非平日裏早便習慣，縱是身強體壯之人，只怕爬到一半便再也動彈不得了。周全斌想到此處，又向前看去，哪還有林興珠等人的身影，這般天黑，那林興珠所率兵士又皆是身著黑衣，卻如何還能看得見？

張偉卻不知身後周全斌所想，他一直凝神觀察眼前沙漏，待過了大半個時辰後，料想林興珠等人早已到了城下，便向張瑞令道：「張瑞，帶人出擊吧！」

張瑞得令，便向身後諸飛騎大喝一聲：「眾兒郎，爲爺效命的時候到了！隨我衝啊！」說罷一躍起身，越過長壘打頭向前衝去，他身後的一千飛騎兩人舉藤牌，一人持火把，各自發一聲喊，也隨他向前衝去。

張偉眼見飛騎衛兵士皆已衝過長壘，立向身後等待多時的張鼐令道：「塡壘！」

張鼐得令，便令身邊參軍將旗一揮，早有數百火把高高舉起，上千名兵士扛著準備好的沙包，依次向前，向挖開的壘溝扔下，不消一會兒工夫，便將足以容數百人通過的長壘塡滿。

與此同時，那熱蘭遮城的荷軍士兵卻已發現大聲疾衝的飛騎衛，驚慌之餘，立時便有守夜的炮手點火開炮，炮聲轟然響起，十餘發炮彈在炫目的火光中飛向疾衝中的飛騎。

張偉諸人看到遠方城頭火光閃爍，聽得炮聲轟隆，均都握緊雙手目視前方，心裏只盼眾飛騎身手靈活，不會被敵軍的火炮擊中。

周全斌見張偉挺立前方，雖不言不語，卻亦能見他心中頗是擔心，眾飛騎大半隨侍過他，論起感情，自是比普通的鎭遠將士更令他懸心。乃上前問道：「大人，咱們讓飛騎趁夜向前奔不是更好麼？爲何要他們打上火把，這豈不是給敵人現成的靶子麼？」

張偉嘿然答道：「全斌，若是黑暗中發覺對面有敵衝來，炮手該如何？」

「無法瞄準，且移動不便，只得亂發炮罷了。」

「若是有人持火把向前狂奔，炮手如何？」

「瞄準火光亮處，再行擊發。」

「哈哈哈……」張偉大笑道：「說到此節，你可明白了？若是黑地裏這千把人衝過去，到底人家不是瞎子，聽動靜也瞞不住。那城頭炮手自然會往大概方向發炮。我令人燃起火把衝，那飛騎移動速度甚快，城頭眼見得火光亮起，總不能隨處亂打？城頭重炮上下移動不易，待他們瞄好，火光卻又變了地點，如此這般，反倒比摸黑衝擊死傷更少。」

各人這才明白張偉何故要令一千飛騎打著火把前衝，再前看衝到一半的飛騎時，卻見火把歪歪扭扭亂跑，那城頭火炮管自響了半天，卻似沒有一發擊中。

張偉看了半天，也見飛騎衛並無甚傷亡，心頭大悅，又向各人笑道：「這般衝法衝得也快，都扛著藤牌，若是摸著黑跑，要跑到何時呢。」

他帶著眾將靜候城角那邊炸藥炸城，只是不知道林興珠那處成績如何，此處離城角甚遠，又有眾飛騎呼喊擋住視線，實在無法觀察到城邊動靜。

林興珠帶著五百手下早已爬到了城下，因城頭有亮光，各人在他帶領下，特地挑了城頭士兵最少的一處城角伏下，那處城頭的荷軍士兵只有三五人，雖說這熱蘭遮城並非大城，但守夜士兵畢竟太少，又哪裡能照顧得過來？

待飛騎衛打著火把向這邊衝來，城上士兵皆是大驚，慌成一團，亂紛紛去稟報總督，城防司令去也，城頭上的小隊長一時間不知如何是好，只得聚集了兵士，將火槍裝藥上丸，又令炮手就位，瞄準火光處發炮。

林興珠見城頭亂得不成模樣，原本固定守在頭頂的三五士兵亦四處亂跑，一時間哪有人注意這眼皮底下有甚動靜？心頭大喜，用手勢傳令下去，身旁士兵各自瞄準一處，摸出腰間的小鏟，起勁的挖將開來。

待張瑞領著飛騎堪堪快奔到城下時，城頭荷軍終於發現腳底有大群黑壓壓的人影正在挖城，報將上去，匆忙趕到城上的城防司令克倫克目瞪口呆，一時竟然不知道如何是好。

還是衣衫不整的揆一先反應過來，立命城頭兵士向下開槍，於是調了百餘名士兵剛往下開了一槍，張瑞已帶著飛騎來到。

城上荷軍以為飛騎欲直接攻城，不敢再向城下開槍，只瞄準飛騎衛連射，待張瑞帶人衝到城下，將藤牌豎起，城上荷人方知原來這上千人衝上前來，只是為了掩護原來潛伏城下的敵人挖洞。

揆一見狀大急，雖是冬夜仍是滿頭大汗，抓著克倫克的胳膊一迭聲問道：「司令官閣下，您不是說敵軍不會強攻麼！現在他們挖城，我們該如何是好？要不要派人出城，趕走他們？」

克倫克卻是不急，擺脫揆一俯身向下看了一陣，見身邊各兵不住的向下開槍，喝令道：「停火！不必打了，這夥東方人舉著這怪盾牌，鐵丸根本便穿不透，不必浪費火力了。」

揆一大急，向他怒道：「司令官閣下！您的命令我不能贊同，雖然他們舉著盾牌，到底還是有漏洞，先前咱們便打傷了他們不少人，現下接連開火，仍可以打中，城中火藥有的是，難道要省著等他們攻進城來接收嗎？」

說罷不顧克倫克反應，向各兵令道：「射擊，不准停止！」

他是總督，論職位可比克倫克大得多了，城頭各兵不敢怠慢，聽他下令後又向城下砰砰開火。

那克倫克氣得臉色鐵青，卻又不好當面與總督爭論，只得忍氣吐聲，勉強擠出一絲笑容，向揆一道：

「總督閣下，請您好好想想，當初築城時，咱們為了防止敵人挖城，是否有在城內地下深埋石板？等那些城外的敵人挖通地下，到城內這一邊時，才會沮喪的發現，在地下五米內，皆是厚實的青石板，我們又有什麼可害怕的呢？讓他們挖吧！」

揆一聽到此處，方記得當初築城時為防外敵從城下挖地道攻入，於城內地下放置了厚石板一事，抹抹臉上急出的汗水，將半懸的心放了下來，對克倫克笑道：「啊，請原諒我，親愛的克倫克，您明白，我身負整個台灣的重責，難免有急中出錯的時候。」

見克倫克撇撇嘴，不理會自己，又急道：「不管如何，總該向下開槍。咱們人手不足不能出擊，總該在城上給敵軍壓力。」

克倫克無奈，又向他解釋道：「總督閣下，我的意思是，既然開槍沒有效果，不如發動城下動員的民眾，以大木料及石塊向下丟擲，這樣的效果可比開槍強多啦。」

第八章 平定全台

臨行叮囑施琅，若是荷人軍艦來襲，水師不必出動，只需大員島上岸炮及熱蘭遮城上大炮協助防守，那荷人軍艦抓不到機會，自然會懈怠，待耗上一段時間，再相機出動，一戰將荷軍攆跑，到那時，荷人自然會至台北尋他談判。

揆一聞言方才如夢如醒，向克倫克抱歉一笑，急命身邊副官下去傳令去也。不消一會兒工夫，便見城下荷人如螻蟻般搬著石塊、房料，亦有急切間搬著自家木床、櫃子之類，見他們蜂擁上城，克倫克急命開槍兵士停火，讓開地方給這些民眾。

正在此時，卻聽那城頭監督開火的一名連長向克倫克報告道：「司令官閣下，您快來看，這些東方人突然向後退卻了！」

克倫克聞報，急步趕到城頭，向下一看，卻見有數百黑衣人加上適才持藤牌的士兵分爲數隊，急步向後退卻，心中大奇，卻一時想不出什麼緣故來。

那連長請示道：「閣下，敵軍快速退卻，可要向他們瞄準開火麼？」

「不必了……」

揆一聞報趕來，見敵軍退去，也是一時摸不著頭腦，只昏頭昏腦的問克倫克道：「這些人爲什麼突然退走了？難道知道咱們要往下扔石塊了麼？」

克倫克見他問的荒唐，當下哭笑不得，卻也不好不理，只沉吟道：「或者，敵軍在城下挖到了石板，知道無法從地下進入城內，因而放棄了？」

他只是猜想，揆一聞言卻如獲至寶，大笑道：「對對，正是如此！啊……這些可惡的東方人，幻想著用他們這些古老可笑的戰法來攻入城內……」

他正在得意，卻突然覺得腳下一抖，耳邊傳來一聲悶響，便奇怪道：「咦，難道這時候地震了？」

克倫克正在凝神細思，卻覺得腳底抖動越來越厲害，傳來的聲響也越來越大，各人聽在耳裏，只覺得如同大炮轟擊的聲響一樣，克倫克突然臉色大變，叫道：「快跑，是敵人在城下引爆了炸藥……」

話音一落，不遠處的城牆一角突然有大團的火光冒起，各人只聽得「砰」一聲大響，皆被震暈當場，有那離得近的，當場便被強大的震動震得七竅流血，當場身死。便是沒有被震死，亦被隨之而炸起的石塊砸到，城頭頓時是鬼哭狼嚎，亂成一片。

待響聲停住，城邊僥倖未死的兵士及民眾注目一看，只見那爆炸響起處的城牆已被炸塌了十餘米，碎石塊夾雜著屍體、鮮血、軍服碎片，崩塌處已是比原來的城牆矮了一大截，哪怕是小孩，亦能輕鬆攀牆而過。

待未死的荷蘭士兵及民眾急忙持槍登上城頭，卻見那城防司令克倫克被飛來的碎石擊中頭部，整個腦袋被削去了一半，又在屍體堆裏尋了半天，才找到了暈迷不醒的揆一，好不容易用冷水澆頭將他喚醒。那揆一勉強站起身來，向城外一看，卻又是將頭一低，暈迷不醒。

扶著他的小兵向外一看，頓時嚇得雙腿亂抖，只見不遠處火把如林，數千名台北士兵舉著長槍，列隊向熱蘭遮城方向突擊。

荷軍士兵正待排陣迎敵，卻是苦於沒了指揮官，勉強列隊完畢，炮手亦要到位向那攻來的大軍炮擊，卻又有適才挖持藤牌的敵軍於城牆斷裂處強攻上城，待城上荷軍砰砰開了幾槍，那一千多敵軍已是揮著長刀攻了過來，這夥人凶橫非常，手起刀落，便有一荷軍人頭落地，鮮血狂噴，城上諸荷軍嚇破了膽，又沒有高位指揮官約束，各下層軍官帶頭先跑，不消一會兒工夫，這城頭已被飛騎衛占據。他們倒也不去追擊，只是守住了城上各炮位，等候大軍入城。

待張偉趕到城門，周全斌張鼐等人已是領兵殺入城內，眾飛騎擁著張偉登上城頭，觀察城內情況，張偉見城頭兀自頑抗，那火槍聲砰砰響個不停，時不時有發射的火光射向天空，便向張瑞道：

「近戰肉搏以飛騎為最佳，留些人在此處，其餘人皆下城助戰！」

見張瑞還要說話，張偉將眼一瞪，張瑞無奈，只得匆匆帶人下城去了。

至城角正遇著林興珠帶人入內，張瑞向林興珠道：「林都尉，我入城巷戰，你帶人上城頭，保護指揮使大人。」

那林興珠聽了，便將手下安排至張偉站處左右護衛，自己孤身一人上城而來，見張偉凝神向城內觀戰，便上前向張偉行了一禮，道：「屬下林興珠，奉飛騎尉張瑞之命，前來護衛指揮使大人。」

張偉向他一笑，嘉許道：「興珠，這次你幹得委實漂亮，回去定當給你記功！說你才堪大用，你果然沒有讓我失望！」說罷在林興珠肩頭一拍，將手一抽，卻覺得手上黏熱一片，拿到眼前一看，卻是一手的鮮血，急道：「興珠，你受了傷？」

林興珠笑道：「些許小傷，算不得什麼。飛騎上來前敵人已發現了我們，向下開槍，所幸不久飛騎便舉藤牌趕到，死了幾名弟兄，傷了四十來個，不算什麼。」

張偉見他言笑如常，便將頭點一點，不再多說。

這一夜城內亂哄哄直打了一夜，待天明周全斌匆匆上城，向張偉一躬，道：「稟報大人，城內抵抗已然平息，請大人至總督府歇息吧。」

「戰況如何？」

「敵軍正規軍加後勤共六百七十一人，戰死一百六十人，餘者皆降。」

張偉奇道：「就死這麼點人倒是降了一大半，怎地砰砰打了一夜？」

周全斌雙眼佈滿血絲，恨道：「正規軍待我們一衝上街，便各自流竄奔逃，咱們一殺到跟前，大半棄槍而降。倒是城中有一千多荷蘭男子，那總督揆一發了槍枝給他們，這些人為保家產妻小，一直在奮力頑抗，打了一夜，多半是和這些百姓打。」

「打死多少人？」

「城內有槍男子，大半被咱們打死，餘者三百多人，皆是有傷之人。咱們的士兵，戰死兩百多，傷六百多。其中飛騎傷者最多。」

張偉聽報黯然不語，原料想城內抵抗不會激烈，卻不料有這些百姓為保身家抵抗到底，倒比那些正規軍人勇猛許多。

當下不再多問，便在周全斌林興珠等人的護衛下，向那城中荷蘭總督府而去。

荷蘭總督府建築在熱蘭遮城中心，規制並不大，只抵得上內地一個小縣的縣衙門大小，只是純粹的西方式建築讓周圍戒備巡邏的台北士兵們覺得十分稀奇。

此時天已大亮，守在總督府的張鼐見張偉帶著人遠遠過來，便喝斥那些看熱鬧的兵士道：「混帳，還不快些打掃，把這些屍體抬走，血跡用水沖洗乾淨！」

張偉自城頭而下，一路上便可看出昨夜巷戰的慘烈，一路上橫七豎八，盡是那荷蘭士兵與平民

的屍體，鮮血流遍整個街道，看著這些金髮碧眼的白人身著十七世紀時的裝束，死在離家鄉萬里的中國，張偉心中突然想起自己那個時代的荷蘭「三劍客」，心中暗道：「三劍客，叫起來好聽，可惜，你們總歸是和鐵與火無關的民族啊。」

待行到總督府前，見張鼐站在總督府前的台階上，正帶著一群校尉、果尉迎候自己，張偉笑道：「咱們何必弄這些虛禮，你們打了一夜，還在這兒站什麼班？都快回屋裏，自個兒尋地方坐著，沒事把自個兒弄得跟門神似的。」

說罷打量這座西方哥德式建築，見正門外四處是火槍鐵丸擊中的小彈洞，轉頭問周全斌道：「此處便是荷人拒守的最後堡壘吧？」

「正是。待總督府被咱們攻下來，整個城內的抵抗便小了很多。」說完又恨道：「咱們的士兵，也是於此處死傷最大，他們依託堅固的總督府建築，在房內向外開槍，還是咱們的飛騎硬頂著傷亡方衝了進去，所以才會死傷那麼許多。進去之後，裏面的人縱是舉槍投降，也被各人砍了個乾淨。」

張偉聽到此處，也沒有什麼話說，他原本是用「不殺降者」來約束諸衛，但戰爭打到這種激烈的程度，約束著兵士不砍荷蘭人，難不成砍自己人麼？所謂不殺降，只是用來誘惑那些意志不堅，在降或戰之間徘徊的敵人罷了。

當下由張偉領頭，先進了這總督府內，至四處打量了一番，卻也沒有什麼豪華出眾之處，只是那揆一住處稍微裝潢一下罷了。

張偉略翻了一下，也沒有發現什麼女人的用具和衣褲，料想那揆一沒有帶夫人來台。見校尉以上已然都至總督府報到，張偉便令人將總督府內會議室重新打掃部置，便在那會議室召開會議。

那林興珠見室中皆是自己的上司，自己貿然隨張偉進來，一時也不好出去，便推說身上有傷，只是侍立在張偉身後。張偉肚裏暗笑，卻也不去說穿他，見各人都已坐定，便笑道：「各位，昨晚可是辛苦了大家。除了林都尉外，可有都尉以上受傷的？」

張鼐與張瑞周全斌三人齊聲道：「除林都尉外，其餘只是陣亡了三個果尉，別無將官死傷。」說罷諸人都笑看林興珠。

張偉見他有些窘迫，忙道：「林都尉昨晚率五百壯士，在敵軍槍口下挖洞，炸開城牆，昨夜首功，便是林都尉！」

說罷，又令各衛參軍報上詳細死傷數字，核對人名，又令將死者抬上港口船隻，即刻運回台北，令人通報何斌，好生撫恤。

諸將弄了半天的死傷名冊，這些士兵大多是眾人帶了數年的手下，多半看了名字便可以想起相貌，想到前幾日還活蹦亂跳的大活人，今日已成黃泉陌路之鬼，各人都是眼眶通紅，幾欲落淚。

張偉亦是心疼之極，算來自大員、海上炮戰、登陸台南之後，已有數百人死，過千人傷，雖說來自己並無指揮失敗之處，那鄭成功攻台登陸台南，頭一日便有六七百兵死於炮擊，敵守我攻，死傷

自是難免。只是心中雖明白此節，卻仍是難以抑制悲痛，當下將手一撐，站將起來，對諸將道：「那揆一和被俘的荷人都押在何處？」

張瑞回道：「都押在城西。已派了飛騎看守。」

張偉怒道：「咱們這便去，處置了這幫混帳！」

眾將也正是火大之時，聽張偉如此一說，各人頓時便站起身來，待張偉出門，一群人便也殺氣騰騰跟隨他身後，向城西看守俘虜之處而去。

待行到城西，只見那男女老幼近三千荷人被押在一處空地上，各人都是神情萎靡，疲憊不堪，見一群人過來，顯是這中國軍隊的高級將領，各人不知道將會如何發落自己，又是擔心，又是害怕，那膽小的便開始發起抖來。

揆一在城頭暈了半天，待醒來後攙扶他的士兵早已溜得蹤影不見，待他暈頭脹腦起身，身邊卻早便圍了一圈台北士兵，見他衣著華麗，立時便有一果尉帶十幾人將他看得嚴嚴實實，待天亮尋了翻譯來問，方知這個暈倒在地的胖子原來就是這台北總督。

此時他卻沒有得到什麼特殊待遇，與那幾百名被俘的荷蘭士兵垂頭喪氣的坐在一處，待張偉行到他身前，身邊的看守士兵便喝令他抬頭，他雖聽不懂，卻見一幫軍官模樣的人都擁在張偉身邊，自然也知道眼前的人便是此次中國軍隊的首領，茫然抬頭，向張偉說道：

「閣下要怎麼處置我們？身為一個紳士，絕不會虐待他的戰俘。」

張偉聽得他如此說，不覺仰首大笑，半晌才惡狠狠地回他道：

「總督先生，我好意派人來勸降，你很沒有風度的將我的使者驅趕出城，自那時起，你們便失去了投降及受到友好待遇的機會，現下，我向你宣布，除了貴國平民外，所有的士兵，包括您，總督大人，都得接受我的嚴懲，我要讓你們的東印度公司明白，和我作對，得到的下場將會非常淒慘！」

說到此處，張偉轉身向張瑞道：「張瑞，你速帶人立樹幹，掛絞索，這些紅毛鬼處決犯人皆是用絞刑，咱們今日便也用他們的刑法，將這位總督大人絞死！」

說罷便轉身上城，只待張瑞出城門將絞台弄好，便向揆一冷笑道：「總督先生，請上路罷！」

揆一一見張瑞命士兵扛來一根旗桿，又見人在桿頭上綁上繩子，打上死結，心中早已明白要處死的便是自己，待翻譯將張偉的話譯了給他，立時便把他嚇了個半死，抖抖索索的想要站起，以便不失他總督及優異白人血統的身分，誰料那兩條腿卻怎麼也不聽指揮，只顧抖了半天，用手死命撐了半日，卻如何也爬不起來。

張偉見狀冷冷一笑，便揮手命兵士幫他站起，一直拉到那絞索面前，直到繩結套在揆一脖子上，那揆一卻突然說道：「先生，請饒我一命，我願意去命令大員島上的普羅岷西亞城投降！」

張偉及身後諸將聽那翻譯將揆一的話譯了出來，不禁面面相覷，此人膽小無恥當真是常人難及，若是依了他，心中憤恨難平，若是不依，打那大員島卻又得多費周章，張偉在心中忖度一番，始

終覺得此事利大於弊，便向張瑞令道：

「此人這般怕死，卻也能省了我們許多事。你立時帶人押他去大員，帶他到普羅岷西亞城外招降，若是成了，令劉國軒將島上所有人等押來台南，若是不成，便在城外將揆一斃了，回來報我。」

說罷，便由張瑞押著揆一去大員招降不提。

張鼐見張偉目視眼前的這些士兵與荷人平民，便湊上前去，說道：「大人，那揆一有些用處，不殺便是了。這些士兵和老百姓可沒半點用，昨夜打死了咱們那麼多兄弟，乾脆將這些人盡數殺了，好給兄弟們報仇。」

周全斌原本便對張偉要處死揆一並不贊同，見揆一臨刑保命，他卻正是鬆了口氣，又聽張鼐向張偉如此建議，忙上前道：「大人，殺俘不祥，請您三思。」

張鼐氣道：「全斌，難道死了弟兄你不心疼麼？」

周全斌也怒道：「我怎地不心疼？都是跟我多年的兄弟，我的親兵小武昨日也戰死了，難道我沒有你們心痛麼！只是這些兵士也有家人父母，若是戰死也罷了，現下都丟槍投降，若是殺了，咱們成什麼人了！」又向張偉道：「更何況，那荷蘭人在南洋頗有實力，咱們若是殺了這麼許多俘虜，他們必定會拚命來襲，這卻又是何苦？」

張偉原本舉旗不定，心中也是不忍殺這麼許多，聽周全斌如此相勸，反倒拿定了主意，向周全斌道：「全斌，我知道你素來心軟，只是這些人拒不投降，打死我眾多優良士兵，我實痛恨！況且，我就不殺，那荷蘭人也絕不會就此罷休，想來還是會派軍艦前來試探，調大兵壓，整個南洋他們也沒有多少步兵，殺了這些人，他們也無可奈何，殺之，反倒能震一震後來之人，莫要不知死活，與我相抗！」

見周全斌仍要相勸，張偉笑道：「我知你實在是不忍心，這樣，我不全殺，這些兵士亦是受人指使罷了，只需依軍服樣式，將所有軍官拖出來斃了，也就是了。」

說罷，不待周全斌開口，立時命人在五百多降兵中拖出數十名軍官來，張偉一努嘴，張鼐便命人將軍官押到空地一側牆角，每十人一組槍殺，不消片刻，槍聲響起，第一排的軍官紛紛中彈倒地，鮮血慢慢流將下來，場中荷人又驚又懼，更有不少婦人痛哭起來。

待軍官殺盡，那執行的都尉回來覆命，張偉命翻譯去訓話道：「殺這些人，是為了給你們荷蘭人一個教訓，若是還敢來台，所有軍人，不論是軍官士兵，一律槍斃！」

待槍殺完畢，張偉令人給這些荷人送上飲水糧食，自帶人回總督府等候張瑞消息。一直到下午時分，卻見張瑞押著揆一返回，張偉聽人進來報了，向眾將笑道：「此時戰事暫且是打完了。」

待張瑞進門，先行了一禮，正要稟報，張偉先笑道：「張瑞，可是那揆一將大員島勸降了？」

張瑞亦笑道：「正是！那揆一到了城下，先是哀求，後來發怒，拿出了總督的身分下了命令，道是不戰而降，他們沒有責任，戰而後敗，不死也要他們的東印度公司追究他們違命之責。那城內的將軍因見咱們已打下台南，想必那普羅岷西亞城也是守不住，見揆一將責任盡數攬了去，便也半推半

就，開城投降了。劉統領已留了人在大員駐守，命我帶了人將城中俘虜盡數帶到台南來了。」

「甚好！」張偉附掌道：「善哉，不動刀兵而下一城，也算那揆一立了一功，命人在城中尋一處房子，將他好生看押，待日後再做處置。」

說罷又向身邊隨侍的行軍司馬令道：「將咱們的兵士盡數遷到城內來住，命施琅帶著水師進駐台南港口，用帳篷搭起營地，關押荷人戰俘。」

至此台南平定，除了防備荷人自南洋派兵來襲外，整個台灣全島已納入張偉掌控。

張偉在台南又待了十數日，將台南立爲長安與萬年兩鎮，留施琅水師防水路，留周全斌領神策衛防陸路，兼領民政，留劉國軒領兵守大員，自己帶了傷兵及金吾衛、飛騎，乘船回台北而去。

臨行叮囑施琅，若是荷人軍艦來襲，水師不必出動，只需大員島上岸炮及熱蘭遮城上大炮協助防守，那荷人軍艦抓不到機會，自然會懈怠，待耗上一段時間，再相機出動，一戰將荷軍攆跑，到那時，荷人自然會至台北尋他談判。

待張偉船返台北，碼頭上自有何斌帶領留台人員迎接，何斌見張偉滿臉煙塵，盡是疲憊之色，便令撤了設在碼頭的接風酒席，讓張偉回府歇息，待到了晚間，方令人去張偉府中將他叫起，在何府設了便宴，只請了陳永華與張偉，三人在何府後園花廳小酌。

何斌見張偉把玩酒杯，只是低頭不語，與陳永華一對眼神，兩人一齊向他笑道：「志華，怎地打一場仗，整個人都變深沉了？」

張偉勉強向兩人笑道：「在戰場上倒還沒有什麼，雖親眼見著活人被炮彈砸成肉餅，看著火槍在人身上打出幾百顆洞，看著原本活生生的人渾身是血，倒地而死……看得多了，反倒麻木了。攻城那夜，我站在城頭看著城內火光四起，夾雜著慘叫，婦人小孩的哭聲，心裏沒有一絲一毫的感觸。反是上了船後，離開台南，遠離了那種氣氛，當時看到的種種情形方慢慢在腦子裏轉來轉去……」

苦笑一下，將手中杯一舉，一飲而盡，道：「不瞞兩位，前幾天我一閉眼，便是那些死人的面孔……我原以為我親手處死過不少人，當對這種情景無所謂了，誰知上了戰場，方知其殘酷。」

陳永華聽他說到此處，亦是喟然嘆道：「不知死之悲，安戀生之歡？見識一下戰爭殘酷，方才會明白『兵者國之大事，聖人不得已而用之』的道理。」

何斌亦道：「此戰平台南實為不得已，望志華日後對動武之事要慎之再慎。」向張偉瞄上一眼，又道：「我知志華志向不凡，不過現下新帝即位，政事通明，咱們身為藩守，不要給朝廷藉口為好。」

張偉聽他這般說話，不置可否，只又問何斌道：「最近那熊撫台可有什麼諭令？」

「倒是沒有別的，只是又催我們保舉台北衛的空缺官職。還有，志華，咱們的鎮遠軍便叫台北衛軍，那下屬的金吾等三衛，是不是該改個名稱？就是下面的校尉、都尉，我的意思是，再送　筆錢給熊文燦，讓他再給咱們一些千戶和百戶的名義，這樣，也可以多設一些官職，指揮起來，方便許

多。」

「不必。廷斌兄，朝廷設衛是有規矩的，置台北衛只是爲了對咱們稍加約束，不需要再增加千戶、百戶了，我設的校尉、都尉、果尉，其職守分明，各領兩千、五百、五十，一樣是很方便的。」說罷撫額向何斌一笑，道：「那保舉一事麼……我看，尊侯占一個同知的職位，其餘四個僉事，由全斌、張鼐、劉國軒、張瑞擔任，下面的經歷、知事、吏目，便由他們保舉任命，回台北前，我已令他們開列保舉名冊。」

他將名冊從衣袖中抽出，遞與何斌，見何斌打開觀看，便轉身對陳永華笑道：「復甫兄，這台北衛所的官職皆是武職，你現下沒有帶兵，此次只得暫且委屈。」將酒杯一舉，向陳永華邀道：「來，滿飲此杯，待將來台北設官立府時，這首府之職，必將仰仗復甫兄大才。」

陳永華聞言微微一笑，舉杯同他飲了，笑道：「做不做官我是無所謂，只要官學辦好，我便知足了。志華，最近學校的老師數量可是不足，學生一下子增了那麼許多，校舍亦是擁擠，我同廷斌說了，他說校舍的事好辦，這便可以撥銀子增蓋，只是這教師，卻是十分難尋。那些老夫子，你讓他背死書還成，因材施教，那是想也不必想了。總歸是要再尋些青年才俊來，官學中種種新學問才好有老師教導，如若不然，老師尚且迷糊，學生可怎麼辦？」

張偉沉吟道：「這事我已經放在心中許久。自從大規模遷災民來台，這官學校舍和老師早就吃緊，若不是攻台南之事甚急，此事自是諸事之首。況且，現下台南亦是歸我掌握，那邊也需要興辦校舍，諸事與台北相同。這樣，復甫兄，銀子我和廷斌兄出，要多少有多少，由復甫親去內地招募人材，還需幫我尋得一個台南官學的學正，復甫兄，你看如何？」

陳永華慨然道：「這原是我分內之事，你們放心交托給我去辦，我自當竭力辦好。」

兩人說到此時，何斌方將名冊看完，向張偉苦笑道：「你所保舉的皆是現下台北衛所的軍官，幫辦民政的一個也沒有，雖說衛所是武職，不過終究要給一些名額，否則的話，難免大家會寒心。」

「此事我思慮良久，知道民無爵則亂心，不過，這武職有限，人多粥少，我亦無法。現在只得如此，待將來奏報朝廷，設立府縣再說吧。」

何斌聽他如此說，也只得作罷，又問道：「此次保舉，那熊撫台令你我同去，你原本也說要與我同去，現下又推辭不去，這可使得？」

「若說已受招安，我是當前去拜見他一次。不過，朝廷招撫，亦有誘騙之事。當年胡巡撫騙海上大盜汪直，便是一例。你我在台北乃是主事之人，哪有都去的道理？更何況，新打下台南，我更是脫不開身。還是請廷斌兄辛苦一遭，將此番戰事報上去，給老熊再送上黃金兩千兩，讓他好生保舉咱們一番，至於我，就說我留在台南彈壓，脫身不得。」

見何斌將臉一苦，張偉忙恭維道：「廷斌兄，上次去福州便足見大才，這賄賂朝廷命官的學問，小弟可是拍馬也追不上，送禮亦是有學問在，可別讓我弄砸了才是。」

說罷連忙舉杯，與何斌碰杯一飲。

何斌無奈，只得將此事一個人攬了，當下便命人拿著他的手令去金礦提取赤金金條，又命人備船，待張偉與陳永華辭出，何斌便攜金上船，連夜自向福州去了。

張偉回到府中，雖略有酒意，卻是又召了羅汝才、高傑過府相見。見他二人進來，張偉正捧茶啜飲，向二人注目示意，令二人坐下。待一口毛尖下肚，覺得神清氣爽，便向二人笑道：

「船上不好休息，晌午我便在家補了一覺，晚上又去何府飲宴，只得這會兒將你們叫來，可別抱怨。」

高傑斜欠著身子坐下，聽張偉如此說，忙陪笑道：「這哪敢，大人有命，屬下自當竭力報效，哪有埋怨的道理！」

羅汝才卻比他沉穩許多，聽張偉客氣，也只是微微一笑，他年歲較之張偉高傑也是大上許多，身為農家時吃了不少的苦頭，不過此人雖外貌老實，卻生性油滑，因受不得窮，故而想方設法欺騙了不少鄉親，若不是張偉將之招來，只怕沒準哪天便被人打死了。他貪圖享受，又不事生產，張偉將來弄了來，便委他做了軍官，每月幾十兩銀子的俸祿拿著，又有免費的大魚大肉，除了沒有美女隨侍，此人簡直滿意之極。他又有些小聰明，善於察言觀色，張偉令他做監軍校尉，正對他的胃口，於是這台北軍中，無論何事，他皆是按日具報成冊，報與張偉。

見張偉斜眼看他，羅汝才欠身道：「稟報大人，馮副統領這些日子來，沒有什麼異動，每日上值下班，張羅海防，當真是忙碌得很。至於留守的全軍將士，亦都是恪盡職守，只是前幾日有幾個兵士鬥毆，被馮副統領抓起來打了鞭子，關了起來，餘者無事。」

「唔，甚好。高傑，內地和鄭芝龍有什麼動靜？」

「回大人的話。福建和朝廷那邊都沒有什麼動靜，只是那鄭芝龍，前一陣子在安海下了個條子，命所有過閩海的船隻都要花錢買什麼『水引』……」

「喔？什麼水引，是何意思？」

「水引源自路引之意，咱們大明百姓，凡離開居處，皆得由當地保甲會同官府，開具路引，方能上路，這水引麼，是說凡是路過閩海之船隻，皆需他鄭芝龍開具水引，方能通行。自然，這水引是要銀子的。依據船之大小，貨物的多少來交納銀子，不交銀者，不得通過。」

張偉冷笑道：「鄭一還真是棺材裏伸手——死要錢啊！他這不是明搶麼，怎地巡撫不管，那沿海客商也沒有告他的麼？」

「那個熊巡撫也是個死要錢的主兒，鄭一收的錢自然有他一分，他怎地會反對。至於客商，人微言輕，那鄭一又上報兵部，說是閩粵沿海盜賊眾多，驗水引只是為了辨別盜賊，至於收費多少，那自然是提也不提的。」

「好了，我都知道了。這台北七鎮可有什麼不穩？」

「回大人，一切如常，百姓安居樂業，風調雨順，此皆是大人之功……」

「成了，不必再拍馬屁。你回去，挑選幾個得力的下屬，此番我打下台南，那邊正在由軍隊管著民政，這終究不是常理。待過一陣子，便會由台北派吏員過去，巡捕營也要派人過去，一切依台北的例。」

「是，屬下明白，屬下一定認真去辦。」

見張偉不再說話，只低頭喝茶，兩人知召見結束，便都站起身來，行了一禮，出門而去。待這兩人出門，卻見張偉身後的帷帳內走出一人，原來是金吾校尉張傑。張偉見他出來，向他笑道：「張傑，這羅汝才辦事還算妥當，適才沒有什麼謊報瞞報吧？」

「軍中之事與他無關的，倒是全都說了。只是他自己前幾天欲逼娶民女，被馮副統領訓斥，若不是馮統領威脅說要報給何爺知道，只怕他仍是不聽。至於馮副統領，最近常往何府跑，有時還留著吃飯，待爺回來後，他除了早上在碼頭上迎接，倒是老實了許多。」

「好，我知道了。你的人不管別的，只管盯著這些監軍營的校尉們，不論大事小事，都給我盯緊了。你下去吧。」

見張傑出門而去，張偉便上床歇息，只是在床上仍是暗自忖度：「想來這馮錫範知道都是何斌與熊文燦打交道，沒準將來能被老熊大用，提前走走門路，倒也無妨。至於羅汝才好色，史有明載，其人狡猾多智，只是愛美色美食，雖兵多將廣，卻是軍紀廢弛，乃以十萬眾降李自成。此人與高傑一樣，只宜做走狗，不能讓其掌握一方……」，略想一會便眼前一黑，酣然睡去。

待數日後返回，卻道熊文燦將保舉名單拿去，便已代朝廷允准。自此從張偉以下，台北諸將及當初赴台的諸勛舊部大都得了官職，全台上下皆是喜氣洋洋，除了心懸荷人來攻，當真是諸事順心，別無他慮。

至十二月張偉攻台，一直到二月初，方有四艘荷人大型戰艦，連同十一艘武裝快船來攻台南，施琅用張偉所留方略，先是示之以弱，後以五艘大型戰艦，十四艘炮艦乘夜猛攻，荷軍原本便是虛應故事，夜間挨了第一波炮擊，各艦便匆忙逃離戰場，那大型戰艦倒是無甚損傷，只是小型的炮船被擊沉數艘，餘者亦隨大船逃跑。

此戰之後，荷人知曉無法再圖台南，便派遣使者前來談和，在保證台灣的貿易航線後，又賠付了二十萬兩的戰爭賠款，附加卸下攻台戰艦的所有艦炮，方將連同揆一在內的數千俘虜接了回去。

自此，張偉終於在崇禎元年之初，獲得了台灣的完全支配權。志得意滿之餘，眼光自是瞄準了崇禎二年種種大變故，陝西大旱，皇太極經蒙古繞路進關，掠山東河北數十萬百姓，金銀衣帛無數……而張偉現在所想的，便是鞏固台灣之餘，尋機插手大陸。只是他不知道，在他之前，北京的崇禎皇帝，卻已經在想辦法鉗制台灣。

第九章　建立縣制

崇禎決心已下，便在此次張熊二人的奏摺上准了保舉一事，卻又御筆一批，命熊文燦知會張偉，朝廷決心要在台灣設立州縣，命張偉將台北台南戶民田土數目詳細報上，再由熊文燦上報皇帝及戶部，確定是設府或州縣。

崇禎帝注視著眼前熊文燦及張偉的奏章，沉吟良久，提起硃筆，在熊文燦的奏章上批道：「所奏之事朕已知道，著該撫酌情辦理，勿使該部尋機滋事爲要。」又在張偉奏章上批道：「知道了。所奏之事照准。」

他繼承皇位已有大半年，其實亦是接掌了由他爺爺神宗，哥哥天啓帝禍害的爛攤子，即位以來除了剪滅魏閹之外，諸事不順，連組兩次內閣皆是不成。現下陝西赤地千里，終歲無雨，餓殍枕藉，哀鴻遍野，他卻又捨不得銀子，只是每日間心煩。好在所用閩撫熊文燦甚是幹練，上任便招撫了鄭芝龍及張偉這兩個海上巨盜，他已考慮要升熊文燦爲兩廣總督，對付在廣東沿海劫掠的海盜。

只是那鄭芝龍也罷了，盤據海上的張偉在受撫後卻始終不肯上岸，此番又上了奏摺，言稱打跑了台南的荷蘭人，請求加賞。那台灣嘯聚了數十萬貧民，又有上萬的軍隊，崇禎心中委實不能放心。現下既然張偉請求加賞官兵，倒是可以在此事上想想辦法。

他卻不知，此番請求加賞，是何斌帶著張偉所給的加封衛所名冊赴福州時，因又給福撫熊文燦送上一筆厚禮，熊文燦高興之餘，便當即要爲張偉打下台南之事上奏加賞，何斌不好推卻，只得應承，便以張偉之名義給崇禎及兵部上了奏章，請求封賞。

原想這也不是什麼壞事，誰料熊文燦思忖台北台南所據之地不小，現又有數十萬內地百姓在台，這撫局是他一力辦成，唯恐日後生亂，便也趁著此次機會，上奏崇禎帝，請求犒賞的同時，亦指出需對台灣加以約束，否則張偉位高權重，手握大兵，時間久了，不免會生異心。

崇禎覽奏，自然在心中暗讚熊文燦老成謀國，只是自明朝中期，海防便敗壞得不成模樣，水師亦是早已腐爛，若不是熊文燦先行招撫了鄭芝龍，朝廷又有什麼資本來約束張偉？於是允准鄭芝龍收取水引，在海上先行警告，現在，崇禎下決心要在台灣設置官府，由北京派官去台，以監視台北衛所。

崇禎決心已下，便在此次張熊二人的奏摺上准了保舉一事，卻又御筆一批，命熊文燦知會張偉，朝廷決心要在台灣設立州縣，命張偉將台北台南戶民田土數目詳細報上，再由熊文燦上報皇帝及

戶部，確定是設府或州縣。

熊文燦得了硃批，自然急忙召來台北衛設在福州的聯繫人員，將旨意送到台北。

張偉接報，見崇禎在他呈報的奏摺上的批示，另賞賜他白銀五十兩，何斌施琅等人也自賜銀十數兩有差，張偉哭笑不得，急忙找來何斌，苦笑道：

「廷斌兄，你看此次麻煩可當真不小。那熊撫台讓咱們上報田土民戶數目，這朝廷設縣也罷了，若是要咱們上交賦稅，那該當如何？」

何斌亦是後悔不迭，當初沒有堅拒熊文燦，現在惹出這般天大的麻煩，他卻也想不出辦法，皺眉想了半晌，方道：「賦稅咱們是堅決不能交納的，我想朝廷也志不在此，關鍵是要派遣官員來，就近監視咱們。」

張偉點頭道：「這倒也是，我想皇帝也沒有窮到想打咱們這海島的主意，只是因我打下台南，忌憚我將來有可能會造反罷了。派了官來，有什麼動靜便報過去，那自然心裏就穩當多了。」

又笑道：「廷斌，你切莫以爲這是我那奏章惹的事，此事於熊文燦斷然脫不了干係。咱們銀子送得再多，到底也不如他那顆腦袋值錢，若是咱們鬧出什麼事來，他能安穩麼?!現下稟報了皇帝，就是將來出了什麼事，可也與他無關了。」

「就是啊，這老狐狸！」

「現下急也無用，咱們只能聽任人家派官來了。嘿嘿，只是這台北台南都在我的掌控之下，朝廷不派兵來，來幾個文官又能如何？我料不久之後，皇帝可能就無心顧忌咱們了。」

「那咱們現下就寫奏摺，同意了事？」

「正是。不過，廷斌兄，需要你再辛苦一次，去面見熊文燦，將免賦稅一事談妥，就說台北大半是去年過來的災民，生計困難，請朝廷免賦。再有，請朝廷只設縣，不設府，就說台南台北來往不便，無有道路可通，設府管制不易，就請由福建布政使司直管便是了。」

「好罷，我這便去安排船隻，立刻便動身。」

「我便不送兄長你了，陳永華此番赴閩，竟把閒居在家的天啓進士何楷請了來，當真是令人驚喜，我現下就得過官學那邊，迎接人家。」

「我也聽說了，這何楷因不事閹黨而閒居在家，興辦『紫芝書院』，甚有賢名，怎地復甫能有如此能耐，將這名士請到咱們台灣來了？」

說到此處，何斌將腿一拍，嘆道：「可惜我今日就得去福州，不能隨你一同去拜見這位名儒，待我回來，一定要整治酒宴，好生結納。」

張偉笑道：「來日方長，廷斌兄不必著急。」說罷起身，自坐車向官學方向而去。他心裏亦極是納悶，想那何楷曾是京官，雖閒居在家不曾起用，卻肯屈駕來台，當真是稀奇之極。

待馬車行到遷至新竹的官學新校舍，張偉便下車步行，只見官學門口立一鐵牌：「官民人等至

此一律步行，違令者斬。」

此鐵牌是張偉特意令人在新學校門前鑄立，有鑒於學校內不少學生是官吏富商子弟，在鎮北鎮時，不論是學生或是其父母，常有驅車直入校園之事，張偉見了數次，心中大怒，乃令人鑄此鐵牌，自此之後，無論貴富子弟還是平民之子弟，一律步行入校，便是張偉本人，來官學時進門亦需步行。此謂之學府門前無貴賤之分，學者爲尊之意。

待入正門後，一直走了半里多路程，方到了陳永華辦公備學之處。

此新校舍乃張偉撥鉅資所建，擁有校舍數千間，以學科分爲數段，極目看去，只見那校舍房間綿延不斷，僅是操場，便有十餘個之多，那操場最大之處，便是未來的軍校所在。張偉與陳永華熟不拘禮，到了他房門前便一推而入，卻見那陳永華坐在正中，身邊團團圍坐著十餘人，大半是二十餘歲年紀，只陳永華對面端坐一名黃臉儒生，看模樣卻是有三十來歲，見張偉目視於他，便微微點頭，向張偉拱手一笑。

張偉見他默然有君子之風，一舉一動無不有大家風範，心中隱隱猜到此人便是何楷，便向陳永華笑道：「復甫，聽聞你將閩人中的大儒何先生請了來，不知這座中哪位是何先生，還不快快向我介紹？」

「志華，你這人當真是冒失鬼，哪有這般直衝進來的道理！」

「哈哈，小弟失禮，只是心慕何先生，故而不及通報……」向房內諸人拱了拱手，又笑道：

「以弟所看，這房內儒雅有先儒風範的，必然是端坐於復甫兄對面的這位先生了？」

「正是，這位正是創辦紫芝書院的何先生！」

張偉聞言，立時躬身向何楷行了一禮，道：「在下向何先生行禮，何先生大才，竟肯屈尊枉顧台灣這彈丸小島，本島有志向學的學子們，當真是三生有幸！」

又道：「張偉無才無德，無以可報先生，張偉知先生以培育英材為畢生樂事，故而先生既然來台，有關這台北官學的一應所需之物，只要先生張口，張偉無不具辦，絕不敢怠慢！」

那何楷自然早已知曉張偉便是這台灣之主，雖說名義上只是台北衛所的衛指揮使，但這全台之境早便在張偉控制之下，朝廷只是虛應故事罷了。他早年曾任京官，大官見了不少，像張偉這樣年紀輕輕便一手創下如此基業的英傑，卻也是第一次得見，張偉甫一進門，他便知此人不是凡品，見他毫無顧忌的打量房內眾人，心中亦已猜測此人就是張偉，待其與陳永華一番對答，自是確定無疑。

他現下已是白身，於禮而言，見了張偉應要下跪見禮，卻見張偉向他一躬，當下急忙站起，將張偉兩手一扶，急道：「志華兄，怎可如此！何楷一介平民，擔當不起！」

「何兄肯來助張偉一臂之力，張偉行上一禮，卻又如何，何兄當得。」

「此番陳復甫到我書院相請，我初時是不願的，待聽說志華兄的種種舉措，方始動心，待派了弟子過台來實地參觀，方確定了來台的決心。此次過來，也是本人的素願，為天下教英才，亦是何某的幸事，志華兄不可再客氣，否則，便是要攆走何某啊。」

張偉聽他說完，方將身子一直，笑道：「既然如此，那在下便唯有多謝而已了。」

眾人經他這麼一鬧，場面比適才熱絡了許多，何楷此次帶來不少年青弟子，各人都是躊躇滿志，只是不知道張偉爲人到底如何，他們之前聽說了不少張偉爲人專斷，鐵血敢殺之事，卻不料他在此處卻是如此平易近人，絲毫沒有朝廷三品大員的架勢，各人都是心頭一鬆，臉上浮現笑容。

卻見張偉向何楷問道：「聽說何兄在閩創辦的紫芝學院亦是聞名鄉里，何兄來此，那學院卻是如何料理？」

何楷嘆道：「此事一提，便足以令人傷感。何某創建學院，原只是打算閒暇之餘，能爲朝廷教導出一些可用之才，哪有半分謀利的打算？卻不料那周遭上下人等，皆以爲何某靠這書院賺了不少銀子，尋常人等自是不敢來尋何某打秋風，只是那些官員……唉，隔三岔五的來尋麻煩，何某不堪其擾，正欲結束書院，卻不料復甫兄前來相邀，何某便決心來台，繼續教授學子。」

說到此處，又向張偉笑道：「原本也不知道此處究竟如何，抱定了不合則去的打算，現下來台，見到如此宏偉寬大的校舍，又有指揮使大人鼎力支持，何某哪敢不竭心效力，依指揮使大人的舉措，潛心教學？」

他身邊弟子聽到此處，亦向張偉笑道：「學生不管別的，只是在這官學門口見了那鐵牌，便知道這台北上下，如何重視教學之事了。」

當下各人說得熱絡，又將張偉關於官學的分科、辦學方針拿出來討論一番，自何楷以下，無不對張偉廢除八股教學、細分學科的辦法大加讚賞。

何楷嘆道：「自唐宋以降，無不用科舉用人，本朝太祖又用八股取士。尋常書生每日只知四書五經，哪知唐宗宋祖？除了子曰詩云，再無所長，這樣的人於國何用？難怪咱們中國之國勢每況愈下，若還不幡然改變，別尋良法，只怕數百年之後，中國將衰頹得無以自立。」

張偉正待擊掌讚嘆，卻又見何楷皺眉道：「只是志華兄設的明經明算明射各科，吾都贊同，卻要引那西學進來，何某不敢苟同，咱們華夏於他物或有不足於外國之處，這學問麼，數千年來都是外國人向咱們學習，哪有咱們倒轉了向他國學習的道理？」

「何兄，我並不是要學子們向外國人學習，只是海納百川，國外之人亦並非全是蠻夷，那歐羅巴州之人能遠涉萬里重洋來到此處，又有強兵利炮，他們的學問亦不是一點道理也沒有。大學士徐光啓也曾潛心西學，於曆法製器皆有很大的成效，何兄以爲如何？」

「志華兄這麼一說，何某倒覺得自己鼠目寸光。只是有一條，那洋人的製器科學咱們能學，其餘的政治文學之道，不學也罷，志華兄以爲然否？」

張偉自是知道這些傳統的士大夫要改變起來甚難，他自己也不想將中國傳統文化中優良的一面全然否定，西學有西學之長，難道中學便全無是處？只是現在西方的政治與法律制度已然遠超中國，這才是他竭力想借鑒學習的，見何楷現下堅持不授西學，張偉便笑道：

「何兄既然如此說，那麼何兄自去教授國學，至於西學中有一些好的，我去尋一些西人老師來

教授，中學爲體，西學爲用，如此便可行了吧？」

「那是自然！」

何楷聽得張偉所云「中學爲體，西學爲用」一說，心中大暢，一時間面露笑容，撫掌稱善，陳永華見氣氛和睦，心裏也十分欣喜，當下便由張偉領頭，帶著何楷及其隨行眾弟子，一起隨張偉出門到張偉府中飲宴。

何楷步行出了校門，登上馬車的一瞬間，卻突然悟道：「中學爲體，西學爲用……這不是還要學西學麼！」心中原本還要與張偉折辯幾句，卻又見各人都春風滿面，登車而去，心裏暗嘆一聲，只得罷了。

中午接風酒吃過，張偉便與何楷商定了年金用具等事，暫且還由陳永華領學正，待台北台南皆設縣後，由張偉保舉，由陳永華任台南教諭，何楷任台北教諭，這教諭只是從七品的小官，以何楷陳永華之能，原本亦不在乎區區官職，只是台北教舍已然齊備，台南卻要一切從頭草創，兩人爲去台南爭得臉紅，還是張偉言道陳永華比何楷年輕不少，吃點辛苦原也是應該，親自拍板定了下來，兩人這才無話。

張偉待台南諸事平定，又派船將陳永華等一干人等送至台南，調周全斌領神策軍返回，留施琅於台南，鎮守全台海域，劉國軒守大員，戒備外海，張偉又令高傑加強金礦護衛，非張偉親下手令，任何人皆不准進入。

待何斌至福州返回，得知熊文燦對台北的一應要求皆已答應，他原本便不圖台灣的那點賦稅，見張偉同意朝廷設縣，自然是喜不自勝，些許條件，自然是滿口答應。

待何斌回台之際，又問及台北炮廠一事，原來是張偉奏摺裏提起台南一戰曾使用自鑄火炮，崇禎正為遼東火炮不足頭疼，覽奏之後，便令熊文燦查實台北炮廠一事，熊文燦卻又如何能得知台北情形？到台北之人，只能在港口碼頭逗留，稍走近一些，便有台北巡捕營的兵丁跟隨，想要打探消息談何容易。他派了幾股細作都是無功而返，此次見何斌親來，無奈之下，只得開口打聽，何斌無法，只得將炮廠一事告之，只是將規模和製炮的速度水準大大縮小一番，饒是如此，亦是比當時明廷下屬的任何一處鑄炮廠的規模皆大，熊文燦聽報後默然不語，端茶令何斌出門，當即便令屬下清客寫了奏章，將台北之事報與崇禎。

待崇禎元年四月，終於接到福建知會，朝廷派下的台北台南知縣即將到任，只是令張偉、何斌鬱悶的是，崇禎聽說張偉有炮廠後頗是心動，但當日何斌說明此炮廠是張何二人自掏的腰包，只說現在兩人都是朝廷命官，他到底也不好硃筆一批，便將那炮廠拿了過來。三番四次的考慮思量過後，便決定派個幹才過去，一來學學張偉的炮廠是如何運行，二來借個名義掌握炮廠，以備不時之需，這普天之下莫非王土，難道他大皇帝要屬下「樂輸」幾門大炮，做臣子的還能拒絕不成？便下旨起用了一名「冠帶閒住」的火器幹才，授以兵部職方司員外郎一職，前去台北炮廠充任贊畫。

聖旨在台北一開讀，張偉表面上自是高呼萬歲不提，肚子裏卻是將崇禎和熊文燦的直系女性親

屬問候了個遍，他身後諸人見他神色不悅，雖聖旨中封他爲「建武將軍」，品階升了兩級，有了從二品的將軍爵位，各人原本要上前道賀一番，也只好罷休。

那宣旨的校尉原本是錦衣衛的百戶，哪曾見過接旨人如此臉色，他是驕橫慣了的人物，當下便不管不顧吵將起來，何斌見那校尉一臉怒色，忙上前打圓場道：「建武將軍他早上受了風寒，不是有意怠慢，請校尉莫惱。」

說罷，又遞了一塊金錠與那校尉，方見他神色轉和，笑咪咪去了。何斌自又安排他上船去了。

待回頭轉身，正要相勸張偉，卻見張偉捧著聖旨，神色卻與適才大大的不同，不但沒有不悅之色，眉眼間反倒是喜氣洋洋，何斌大詫，忙上前問道：「志華，你該不是氣暈了頭吧？怎地現在看著聖旨又是這般神色？」

「廷斌，我適才氣悶不過，簡直想令人砍了那校尉，反他娘的。皇帝也未免是得隴望蜀，設官立縣也罷了，還派人來『贊畫』我的炮廠，我要他贊畫個鳥！」

他這般大逆不道之言出口，身後的台北諸將卻是無甚反應，何斌只皺眉道：「志華，咱們既然已受了撫，總該有個臣子的樣子，皇帝也不是要咱們的炮廠，只不過派人來學習一下，又有何妨？便是要咱們鑄上幾門炮獻上去，只也去打女真人，你不是一向最恨遼東之事麼，現下找你要幾門炮就不成了？」

張偉聽他一說，冷笑道：「廷斌，若是這火炮果真能助大明擊敗那女真蠻子，不要說幾門，幾十門上百門又如何？朝局腐爛，你不是不知，遼東的關寧鐵騎再能戰，吃得住後方掣肘和前方亂指揮麼。」

見何斌還要辯駁，張偉又展顏笑道：「好了，廷斌兄，咱們不爭這事。此番朝廷給我派來的這位兵部員外郎，當真是個寶貝，呵呵，抵得上百門大炮！」

說罷仰天大笑，樂不可支，身旁的何斌和周全斌等人面面相覷，周全斌忍不住上前問道：「大人，到底是什麼人，令大人你如此開懷？」

「嘿嘿，爾等現下不知，等將來自會明白。這位孫元化贊畫，可是皇帝白送的人才，我卻之不恭，只好笑納了。」

見各人目瞪口呆不知所已，張偉又皺眉咂嘴道：「就怕他……算了，先笑納，嗯，笑納之。」說罷向何斌笑道：「知縣是誰，聖旨裏沒有說，可能皇帝只是在乎炮廠，知縣便隨便挑了兩個來。他們明天就到，先暫且安頓在我府中，等上任了再說罷。」

交代已畢，便自得意洋洋回府去也。

其餘人不知，張偉對這位中國歷史上有名的基督徒文人、火器專家、政客、領兵統帥知之甚詳。他曾經有系統的研究過徐光啓翻譯的《幾何原理》，用來鑄造改良大炮的彈道。朝鮮人曾評價孫元化曰：「清儉口雅，雖威武不足，可謂東門得人矣」。先是在天啓六年被舉爲「邊才」，與袁崇煥一同守寧遠，負責督造西洋大炮，袁擊退努爾哈赤，靠的便是孫元化所鑄之大炮，袁崇煥向天啓帝舉

用孫元化曰：「才識兩精」，天啓帝亦誇獎道：「寧遠大捷，年來僅見。」於是，大賞有功人員，孫元化得白銀十二兩正。原本便賞得太薄，後來孫元化又得罪了閹黨，被令「冠帶閒住」，直到崇禎元年起用，後來又任登萊巡撫，節制祖大壽、孔有德、耿仲明、尙可喜這樣的領兵大將，又曾上疏崇禎，請以西洋大銃練兵，又曾買馬組建騎兵，在登州鑄有仿西式大小火炮五百門，崇禎三年曾下旨褒獎孫曰：「實心任事」，待後來孔有德反，拘孫元化，也因慕其人而放歸之，誰料崇禎卻不理會臣子是否忠心，因孫某壞了事，便下旨砍了腦袋了事。

按照原本的歷史路線，孫元化在崇禎元年該當是回京任職，因其是徐光啓門生，徐在崇禎初年頗受皇帝器重，故而孫元化倒也是扶搖直上，此次崇禎帝重視台灣島炮廠，終於將這位知名的火器專家派了過來，無心之中，讓張偉得一人才，張偉又豈能不喜?當即便打定了主意，不論孫某降是不降，總歸是留在台灣，休想離去的了。

當夜張偉喜滋滋入睡，待第二天僕役將他叫醒，梳洗一番，便聽人報了碼頭上官船來到，張偉坐上馬車，便向碼頭而去。

待到得碼頭，何斌以下所有的台北吏員皆已到碼頭等候，因並無台北衛所之事，周全斌等台北將領倒是一個也未來，待張偉到得碼頭，何斌正命人鳴炮歡迎，又令巡捕營官兵擺隊相迎，著實是給足了朝廷的面子。

待肅靜回避等牌、棍先導下船上岸，至船上走下三位身著官袍之人，打頭的頭戴烏紗，身著五品文官補服，自是那孫元化了。史載此人「相貌奇偉」，張偉原本以爲必然是高大英俊之士，現下見了他，卻是個高個兒胖子，大臉盤小眼睛，下巴微有髫鬚，原本張偉還打算在他眼中看到「精光四射」，後來見他四處打量，眼泡微腫，一副睡眠不足的模樣，心中奇怪，心道：「難道這人便是『英才』？看起來可大大的不像啊。」

肚裏嘀咕，卻是笑嘻嘻迎將上去，向孫元化拱手道：「孫先生，有失遠迎，請恕張偉無禮。」

「張將軍客氣，您是二品將軍，卑職該當給您行禮才是。」

「先生不必客氣，我早便聽說先生在寧遠協助袁大帥擊走那努爾哈赤，那老頭起兵打了幾十年的仗未嘗一敗，卻傷在了先生所鑄的紅衣大炮上，一怒之下嗚呼哀哉，先生之大才，實在是令弟傾慕。」

孫元化沒有料想到眼前這前海上大盜，現任的衛所將軍卻對他的光榮歷史知之甚詳，明朝文人歷來輕視武官，別說張偉這樣的小小衛所官，就是當年與袁崇煥一同守遼東時，手下什麼將軍總兵之類的汗牛充棟，又哪裡能將張偉這海盜看在眼裏？此番來台，不過是稟承帝命，前來看看這海外蠻荒之地到底能鑄出什麼好炮來，待勘查完畢，他自然是要回京述職覆命的，故而那兩個知縣都帶了家眷來，他卻隻身一人前來上任，現下見了張偉如此誠懇客氣，心裏又是得意，又有些許感動，便向張偉笑道：「將軍實在是太客氣了，元化擔當不起。」

何斌見張偉只顧著與那孫元化寒暄，卻把這兩位知縣晾在一邊，便趁著孫元化的話頭，過來笑

道：「志華，咱們可不能怠慢了兩位知縣，請孫大人暫歇，志華，過來迎接兩位知縣。」

因知縣的官階與張偉相差甚遠，待張偉一走近，那兩位的知縣便搶先躬身一禮，向張偉呈上手本，齊聲道：「卑職史可法，王忠孝，拜見指揮使大人。」

「唔，兩位請起。」

張偉打開手本，細細看去，只見那手本上用毛筆小楷細細寫了兩人的履歷、姓名，看了一會兒，便將手本一合，交還兩人，漫不經心問道：「你們兩位，哪位是史可法，哪位又是王忠孝？」

張偉一問，其中約二十六七的知縣便又躬身行了一禮，用著濃厚的河南口音答道：「卑職便是史可法。」

「嗯……你此來不易，記得要實心任事……」說到此處，張偉忽然頭一懵，心道：「史可法?!史閣部大人？」只覺眼前一黑，立時暈頭轉向，差點栽倒在地上。

張偉暈頭轉向之餘，勉強定住心神，半晌方又向那史可法笑道：「你可是字憲之，河南祥符人士？」

那史可法聞言大訝，忙點頭道：「下官正是河南祥符人士，亦正是字憲之，不知道指揮使大人如何知道？」

「這個，呵呵……」

張偉乾笑幾聲，答道：「朝廷要派知縣過來，我總得打聽一下來歷，免得失禮啊。」

史可法聽他如此說，方才釋然，笑道：「下官多謝大人關心。」

何斌在一旁聽了，卻是不信張偉的鬼話，心道：「傻子都知道你不喜皇帝派知縣來，哪會有心思理會是誰，這話騙得了史知縣，卻是騙不了我。這張志華鬼鬼祟祟，又不知道在弄什麼鬼了。」

張偉自是不知道何斌腹誹，拉著史可法的手又是好生勉慰了幾句，方轉頭看向那年紀稍長的知縣，那知縣見張偉看來，也不等張偉開口，向前一禮，恭聲道：「下官王忠孝，見過指揮使大人。」

「好好好，不必多禮，請起身。」

張偉頻頻稱好的同時，心中又在暗想：「王忠孝，名字取得當真是偉大光正之極啊，不知道又是什麼來頭，一時卻想不起來……」

見那王忠孝模樣雖不是很出眾，眉宇間卻有股溫潤儒雅之氣，舉手投足比史可法更加的持重守直，一來是年紀稍長，二來顯然是所謂讀書人讀書養氣的功夫了。

一時半會兒想不起是誰，便將手略拱一拱，虛邀一下，迎接一事，便告完畢。

那孫元化原是極不喜這些俗禮，在京爲官之時便因失禮於長官受過訓斥，同僚也大半不喜他那隨意不拘的作風，現下因初來台北，見張偉等一干台北官吏嬉笑相迎，也不好拂袖而去，候在原地枯等無趣，便四處張望。一看之下，倒教他看出這台北碼頭與其他碼頭不同之處來。

他原本到過遼東，曾數次登過皮島，全國各地的沿海碼頭也去過不少，卻甚少能與台北碼頭相比擬者。極目看去，只見一條四十米寬的青石大道通向內陸，大路兩邊皆種植柳樹，初春時分，因這台北比之內地溫熱得多，柳樹都已發芽抽枝，遠遠看來，兩邊垂柳依依，長長的樹枝隨風輕擺，他遊歷全國各地，何曾見過如此平整美觀的道路？

再看那碼頭，綿延逶迤數里，分為漁船、商船，戰艦停泊區，岸上的建築皆是美觀整齊，那漁船及商船停泊區雖是有數百艘船來來往往，卻是秩序井然，一切調度皆有官府小船及岸邊高塔進行，那岸上也是乾淨整齊，雖是人來人往不斷，卻絲毫沒有內地碼頭那般的髒亂。他此來便是自廈門碼頭上船，那碼頭嘈雜髒亂，港口處死貓死狗垃圾成片，未開船前，船艙內便是沖天的臭氣，再加上那船家的吵鬧，油煙，雖是官船亦不能清靜，諸般氣象，哪能同這台北碼頭相較之萬一？

心頭暗讚之餘，卻也不免對張偉這位台灣主事之人起了好奇之心，看那張偉相貌平平，舉止雖說是豪爽大方，待人接物亦是平易近人，只是實在看不出來他二十四五的年紀，便可以創下這般基業，還能整治得如此出色。

見張偉與兩位知縣見禮已畢，孫元化便張口道：「指揮使大人，咱們可以去台北官衙了麼？」

「自然自然，不過天近晌午，請各位去我府中，在下略備薄酒，為各位接風洗塵，請務必賞光。那台北衙門正在擴建，需得加建後院，方能住入，在此之前，還得請各位在我府中暫住。」

「如此也好，那便叨擾大人了。」

張偉見史可法與王忠孝尚在遲疑，便笑道：「兩位，難不成去露宿街頭不成？還是隨我去吧。」

那王忠孝施了一禮，道：「下官們隨便找些旅館，也能將就歇息，不敢打擾大人。」

「唉，說的哪裡話來！幾位到了我的地頭，難道還讓我將諸位趕到大街上去麼？再有，這台北甚少有行商過夜，大多是辦了貨即刻便行，生意人最怕耽擱，就算是有暫留台北的，亦是不許離開碼頭，是以咱們台北是沒有旅館的。」

見兩人還在遲疑，張偉自是知道他們臨行前皇帝自有交代，不得與台北眾人太過親近，心裏哂然一笑，心道：「這古人通信不便，皇帝只說不能太過接近，要保持距離，可惜啊，這臨機處置又教他們怎麼辦？現下拒絕我，可是他們理虧！」

那史可法與王忠孝對視一眼，兩人皆是無法，史可法到底要比王忠孝有決斷些，便向張偉笑道：「既然如此，恭敬不如從命，下官們便不客氣了。」

一旁孫元化早便等得不耐煩，他沒有到京師，而是直接在家接了聖旨便來台灣，崇禎原也不指望讓他留台，故而也沒有什麼特別指示，此人一向在人際關係、陰謀政治上幼稚得很，哪裡能曉得這兩位拖拖拉拉的知縣實是受了皇帝的指令，務必要監視張偉，不得與台北之人過從甚密，兩人接命之後便商訂了幾項原則，這不吃請，便是其中之一了。現下張偉不但要請吃飯，還需住在張府，兩人原先想的原則，在張偉笑咪咪的邀請下立時碰個粉碎，無奈之下，只得答應，心中只道：「這可是你請我的，我總之不念你的情就是了。」

心裏明知只是自我安慰，也只得強擠出笑容，史可法答應之後，便轉身向從家中帶來的長隨

道：「吩咐轎夫將轎子抬過來。」

孫元化與王忠孝便也各自吩咐家人將停在岸邊的轎子提來，孫元化又向張偉笑道：「大人，還需麻煩人在前引路才好。」

「路麼，順著路一直走，自然就到鎮北鎮了。只是幾位不需提轎，我早已命人備下官車，行起來又穩當，比起轎子又快，幾位坐車便是了。」

說罷，便向不遠處官道上樹蔭處招上一招，便有三輛特意打造的輅車駛了過來，四馬而駕，前設御者，紅黑漆，太平盤，輅設雲頂，鍍金獸頭，四輪，十八輻，除了少上一些佩飾，車身稍矮，以及沒有鍍以龍頭，一切規制皆與皇帝大輅同。

史可法等三人一見，立時同聲向張偉道：「張大人，這未免僭越太過！」

張偉詫道：「僭越？沒有啊！台北七鎮縱橫數百里，皆是以官道相連，輔以官車來往，眾百姓亦是乘坐馬車，除了沒有鍍金佩飾，亦有兩匹馬的小馬車外，一應模樣皆與此車同，若是僭越，這台北數十萬百姓大多僭越過啦。」

他此言一出，史可法等三人面面相覷，一時間竟不知如何應答為好。

過了半天，方有那王忠孝吃吃說道：「大人，雖說如此，這馬車的規制與皇帝大輅同，做臣子的萬萬不敢乘坐，我等三人，還是坐轎便是了。」

張偉冷笑道：「諸位可知，我這台北雖是一縣，地方人口卻相比擬內地一府，幾位不肯坐車，難道成日要打鑼坐轎下鄉，驚擾鄉民麼？你們又是文人，騎不得馬，若只是坐堂辦公，又怎能知地方情形！皇帝派你們來，可不是尸位素餐的吧？」

孫元化倒還無可不可，史可法與王忠孝聽他說得有理，一時間辯駁不得，只是漲紅了臉，不知如何是好。

張偉見孫元化神色轉常，不再面露驚愕之色，便向他笑道：「以孫先生大才，難道這台姓都坐得，孫先生反倒不敢麼？」

孫元化吃他一激，當即便把下袍一掠，縱身上車，端坐在車上向下笑道：「這馬車看起來威風，坐上去不過是看得遠些，倒也平常。」

張偉大笑道：「好！不愧是徐光啓老先生的弟子！」

又向史王二人道：「如何？入鄉隨俗吧。」

兩人無奈，只得也扭捏著上車，心中暗念罪過，待坐上座位，舉目四看，這馬車不比他們坐過的騾車之類，寬敞高大，陳設又精緻舒服，兩人雖初始尙覺得彆扭，待車夫將鞭一揚，馬車飛速行將起來，那道路又平又直，兩邊又有柳樹成行，再看向四面莊稼，皆是長勢喜人，不覺在心裏嘆服：

「原本只以爲張偉是尋常海盜，不想把這台北治理的如此，當眞是可驚可嘆。」

史可法原本一心要在台北施展拳腳，使得台北眾平民百姓心向大陸，忠於大明，現在看了路邊情形，心裏已是失了信心，只道：「這張偉把台北治理的如此，我還怎麼與他爭民心？」

待車行十數里，亦不過費了小半時辰工夫，到了那鎮北鎮外，便可見大路兩邊次第排列了不少成片的房屋。

與一般平房不同，那些房屋高大軒敞，隱約可見每間房內皆有不少人影來回奔忙，孫元化等三人奇怪，忙問了駕車車夫，方知道是張偉何斌等人興辦的絲、布、瓷器、硯、筆、墨等工廠，雖說只興辦一年有餘，已是用工十餘萬，每天來往於台北碼頭的船隻，大半是前來運送貨物，出口貿易的。

史可法又打聽一番，方知在新竹鎮還有不少糖廠，大屯山脈尙有無數的鐵、硫磺、硝石礦，每天都有數萬礦工奔忙開採，所得礦物除滿足自用外，尙可貿易獲利。這台北近八十萬人，真正靠種地爲生的，只是半數。

史可法聽得這些，心內更是吃驚，只道：「原來這台北之富，已是甲於江南！」

到了鎮北鎮上，卻又是一番不同景象，鎮上大道又比通行大路寬上許多，除了一樣是青石鋪路外，大路兩邊卻又種滿了各式花草，兩邊房屋皆是數層的小樓，皆是青磚碧瓦搭建而成，臨街的一面開窗，因是正午時分，隱約可見那些樓房內有主婦忙碌，一陣陣飯菜香氣飄揚而出，史可法等人皆是暈船，那孫元化更是吐得不省人事，下船之際，張偉見他神情萎靡，正是因此。現下聞了這些香氣，眼前景色又是如斯，三人都頓覺饑餓，那孫元化腹中更是如雷鳴般叫將起來。

到得張府門前，倒是未如三人預料那般豪華壯麗，進得大門，雖說這府邸的大小規制較之京城貴戚也毫不遜色，但那房檐屋頂卻沒有什麼華麗裝飾，進得正廳大堂，亦只是平常擺設，什麼檀木古董之類，卻是絲毫沒有見到。

待僕役送上銅盆面巾，請三人到偏廳寬衣洗沐，洗去臉上塵土，又換上主人特意備換的寬大家常衣袍，三人皆是覺得神清氣爽，那孫元化的肚子，不免又咕咕叫了幾聲。待洗沐完畢，自又有僕役將三人領回正廳，張偉何斌何楷等人皆已在廳內等候，三人進來，不免告一聲罪過，又推讓一番，方讓張偉坐了主席，其餘各人各依品級而坐。

張偉見各人坐定，便將手中酒杯舉起，向各人敬了一巡，眾人又你來我往喝上數巡，那孫元化原本酒量不大，又暈了船，現下雖是肚餓，菜未吃幾口，酒倒喝了幾巡，見張偉舉杯向他敬酒，腦子一暈，張口說道：

「張大人，我看你在這台北弄得這般大好局面，想來你志向不凡，該當不會是想造反，奪了大明江山吧？」

張偉聽他冷不防說出這一番話來，卻是一愣。史可法與王忠孝也沒想到孫元化竟然如此大膽，他二人雖有此想法，卻是隻字不敢吐透，不防孫元化竟然一口說將出來。當下滿桌人等，就連何斌在內，均停杯住飲，看那張偉如何作答。

卻見張偉從容笑道：「孫兄，你可知我手下有多少人馬？所需糧草幾何？我若舉兵而反，後方需有多大的錢糧支持？」

第十章　應對之策

就在孫元化來台之前，張偉已令炮廠停鑄大炮，改試輕便野戰小炮。張偉心中明白，在沒有機關槍出現之前，他唯有大力發展各式火炮，以火炮遏制滿人的八旗騎兵，若是想靠純火器部隊打敗騎兵，唯有在火槍外配備不同制式的火炮，否則的話，不能以絕對的火器優秀壓倒敵軍，待騎兵近身，等待張偉火槍部隊的結局只能是慘敗。

孫元化醉眼迷離，想了一番，方答道：

「據內地傳言，你手下約有萬人，戰船數十，嘯聚海上不服王化，這台灣治下約有百餘萬民，若你想揮兵入內地，只怕開始尚能縱橫一時，待朝廷調撥閩、粵、浙、直隸各總兵官帶兵圍剿，輔以地方衛所、鄉兵，只怕你是越打越少，稍有不慎，便陷身內地，想逃回海上亦不可得。至於所需糧草，從台灣運轉不便，且容易被截斷，若是從內地徵調，亦是休想。你若是劫掠，只怕不等官兵圍剿，地方的鄉兵便可以令你頭痛了。」

張偉聽他說完，也不惱火，只撫掌笑道：「孫兄不愧是打過仗的行家，這番話說出來，可比我什麼辯解都靈。我用心治理台北，不過是兩個想頭，一來自己發財，二來讓跟隨我的屬下和百姓能過上好日子，庶幾不愧於心，便足矣了。」

看看史可法等人露出釋然的表情，卻又突然道：「至於什麼報效朝廷，忠於皇帝，我這海外野民，卻也是不想的。在這台北，順我者昌，逆我者亡，我的話便是王法，規矩如此，諸位慎之。」

他這番赤裸裸的威脅之辭一出口，原本便緊張的氣氛愈加凝重，史可法將酒杯一頓，拱手向張偉道：「大人這話，下官無論如何不能贊同。普天之下，莫非王土，率土濱，莫非王臣。大人雖自海外歸來，到底是中國之民，哪能說出這般大逆不道的言語？若是如此，可法等不敢逗留，這便請大人放行，讓我等返回，讓大人在此稱王稱霸便是了。」

張偉冷笑道：「我祖上可是宋人，就是要尊，只尊趙宋的皇帝！」

他這般蠻不講理，倒弄得這三位儒臣不知道如何辯駁是好，過了半晌，方由王忠孝答道：「那趙宋已亡，現下的中國卻是大明的天下，大人是中國之人，自當要奉明朝為主。」

何斌眼見氣氛越來越僵，忙笑道：「諸位莫氣，志華千好萬好，就是一飲酒便愛胡說，他這是酒話，諸位可千萬莫要當真！」

如同配合他一般，張偉仰天打了幾個哈哈，笑道：「啊……是有酒意了，諸位先生莫怪，我是

粗人……適才是酒後胡言罷了……」

說罷，「砰」的一聲倒在桌上，不消一會兒工夫，便是鼾聲大作。

他這一倒，各人自然也無法再飲，當下由張府中僕役將孫元化等三人引到後院，各人都安排了一進獨立的小院，諸樣傢俱也亦齊備，除孫元化沒有家眷，史可法與王忠孝都是帶了妻子兒女而來，見張偉安排的妥貼，心裏自是感念。

那孫元化空腹飲酒，早已是醉眼迷離，待僕役將他引入房內，他往床上一倒，便自呼呼大睡。

那史可法與王忠孝卻是無法入睡，兩人初入台北，便吃了張偉好幾個悶虧，他們皆是崇禎元年進士，雖說那八股文章做的如花團錦簇，這政治陰謀鬥爭卻是不曾涉足，只是史可法到底是治世之才，腦中將上岸後諸般事情過了一遍，心中已是有了定論，見王忠孝愁眉不展，悶坐於椅上，便向他笑道：

「王兄，事已至此，愁亦無用。我等當拿定了主意，若是張偉反叛，咱們為皇上盡節便是了。」

「我意亦是如此，只是悔不該將家眷帶來，連累家人，我心中不安！」

史可法嘆道：「若果真事情壞到那個地步，也是各人的造化不好，我料那張偉不會讓咱們把家人送回，王兄若是心存此念，還是打消的好。」

又笑道：「不過王兄且放寬心，張偉雖說是桀驁不馴，我看他只是對朝廷心存不滿，現下說他想造反，那也是沒影的事。他雖說有些實力，到底不能和大明舉國之力相抗衡，便是那福建的海防游擊將軍鄭芝龍，我來前打聽過，海上實力亦是不下於張偉，他若是敢反，又豈能接受朝廷設縣！只是他心中鬱積的不快，今日拿我們作態發洩罷了，王兄，台北之事不足爲慮，不足爲慮啊。」

王忠孝聞言亦道：「當今聖上是中興令主，即位後諸般舉措皆是不凡，只要大明國力蒸蒸日上，他這小小土霸王，也只有袒露上身，身縛草繩，向皇上求饒的分！」又疑道：「只是這張偉如此蠻橫，咱們這縣官，可是不好當啊。」

「無法，咱們只能用心去做，方能上不負離京時皇帝殷殷囑託，下不負台灣這百萬蒼生黎民，求仁得仁罷了。」

兩人又嗟嘆一番，商討了一番爲官之道，只是這兩人都是去年剛中的舉人和進士，到台灣來之前，不過是埋頭苦讀的書生，又哪裡有什麼爲官之道可以研究？倒是史可法曾師從於明末東林大儒左光斗，那左光斗因與魏忠賢作對而被投入詔獄，打得渾身稀爛，那史可法倒是不懼自身安危，前去探望老師一次，在獄中又被左光斗大大的教育一番，因此現下年紀雖輕，心裏卻早便是水火不侵，沉穩幹練遠勝於常人。

待第二天天明，自有張府下人侍候起居，這三人原本也是尋常家境，隨身帶得幾個長隨而已，哪曾享受過如此待遇？孫元化見眼前早點便是擺滿了一桌，倒是吃得痛快，王忠孝與史可法不敢多

吃，生怕這些享受把自己潛移默化，眼前小菜雖多，也只是用筷子略點幾下，將就著吃了一碗稀粥便將碗筷放下。

那王忠孝便問道隨侍在旁的張偉家人，道：「你家主人何在？」

「回老爺的話，我家大人清早便出門查看各家工廠，臨走教小的好生侍候幾位老爺，若是老爺們問起，便教老爺稍待，等他回來。」

三人聽他說了，也不在意，那孫元化吃完將嘴一抹，便向那家人道：「既然你們爺沒空，你去尋輛馬車來，載我去台北炮廠，我要去看炮。」

那家人聞言，只笑著打了個拱手，回道：「老爺見諒，大人曾吩咐過，幾位老爺用餐完了，可以到鎮上略逛一逛，若是要出鎮什麼的，還得等他回來才是。」

「咦！他要將我們軟禁不成？」

「老爺您這是哪兒的話！咱們家大人說了，幾位要在鎮上逛逛，那是只管自便，只是出鎮關防不便，還是由他先領著的好，待台北巡兵和各處的守衛都接到命令，再給諸位老爺下發通行火牌，那時候，幾位只管請便。」

史可法見孫元化還要爭論，便將他手一攔，笑道：「張大人也是好意，咱們便自己四處逛逛，也是大人美意。」

「可是我想早些完事，好回京赴命。」

「孫兄，倉促之間只怕不得要領，匆匆回去只怕也不好向皇上交代，便多待些日子又如何，權當是陪我和王兄了。」

那孫元化鼻中一嗤，道：「這彈丸小島，又能鑄出什麼好炮來了，皇上只是風聞，讓我來看看罷了，也好，我便只當多陪兩位年兄就是了。」

說罷，便令那家人領著三人出了張府大門，於鎮北鎮四處漫無目地的逛將起來。

三人昨日乘車而來，尚且驚詫於這鎮北的繁華，現下各人在這鎮北街頭漫步而行，腳踏在乾淨整潔的青石大道上，耳邊是來自南方諸省的行商討價還價的聲響，眼前是熙熙攘攘的人群，當真是熱鬧非常，又見那四處商行店鋪雖是來人行商不斷，卻是秩序井然，絲毫不亂，又見大街上到處都一塵不染乾淨非常，便是那商人討價還價，也沒有人大聲喧嘩。

史可法輕輕撫摸街頭的一棵桃樹，向孫王二人嘆道：「三代之治咱們是無緣得見，只是這台北之治，當真是當得起君子之國的評判。」

王忠孝亦點頭道：「商人重利，百工重藝，這台北盡是工商之人，諸般行止卻是那讀書經年之人亦不可比，當真是令人可敬可嘆。」

那孫元化原本也是讚嘆不已，聽這兩人如此說，便也連連點頭稱是，正待也隨喜讚上兩句，突然覺得喉嚨一癢，於是便瞅準了無人之處，「呸」一口吐出一口濃痰來。

這原本是尋常之事，他正待轉頭與史王二人攀談，卻突然覺得胳膊一緊，回頭一看，卻見一頭

戴黑帽，腰縛黑帶之人將自己拉住，他本待發火，卻見那人腰懸大刀，便將口氣略緩一緩，道：「這位兄台，爲何要拉住在下？」

「你這死囚，來台北不知道台北的規矩麼?在大街上吐痰的，罰銀百兩，若是拿不出銀子來，鞭十五，你說，你是要認打還是認罰？」

又見史可法手中摘著一朵桃花，那人臉色一變，右手仍是拉住孫元化不放，左手卻掏出一支短木哨來，「嗶嗶」吹了幾聲，史可法等人正做沒理會處，卻見不遠處街角又衝出兩名同樣打扮的人來，原來拉住孫元化那人便向趕來的人笑道：「今兒好彩頭，抓了一個吐痰的，又有一個折花的，一併拿下，帶回巡捕營內處置吧。」

史可法等人見那幾個公人拿腔作勢的從腰間掏出細細的索鏈來，他們幾人何曾受過這般折辱，那孫元化便氣道：「混帳!你們可知道我們是什麼人?敢如此放肆!」

那公人笑謂身旁圍觀的鎮上百姓，道：「這幾個死囚口氣倒是很大，什麼人?你就是當今皇帝，違了這台北的法也要受罰!」

那圍觀的百姓倒也湊趣，有幾人便隨著那公人的話音說道：「上回何爺在車裏不小心吐了口痰，不也是生生認罰了一百兩麼，在台灣，你們能比何爺還大麼!」

那公人也不理會，將手中鐵鏈向孫元化頭上一套，向前一牽，便要將孫元化帶回巡捕營，其餘兩名公人將王忠孝及三人身邊的家人一推，其中一人也掏出鐵索來，便要將史可法拿下。

孫元化與史可法氣得臉皮通紅，偏兩人又只是讀書人，那幾個公人個個身強力壯，手上佈滿老繭，顯是成年累月習武弄拳的人，哪裡能抗得過？眼見便要被這幾人帶走，卻見不遠處那張府家人氣喘吁吁跑來，拍手喊道：「且住且住，這幾個人是張爺的客人，先不要鎖拿！」

那公人認得那家人，見他跑得上氣不接下氣，便笑道：「老李，何苦這樣。左右不過是罰銀的事，我看這幾位衣著光鮮，區區兩百兩銀定然是拿得出來，便是拿了去也不會受苦，你倒是小心把自個兒的老骨架子跑散了。」

那家人扶著腰定了定神，待氣喘勻，方向那公人呸了一聲，道：「你知道個鳥。這幾位大爺是朝廷派到台北的贊晝和知縣老爺，張爺吩咐了，千萬不能待慢，你現在用鐵索套在朝廷命官的脖子上，張爺知道了，可怎麼發作你呢！」

那公人遲疑片刻，卻不肯將鐵鏈放下，只道：「不論是誰，違了大人的令都得受罰，我現下要是把他們放了，只怕我才不知道會怎樣呢。」又道：「若要放人，只得勞煩你親去拿大人的手令來看，不然，我亦無法。」

見那家人遲疑不動，那巡捕又道：「只怕是大人，也不會破壞他自個兒的規矩，依我的見識，兩位大人不知者不罪，就由咱們把大人的《台北七鎮通令》宣講給這幾位老爺聽了，然後再罰上一半的銀子，也就是了。」

當下也不顧史可法等人臉色鐵青，只管從懷中掏出一本小冊子，念將起來。

這《台北七鎮通令》是張偉於前年制定，是《台北七鎮律》之外的民事法令，將張偉對台北種種生活習俗的改變以條令的方式頒佈實施，凡有違者，絕不寬貸。按說每個進入台北七鎮的外人皆會先學習這法條通則，但史可法等人被張偉直接接到府中，於是免了這一層麻煩，誰料孫元化與史可法二人會在鎮北大街上被巡捕抓了個現著。

幾位躊躇滿志的大老爺，初臨貴境便遇到這麼個下馬威，初時三人以為是張偉有意安排，後來見圍觀的數百人皆說自己的不是，若說事先安排，那也未免太過逼真，又見那巡捕從手中掏出一本小冊子，毛邊都翻得稀爛，那王忠孝陪笑從巡捕手中接過來一看，見第一條便赫然寫著：「諭令，軍民人等於鎮內街上一律不得隨地吐痰，違者罰銀百兩，無銀者鞭十五。」王忠孝一看，便知是孫史兩人有錯在先，側身將小冊子交與孫史兩人，兩人傳看一番，都是臉紅赤耳，不知道如何是好。

孫史兩人家境平常，明朝官員的俸祿又是極低，再加上需要請些家人幕僚之類，若是不貪不撈，哪裡有什麼多餘的收入？現下這台北通令一罰便是一百兩銀，雖說又減免了五十兩，孫史兩人卻是沒有一個能拿出這筆錢來，看那巡捕的臉色，只怕自己身為員外郎、知縣的身分也抵不過這五十兩銀子，難不成真的要挨十五鞭？兩人覺得荒謬，又擔心真的被拖去鞭打，那可是官威盡失，從此無臉在這台北立足了。

那巡捕見三人無話，便將冊子拿回，清清嗓門，一字一句仔細的大聲讀將起來。他原是大字不識一個，自從幹了巡捕，不事生產，每天只是在大街上巡邏拿人，台北也沒有什麼流氓痞子，強盜土匪之類，工作輕鬆，銀子卻是一年六十兩，抵得上兩戶普通農家一年的收入，這樣的好差事卻哪裡去找？故而盡心竭力，勤謹得很。待張偉下令，凡台北合俸銀的上下人等皆要識字五百以上，一年未成者盡數辭退，他雖是年近四十上下，卻是每天起早趕晚，捧著台北官學下發的簡明識字課本，每天咿咿呀呀的念個不休，也不過半年工夫，便將這本小冊子上的字認個八九不離十，偶有念錯，那也是瑕不掩瑜了。

待這巡捕一字一頓地念完，孫史王三人身邊亦是沒有閒人在一旁觀看，雖說中國人最愛看熱鬧，不過這台北看上一會兒熱鬧，便是損失大把金錢，卻又有誰真的能一直看下去？便是有鎮外農夫上鎮來閒逛，也是不敢久留，《台北七鎮通令》上可是說的明明白白，凡有無故擁擠以致阻礙交通影響通商者，罰銀五十，鞭五，有這律令在，還有誰敢露著一臉傻笑在這邊久看？沒一會兒巡捕大爺搞定了這幾個官，又把這些看熱鬧的閒人領回去開導幾句了。

那史可法見四周無人，他還稍有些權變，便急忙向那巡捕陪笑道：「這位捕頭，咱們初到台北，不懂規矩，可不可以初犯饒過，下次若犯，再行處罰，如何？」

「回老爺，這事小的可是做不了主。老爺休怪，乾脆和小人回去，老爺您是官，罰是不罰，由咱們的指揮使大人說了算，如何？」

「難道一點通融的餘地都沒有麼？」說罷向身邊的親隨使個眼色，那親隨明白，立時便扭扭捏捏走上前去，從袖中摸摸索索的摸出一塊銀餅子來，大約有四五兩重，那親隨從眉眼間擠出笑來，湊

上前去將那銀餅子向巡捕懷中一塞，輕聲道：「差大哥，通融一下，如何？」

那巡捕原本還臉色和悅，因見那家人將銀子遞了過來，又塞到自己袖中，臉色頓時大變，將袖子一甩，那銀餅子骨碌碌飛得老遠，怒道：

「我敬重幾位老爺，想不到老爺們卻將我看得如此卑下，我豈是那種收受賄賂的小人？而且《台北七鎮律》中明明白白寫著，差役收受賄賂的，杖一百，奪職，罰沒家產，終其三代不得授官職，小人若是收了你的銀子，挨打不打緊，小人的三代子孫可都要受牽連！」

說罷不再與孫史二人多說，向兩人打個手勢，道：「兩位老爺，小人不敢鎖兩位，還是請兩人自隨小人去吧。」

正於此時，卻見不遠處有一飛騎衛士騎馬狂奔過來，遠遠見了這邊站立的數人，忙喊道：「巡捕各人聽了，指揮使大人有令，幾位老爺初來台北，不知律令，需罰的銀兩由指揮使大人出……」

待馬匹奔得近了，那飛騎喘了一陣粗氣，方從胸中皮甲內掏出一根權杖，讓那幾個巡捕驗了，又向孫元化抱拳行禮，笑道：「這位便是孫老爺吧？」

「正是，你有何指教？」

「不敢不敢，小人奉了將令，特來請孫老爺到淡水炮廠，指揮使大人已然先過去了。」

「回覆你們指揮使大人，就說我被他的巡捕營抓去了，請他到官廳保我。不然的話，孫某自束髮讀書，沒吃過皇上的鞭子，倒要在台北吃鞭子了！」

那飛騎見他火大，言語間對張偉頗是不客氣，他也不惱，笑咪咪一抱拳說道：「孫老爺，大人說了，昨日只顧著請幾位老爺的酒，卻忘了交代，咱們台北在沒有受撫前，便立了諸般的律令規定，大人受撫後知會過閩撫熊大人，熊大人見了也說好得很，可以繼續施用，故而幾位老爺犯了規矩，還是要受罰的。只是他昨日不曾交代，諸位老爺不知者不為罪，敬請下次注意便是了。」

說罷向那幾個巡捕道：「你們都可以去忙了，這幾位老爺的罰銀大人會派人送到巡捕營的。」

說罷一招手，就有一輛馬車駛上前來。那飛騎向孫元化笑道：「請吧，孫老爺！」

孫元化原本還要說上幾句，又聽得這台北律令連福建巡撫亦是稱好，平心而言，他適才翻看片刻，已是覺得那本通令編得極好，只是這犯事受罰的是他自己，這個「好」字，實在是叫不出口。現下已有了台階可下，當下又嘀咕幾句，便將長袍下襬一撩，登上馬車，探頭向史王二人笑道：

「兩位，我職責在身，不得不去，只得先行一步，兩位請自便，待晚間回來，咱們再一起暢飲它幾杯。」

說罷，也不待史王兩人回答，便向那車夫令道：「快走！」

他在此地丟了大臉，現在有機會溜之大吉，自然是恨不得那幾匹馬都腳底生風，立時將他拖走才好。

史可法與王忠孝經此一挫，逛街的興致立時全無，叫張偉家人幫兩人尋了兩本台北律令的小冊子，一人一本自帶回去研讀去也。

那馬車一路風馳電掣，不過半個時辰便出鎮向東奔馳了十餘里路，待出了淡水鎮外，又奔跑了五六里路，孫元化於車中便聽到了隆隆炮聲，心道：「難不成因爲我來，特意試炮麼？欺我孫元化沒見過大炮麼，當真是好笑。」

他雖明白適才之事與張偉無關，到底是受了折辱，心內不快，現在聽到炮聲，想當然便往張偉有意立威上想，他卻不知，自從打下台南後，台北台南的港口都立了炮台，張偉用改良的沙石水泥配上從台灣山中挖下的大塊石料，於台南、大員、台北四處建築了現下全世界最堅固的炮台，不論是荷蘭艦隊還是英國艦隊，想從海上正面用艦炮強攻，是想也別想了。除了原有的八十門六磅炮全部做了炮台，又另鑄了數十門五千斤射程五里開外的十二磅炮，在當時台灣的大部沒有開發，從其餘地點登陸上岸亦無法進攻台南台北，待這些炮台建成之後，再也無人可以威脅到張偉在台灣的絕對統治。

就在孫元化來台之前，張偉已令炮廠停鑄大炮，改試輕便野戰小炮。張偉心中明白，在沒有機關槍出現之前，他唯有大力發展各式火炮，以火炮遏制滿人的八旗騎兵，若是想靠純火器部隊打敗騎兵，唯有在火槍外配備不同制式的火炮，否則的話，不能以絕對的火器優秀壓倒敵軍，待騎兵近身，等待張偉火槍部隊的結局只能是慘敗。

待孫元化趕到炮廠門外，卻見那炮廠內的大操場上面對不遠處的土山，一並排放置了幾門小炮，孫元化凝神一看，已知就裡，原來這場中正在試射，那炮口架得老高，想來是正在試炮彈曲線。

他平生最愛火器，尤以鑄造大炮爲樂事，現下眼前有這幾門火炮，適才所受的委屈和不快早就拋到九霄雲外，快步向前，往試炮之處行去，卻見張偉在場中遠遠向他招手，待行得近些，卻聽張偉道：「且住，這一炮等孫贊畫過來再射。」

他命令一下，原本半蹲在火炮旁邊點頭欲射的小校們便立時住手，等孫元化走到近前，站在炮位一邊細細打量，見那炮身漆黑，孫元化一驚，用手一摸一扣，又仔細撫摸一番，便轉頭向張偉道：「大人，原來台北炮廠所鑄之炮已然全是用精鐵？」

「正是，老兄當真是行家，我鑄的炮沒有用銅，全部用的精鐵。比起銅炮來輕便許多，射程和射速以及炮管的耐久，可都比銅炮強得多了。」

「按洋人的說法，這是四磅炮？」

「嗯，正是。孫贊畫，請退後，讓炮手們試射。」

孫元化聞言退後，與張偉並列，看那些炮身依次將引信點燃，不久眼前那四門火炮炮口冒出火花，轟然幾聲巨響過後，炮管內射出的炮彈便向那土山飛去，那炮彈到了土山上空，下降未落地之前便又爆炸，隱約可見炸開的炮彈迸開鐵片，那山上被這幾顆小炮彈炸得塵土飛揚，聲勢比那五千斤重炮還要驚人。

「大人，原來台北炮廠會製開花彈，下官當真是佩服。這開花彈製作起來十分麻煩，又不好控制落點時間，以下官看來，這幾門炮已是製成，若是運到關外架在城上，那女真人必然會大吃苦

頭。」

「我的炮廠，除了岸炮和艦炮作爲攻城之用要使用實心彈外，所有的陸戰火炮，皆是用開花彈，若說是步戰，這開花彈的殺傷力可比實心彈強上許多。縱然是費上些事，也是無妨。」

「大人明見。若是遼東和三邊的總督們都能有大人這樣的見識，多鑄大炮和開花彈，配以大銃，鳥銃，以精兵掌控之，又何懼那蒙人和女真呢。」

「大銃其實無用，那大銃重達一百多斤，舉起它總得四五個人，射程和威力也只是平常，與其用大銃，倒不如多鑄些三磅小炮，那可比它強得多了。」

見孫元化發呆，張偉笑道：「不過這當務之急，倒不是這些。現下我最想解決的，便是這炮彈的膛線和炮架的升降，若是解決了這兩個麻煩，又何必懼怕那些使刀弄槍的蠻人。」

孫元化沉吟道：「遼東大炮皆是據城而守，轟擊敵兵。八旗騎兵太過悍勇，若是把大炮帶出去野戰，只會便宜了那些蠻子。若是他們得了火炮，關寧錦之地只怕早就丟了。」

見張偉微笑傾聽，便又道：「這膛線之說，我卻是不曾聽說。炮架升降，想必是爲了野戰攻堅時調整射線之用，那敵人若是躲在堡壘或是障礙物之後，便需要調整炮口射擊，依下官看，這也不難，只需將這炮架由死的弄成活的，加上鈾心，便可敷用。」

「不錯，我意也是如此，只是怎麼改，具體操作如何，卻還在思慮。」將孫元化的手一拉，笑道：「孫兄，我將你介紹給爲我鑄炮的洋人，這台北炮廠多半是他們幫忙，我只是出錢出力罷了。」

孫元化將手一掙，卻是沒有擺脫，只得笑道：「大人還沒有告訴下官這膛線是怎麼回事。」

「不急不急，那幾個英國炮師我都徵詢過了，他們已經有了初步想法，待大家一起親近親近，共同商討。」

孫元化無奈，心裏也極是好奇，他一生於這火器上鑽營，現下見了如此規模的炮廠，又聽說有外國技師，早將心裏的那小小不快丟到一邊，現下一心只想著鑄炮一事，至於早點回京向皇帝赴職的心思亦也打消。

當下由張偉帶著孫元化同去尋那些英國技師，原本孫元化以為還需要通過翻譯溝通，誰料那些個英國技師聽說勞倫斯少校因學會了漢語，一個月多拿了五十兩銀子，當時的英國一般人哪有這麼高的收入？各人都是眼紅不止，待張偉去年年底頒佈了漢語定級草案，在台外國人無論從事什麼工作，只要是通過最基本的考試，便可以到台北政府領取特別補助，每月二十兩到五十兩不等。於是，所有在台的外國人，包括最先而來的英國人，後期而至的葡萄牙人、西班牙人，無論是協助開礦的技師，炮廠的工匠，商行的幫辦，每人都跑到台北衙門領了官學編制的《簡明漢語教材》，一個個平時閒來無事便抱著書學習。

這些老外辦事可比中國人認真得多，自學之餘，又組織了若干個互助小組、漢語愛好者協會之類，平時沒事便溜到台北大街上尋中國人說話，練習口語，那鎮北鎮正中街心有一個大花園，一到傍晚便是這些高鼻子藍眼球的洋人坐在園內，咿伊呀呀的學習漢語。鎮上的台北市民見了可笑，沒事也

上去湊興說上幾句，久而久之，台北民眾對紅毛鬼的惡感少了許多，只覺得壞人中國人也有，這外國人倒也不盡然都是食人生番。

孫元化眼前的這幾位技師來台一年有餘，早前便斷斷續續憑興趣學過一些漢語，待台北學習漢語的大潮一起，這幾位早有基礎，白花花的銀子誰又不喜歡？各人都是奮勇學習，挑燈夜戰聞雞起舞，就差沒有懸梁刺股了，在通過漢語四級考核之後，經由這幾人的強烈要求，張偉又定了漢語六級，什麼詩云子曰的文言文他們都學了一肚皮，知道眼前的這位孫老爺是中國的文人，幾名正在猛衝漢語六級的炮師興趣大起，向孫元化請安問好後，不談鑄炮，倒是很談了一通孔子老子。

看著眼前這一群藍眼洋人滿嘴之乎者也，孫元化頭暈之餘，也不得不佩服張偉，想想北京那些洋鬼子傳教士，仗著知道一些先進的曆法和天文知識，雖說也學習漢語，但一個個傲得如他們口中的上帝一般，哪有眼前的這些洋人孜孜好學，心慕中華文化……感動之餘，不由得放下討教鑄炮的心思，和這夥洋人探討起來。

張偉心中暗暗叫苦，一時也不好說破這夥洋人純粹是爲了自己口袋裏的白銀，直被他們吵了半天，方才尋一個話縫，向孫元化笑道：

「孫兄，不必理會他們。這台灣學漢語的洋人多了，你若是晚上在台北街頭逛上一圈，包管你遇到一群群如蒼蠅一般的洋人，你若都是這樣陪著，好了，你啥事也別幹了，就陪著他們練口語吧。」

孫元化初聽了他的話，心中一樂，臉上露出笑容，待聽到「在台北街頭逛上一圈」的話，頓時臉色一沉，轉身不理張偉，卻也不再和那幾個洋人亂扯，而是討教起膛線一事來。

張偉自是知道就裡，心裏暗笑。今早之事若說是他有意安排，倒也真是冤枉。不過故意放任孫史王三人上街亂逛，又不派人提點他們注意，這自然是張偉有意爲之。他這般舉措，就是要史王二人知道，在他們正式掌印台北台南之前，需得知道他張偉的規矩，若是違反，那可是自找麻煩。相信經早上一事之後，史王二人自會多加警惕，不敢冒犯張偉成規。至於孫元化，那可是池魚之殃，只能怨他命苦罷了。

因見孫元化與眾洋技師談得熱絡，張偉對鑄炮之事雖已略有瞭解，不過到底還是不能和這些專業人才相比擬，待了一陣，見各人說得盡興，一時半會兒卻又沒有什麼好辦法解決，想起下午要與何斌碰面，便向孫元化道一聲得罪，乘車向鎮北而返。

待回到鎮北，卻已是過了午飯時間，張偉怕何斌久等，便在街頭買了一些零食，胡亂吃了一些，又下車在一小麵店內討了一碗麵湯，稀溜著喝完，原本吃得痛快，心情不錯，只是見了這麵店周圍原本來往行人不斷，現下見了他身邊圍著護衛的飛騎，各行人料想是張偉在此，於是各自縮頭噤聲，一個個如老鼠一般，偷偷從街角等處溜之大吉。

便是那麵店老闆，給張偉盛湯之時雙手就不住顫抖，差點兒將那麵湯撒在張偉身上，待張偉喝完出門，剛剛行到店門口處，便聽到裏面那老闆長喘了一口大氣。

張偉在肚裏暗暗苦笑，心道：「一個個將老子看得如同活閻王一般，也好，只怕在這台北，再也沒有人敢質疑我的權威。只要我不犯錯誤，便可將這台北建得富饒無比。」

勉強振一振精神，上了馬車，直奔台北衙門而去。

這台北衙門原說是讓給台北知縣使用，但張偉想了一番，還是決定在鎮北鎮西側重新起建縣衙門，將原來的台北衙門改爲台北衛指揮使衙門，台北實際的行政指令，仍是從此處而出。故而張何二人議事，仍是約在此地。

待張偉進入大堂，由大堂東側小門而入，向後行了十米，便是這台北衙門後堂議事廳，因在大門外便見到何斌馬車停靠在外，張偉不敢耽擱，興沖沖進了廳內，卻見何斌與施琅正相對吃茶。見他進來，兩人卻懶怠起身，何斌用眉眼一掃，自有人將張偉位置上擺上茶水，待張偉坐定，施琅方向他笑道：「前幾日便派人催我回來，就是因爲朝廷設縣的事？」

「也不盡然爲此，讓你來，是交代你台南的細務，你不但要將海防顧好，還需兼顧台南內陸，辛苦一段時間，待周全斌回來，自會讓他回去卸你的擔子。」

「你要讓全斌去哪裡？」

「隨我一塊兒去遼東。」

何斌、施琅聽張偉一說，兩人均大感意外。

何斌將茶碗一頓，向張偉道：「志華，你又是胡鬧了，怎地，現下台灣無事，你又靜極思動了？」

施琅亦道：「大哥，那遼東兵凶戰危之地，女真人十分凶橫，你若一不小心，便有性命之憂，若是有什麼事要辦，交代人去辦便是了，何苦自己跑去！」

這兩人的反應，原也在張偉的預料之中，當下也不急不躁，笑咪咪喝了幾口茶，方又道：「廷斌，尊侯，我張偉與你們相識四五年來，可曾真有過胡鬧的時候？此去遼東，自然是有要事要辦。」

「什麼要事，值得你親自跑去？」

「我與遼東女真，將來必有一戰，我看那女真大汗皇太極不是凡品，近年內他必有大舉入關之事，現下我提前去遼東察看，待大亂一生，到時候可相機而動。」

見何施二人仍要辯駁，張偉又笑道：「若說我為何知道，那自然是我屬下打探的功勞，不過有些事情，不是細作能明白的，總需我親自過去查看一番，方可清楚。」

又道：「你們放心，我此去先扮成北上的富商，然後由山海關入寧遠，錦州，就地查看一下那邊的情形，斷然不會冒險，你們儘管放心好了。」

何斌雖仍是不悅張偉此行，卻也知勸不了他，只得又吩咐幾句，令他小心，因又向施琅笑道：「尊侯，此番已定了王忠孝去台南，聽聽看，志華有什麼囑咐。」

張偉亦笑道：「其實也沒有什麼良方妙招。只是兩個字『架空』而已。台南諸事早定，一應規矩皆隨台北而行，料那王知縣也沒有什麼辦法改變，內有巡捕，外有衛所士兵，他一個文官有什麼法子?知縣麼，左右不過是勸農桑，興水利、捕盜賊、斷訟獄，還有縣學科考之類。皇帝派他們來，也正是想把台灣的這些民政之事盡數抓在手中，他卻不知，農桑水利之事，我早已安排妥貼，農具、種子，皆由官發，半文錢都不要，他還有什麼可勸導的?台灣有官學、巡捕，皆不受知縣節制。捕盜麼，嘿嘿，台灣的兵權輪得到他們指手劃腳?尊侯，你只需注意那知縣平日裏都去哪裡，和誰接觸，切忌他擾亂民心，只需把他像籠中鳥一般架在空中，他也不過具名畫諾而已，切記切記!」

他這般濤濤不絕說來，施琅聽得目瞪口呆，唯有連連點頭稱是，何斌便笑道：「尊侯你不知道，那史可法與王忠孝兩位知縣，今兒一早上出來便吃了大虧。」

說罷將早晨孫史二人吃癟的事笑說了一遍。

施琅聽到兩人無錢付賬的窘狀，不由得放聲大笑，笑罷向張何二人道：「大明官員的俸祿太低，一個知縣一年幾十兩銀子，夠做什麼?我看，不如咱們給他們幾位送點銀子，也省得大哥花這麼多心思來制約他們。買通了他們，到時候那奏摺怎麼寫，那還不是由咱們。」

「尊侯，若是能如此簡單，那我能想不到麼?我看那史可法和王忠孝皆是守直不阿的君子，賄賂一事，斷不能行。況且，離京之時，想必皇帝也曾交代兩人互相監視，哪能這麼容易便讓咱們把他辛苦派來的官兒給拉攏了。」

「這倒也是，是我想左了。不過，依我的見識，乾脆給朝廷上個奏摺，就說台北與內地不同，商行工廠甚多，照例這些工商之戶是要給官員補貼，以慰辛勞，所有的台北官吏，以前都是多拿銀子的，兩位知縣拿的官俸少了，不成體統。待朝廷批了，咱們就按每位千兩一年的規格發銀，我就不信這兩位不愛銀子！」

張偉、何斌聽施琅這番話出來，兩人想了一回，都覺得很有道理，這兩位知縣就是不愛銀子，那朝廷允准發了，總不能不收吧？若是連正經的官俸也不要，那也未免太過矯情，待他們多拿了錢，又可以慫恿他們投資工商，待他們賺了大錢，那時候想一心為朝廷辦事也不可得，身家性命皆繫於台灣島上，對北京的皇帝，自然只能是抱歉了。

當下張偉擊一下掌，大叫一聲：「好，就照尊侯說的辦！」

張偉雖說早早將施琅傳召至台北，交代了他離台後的各項舉措，何斌施琅原以為他立時便要離台，誰料他又拖了大半個月，一直待王忠孝赴台南上任，史可法亦搬進了新建成的台北縣衙，又待台北金礦給他送來兩千兩足赤黃金，方才帶了十餘名精壯侍衛，連同周全斌、張瑞，一行人扮做茶商，上了一艘商船，揚帆出海，直奔南京而去。

第十一章 興遊江南

張偉聞言四顧張望，卻見是左手河中有一花船，船上立著一名十二三歲的女童，見張偉看來，又朗聲道：「詩詞有慷慨豪放，可激勵鼓舞人心，亦有婉約華麗，可淺吟低唱，令人解懷，這位相公想來不是讀書人，便對詩詞有如許偏見，想來令人可惜，又令人覺得好笑呢。」

原本他去遼東，該當直接由船行至北京，然後由陸路出關，只是張偉自返回明末，一直忙碌不堪，卻是從未見識過古時的江南風光，想到古人詩裏描述的美麗景致，又正值春天草長鶯飛之際，由不得他動了遊歷一番的打算。再加上他年紀已過二十五歲，不但是何斌終日在他耳邊囉嗦，就是周全斌一干人等，亦都若有若無的提起他尚無妻室一事，那高傑亦曾私下裏在台北富商家中爲他尋訪美貌女子，雖說被他訓斥一通，倒是也頂撞了幾句，他氣悶不過，也想就著機會到江南尋訪秦淮美人，成家了事。

他心裏也曾若有若無的浮現出當日那南洋女子艾麗斯的模樣，想到她大眼圓睜，活潑可愛，言行舉止與明時中國女子截然不同，反是與張偉那時代的女性頗爲相像，他之不娶，也正是因爲平日裏見到的女子盡皆是三從四德唯唯諾諾的舊式女子，委實提不起他的興趣。只是那艾麗斯自從來台一次後便芳蹤難覓，張偉向勞倫斯打聽過幾次，那勞倫斯也只知艾麗斯家是巴達維亞的華人大族，偶爾興趣幫英人翻譯出遊，現下她早已回了巴達維亞那荷人統治之地，勞倫斯也不知詳情，張偉只得作罷。

船隻在海上緩緩行了十數日，方進入長江之內，直至鎮江碼頭下船，上岸驗了路引、茶引，張偉便令人雇了走騾，馬匹，一行十餘人或騎馬，或坐車，沿著官道慢慢向南京行去，一路上滿目青翠，小河流水白鵝黃鴨，風光景致看起來倒也賞心悅目，只是這官道和兩邊的人家景象，看起來卻比台北差太多了，這一行人皆沒有到過江南，卻也都是聽說過江南風光如何如何，現在親眼見了，各人均有見面不如聞名之嘆。

那張瑞騎在馬上向張偉笑道：「都說這江南好，我看這風光景致還不如台北呢。」

「休要胡說，咱們台北可是用銀子堆出來的，這地界大了，得多少銀子往裏面塡，這江南風光是自然景致，能有如斯美景，也是天地造化之功了。」

周全斌這些年卻歷練得深沉的多，見各人左顧右盼只顧著打量沿途風光，他卻騎著馬左右巡視，見各人指斥風景，他也是淡然一笑便罷了。

待一行人行近南京城門，他自上前交了路引，那守城兵丁頭目見是南來販茶的客商，便特意上

前要翻檢搜索，周全斌知是索要賄賂，向那頭目遞了一兩銀子，那頭目卻不曾想這夥客商出手如此大方，當下大喜過望，當即便揮手放行。

一行人進城後急忙尋了旅館打尖，洗漱用飯後，眼看天色近晚，張偉換了身月白府綢長袍，束上頭巾，腰繫玉帶，手持一把摺扇，向張瑞、周全斌笑道：「兩位，且放寬身心，咱們也去那秦淮河畔見識一下這江南才女的風範。」

周全斌是無可不可，只是張瑞少年心性，聽張偉一說，便喜道：「爺說得是，來南京一次，不去秦淮河可當真是可惜了。」

周全斌向他笑道：「你可是剛娶了媳婦，怎地，過門才幾個月就厭煩了？」

張偉見張瑞臉皮漲紅，便笑道：「這男人嘛，呵呵，偶爾風流一下也不為過。我在台北位高權重的，平日裏可都是端著身分呢，今兒可要放浪一回，你們給我小心了，若是回了台北聽到有人議論，都打軍棍！」

身邊諸人聽他如此說，大家都是男人，有什麼不明白的，當下嘻嘻哈哈應了，留下兩人看守行李，一夥人也不雇轎乘車，打聽了道路，便向那秦淮河畔行去。

到了那桃葉渡，只見那秦淮河兩畔星星點點盡是燈火，河房和花船星羅密布，那岸邊人潮如織，有官員、行商，文生騷客，像張偉這樣一身庶人服裝卻又舉止落落大方，身後有十餘隨眾的，眼亮的老鴇便猜度他必是什麼鉅賈大賈，只看他眉宇間又有勃然英氣，興手投足威勢十足，卻又像個平日裏威福自用的貴戚高官，猜來猜去不得要領，只不過此人身後的諸豪奴們衣袋沉重，想來那黃白之物帶的不少，俗語說，姐兒愛俏，鴇兒愛鈔，眼見這冤大頭在這銷金之地沒頭沒腦地亂撞，哪有不想辦法狠宰一刀的道理？於是不論張偉逛到哪裡，便有那半老徐娘張開血盆大口，揚著手帕叫道：

「這位大爺，快到曲裏來看看，咱們的姑娘個個秀外慧中，識文斷字，爺不管是要聽曲，會文，下棋，雙陸，射覆，包管您玩得開心！」

張偉初時聽得有趣，亂進了幾家，只見那老鴇們一揚手，鶯鶯燕燕的跑出一大群美眉來，張偉只看得眼花，待隨意攀談幾句，再仔細一打量，卻見一個個頭頂環佩，叮噹作響，那小腳走上一步，倒要搖上三搖，走近來一說話，那臉上的白粉便撲撲地往下掉。

那時候女子皆是濃裝，嘴巴不論大小皆是弄得鮮紅，以張偉的審美觀來看，當真是可怕得很。原以為這些妓女可用談吐來彌補相貌的不足，誰料除了刻意的談一些吟風弄月的詩詞，便是說一些金銀佩飾，若是想聊幾句時務，便一個個目瞪口呆，不知所以。

張偉嘆一口氣，心道：「難怪那秦淮八豔出名呢，畢竟那樣的女子還是少啊。」

他掐指一算，現下那八豔大半都沒有出生，便是有生下來的，想來也還是沒有發育的幼女，想到此處，便覺得意興蕭索，悶聲帶著周全斌張瑞又逛了幾圈，直弄得那些老鴇暗中罵他是個兔兒相公。

周全斌因見遊人漸稀，那夜色越發濃了，便向張偉勸道：「爺既然都看不上眼，那不如早點回去歇息，待明兒有閒，再來逛過便是了。」

張偉嘆道：「原指望能遇到那些聰明美麗的女子，卻不想這些所謂才女也只是背幾首酸詩罷了，這詩文弄來有甚趣味？能濟世安民麼，笑話！」

他身邊之人盡是行伍中的老粗，自然對他的話點頭稱是不迭，卻聽那不遠處有一童稚女聲說道：「這位相公說得好笑話兒，難不成那岳少保的《滿江紅》無益於激勵人心，那陸放翁的《示兒》讀來不令人心懷遺憾，只欲收回故地，以慰忠魂麼？」

張偉聞言，四顧張望，卻見是左手河中有一花船，船上立著一名十二三歲的女童，見張偉看來，又朗聲道：「詩詞有慷慨豪放，可激勵鼓舞人心，亦有婉約華麗，可淺吟低唱，令人解懷，這位相公想來不是讀書人，便對詩詞有如許偏見，想來令人可惜，又令人覺得好笑呢。」

張偉原本不過是隨口抱怨，只是覺得這秦淮美女千篇一律，看來令人乏味無聊罷了，卻不想被這小女孩兒一通指斥，雖不至惱羞成怒，面子上倒也掛不住，只是又不能同這小孩兒計較，便只得乾笑一聲，道：「妳小小年紀，知道甚麼！」說罷便待轉身而行。

卻又聽那女孩兒道：「孔融七歲讓梨，甘羅十二為相，小女子不敢相比前賢，卻自認為見識比某些大人強得多啦。辯不過就拿年紀壓人，哼，有什麼了不起的。」

張偉被她說的哭笑不得，只得向那花船前行幾步，正待說話，卻聽那船上有一粗嗓婦人嚷道：「妳這小浪蹄子，我讓妳練棋妳不練，跑到船頭和野漢子說什麼說，還不快些進來！」

那女孩聽了，將小嘴一嘟，便扭身進了船艙。

張偉正待轉身離去，卻聽那女孩辯了幾句，又聽到那粗嗓婦人氣道：「叫妳不聽教訓！」說罷，便聽到「啪啪」的擊打聲，顯是那女孩正在挨打，只是卻聽不到她哭喊聲。

這老鴇管教未開苞的小娘原本便是如此，張偉卻是看不慣此等行徑，便在外面喊道：「船上是何人在打那小孩兒，快給我出來。」

話音一落，便見那船身搖動，不一會兒鑽出一個中年婦女來，見張偉著飾不俗，身後又有伴當隨眾，便陪笑道：「啊呀，這位大爺，婦人在管教孩兒，卻是驚擾了大爺，請恕罪則個。」

「罷了，妳不要打她，我見她見識不俗，很是喜歡。」

那婦人爲難道：「難得大爺賞識這小蹄子，只是她年紀尚小，未到開苞年紀……」

見張偉神色不悅，忙笑道：「只要大爺您給足銀子，提前兩三年開苞又如何？那小蹄子能遇到大爺這樣的豪客，也是她前生的福氣。」說罷，向船內喊道：「愛柳，快出來，妳今晚造化，有大爺要給妳開苞了。」

卻聽那船內小女孩答道：「請娘回絕了吧，愛柳還小，經不起風雨摧殘。」

「呸，妳這挨刀的賠錢貨，若不快些出來，立刻用皮鞭打爛了妳，看妳倒是能不能承受得起！」

她這番話一出口，那女孩被逼不過，只得自艙門中出來，將門簾一摔，恨恨向張偉瞄上一眼，道：「想不到這位相公不喜詩詞，卻愛如是這樣的小姑娘，如是幸何如之？」

張偉聞言笑道：「這倒是妳這貪財的媽媽誤會，我只是勸她不要打妳，何曾說過要妳了？」

那老鴇聞言怒道：「這位大爺，沒的拿咱們尋開心！你既然不是看中了愛柳，卻只顧勸我怎地？」說罷一揚手，在那小女孩臉上狠打一下，不顧那女孩掩面而哭，只向張偉得意道：「如何？我便是打了她，大爺您又如何呢？若是不拿銀子，只怕也只能由得我了。」

張偉大怒，本待令張瑞帶人教訓那老鴇一頓，卻又想到是身在這南京城內，城內關防甚嚴，適才便有一隊兵士巡邏而過，鬧將起來驚官動府的，若是暴露了身分，卻是大大的不妙。

當下忍氣吞聲，向那老鴇道：「這小孩兒值多少，我給她贖身！」

那老鴇漫天要價道：「一千兩銀子，少一文也不成。」

卻不料張偉將嘴一努，立時有一隨從掏出幾錠黃金來，向那船上一扔，那老鴇見了一驚，立時叫船人龜奴來驗看了，卻是十足十的赤金，便將金子緊緊摟在懷裏，向張偉笑道：「成了，大爺，這小蹄子就是您的人了。」

說罷將那小女孩兒一推，笑道：「妳算是脫離這無邊苦海，過那好日子去啦。」又勉強擠下幾滴眼淚，道：「只盼妳不要記恨媽媽管教，將來能念著媽媽的好。」

見那女孩滿臉怒容，理也不理，老鴇無趣，便令龜奴將那女孩的隨身物品打成一個小包，往岸邊一扔，又將女孩向岸上一推，自顧進船內抱著金子偷樂。

張偉見那女孩抱著小包又驚又懼，便向她笑道：「妳可有家人？我贖妳卻沒有惡意，妳若有家人，我便差人送妳回去。」

那女孩搖頭道：「小女子沒有家人，縱是有，將我賣到這勾欄之地，亦是沒有了。」又道：「相公既然給我贖了身，從此我便是相公的人，聽相公的使喚便是了。」

張偉聽了此話，只是微微一笑，心裏打定主意，將這女孩送回台北，找一戶人家寄養。

他一時衝動，出手便是上千兩的銀子，買回這小姑娘卻還得費工夫安置，又見張瑞和一眾飛騎正自擠眉弄眼，心裏懊惱，只得回頭斥道：「笑甚麼笑！待明日派個人將她送到福建，令台灣派船接過去，再尋一戶老成穩重人家，給些銀子，令人好生看待她。」

說罷也不在意，領著一夥人慢慢踱步往回。半路上又遇著幾艘花船，張偉卻相中了一艘船上的女子，見她容妝淡抹，嬌豔不妖，一時問按捺不住，便令周全斌帶著那小女孩先回，令張瑞等人在外守著他在這花船上過夜，他卻竄上花船，一夜裏胡天胡地，享受一番。

第二天一早起來，見張瑞等人擠眉弄眼，張偉老臉微紅，他來自現代，有些道德觀的東西早深入其心，在台北平日裏忙得要死也就罷了。現下遊歷這六朝金粉之地，一時按捺不住發洩一番，卻只是在心裏不好意思。

當下洗漱一番，領著張瑞等人匆匆往客棧而回，到得客棧門前，卻見周全斌領著看守行李的數人正於門口等候，那小女孩亦站在門口處張望，張偉冷不防見了這許多人在外，心裏一慌，因向周全

斌問道：「全斌，因何都站在外面？」

「爺，您昨兒說這南京無趣，不如早些北上辦正事要緊，怎地忘了？」

張偉「喔」了一聲，這才想起。他原本抱著好好遊歷一番的心思，卻不料後來才知，這古時的南京城內，除了破敗不堪的民居，便是豪門貴戚的大宅，哪能容他近身？若說那南京宮城，又哪裡是平常百姓能進得去的？那夫子廟，秦淮河，一晚上逛得張偉興致索然，於是昨日便吩咐周全斌準備好行李，一早便動身渡江，由山東入直隸，向北京進發。

見各人神情似笑非笑，那小女孩亦眼波流轉，臉上浮現笑容，張偉大慚，心道：「怪道人說色不迷人人自迷呢……才一晚上頭腦便不清楚了。」乾咳兩聲，便令各人收拾了行李。

一行人到得下關碼頭，便要渡船過江，張偉向一幹練飛騎令道：「你將這小姑娘送到福建，然後坐船到北京泉州會館尋我們。」

那飛騎領命，便要帶那小女孩兒離去，卻見她向張偉身邊行得數步，蹲身一福，道：「小女子柳如是多謝恩公搭救……」

「咦？妳不是叫愛柳麼？」

「那是乾娘給我起的花名，去年我因讀到『我見青山多嫵媚，料青山見我應如是』的詩句，便自取了名叫『如是』，那乾娘一時沒有改口，故而還叫我愛柳。」

張偉在腦中想了半天，方記起秦淮八豔之首的柳如是，正是在崇禎十三年，年約二十五六時嫁了錢謙益，算來此時她已有十二三歲，不想竟然教自己偶遇，當真是飛來豔福……

他正待仰天長笑，卻一眼又見眼前的這柳如是，她現下尚是稚齡少女，雖是膚白似雪，紅唇烏髮，卻是身量不高，瘦弱嬌小，現下嬌怯怯站在張偉身前，只堪堪高過張偉腰部，見張偉眼中暴起寒光，目視自己，那柳如是卻也不懼，一雙烏溜溜的大眼睛只目不轉睛的反看著張偉，不知道這位一擲千金的公子哥兒又犯了什麼毛病。

張偉心中暗嘆：「果然不愧是八豔之首的柳如是，河東君。小小年紀這膽量和見識便是不凡。」

這柳如是十五歲便失身接客，後來成名後又曾與抗清義士陳子龍相識相愛，與之分手後，又嫁給大自己三十多歲的錢謙益，待清軍入江後，她又力勸錢謙益自殺。錢得罪清朝高官，也是她寫狀詞訴冤，請以身代。又不懼世俗禮法，因錢謙益降清而致失望的她與人通姦，那錢謙益倒也有趣，聽說自己兒子告了柳如是通姦，氣得與兒子相約死前不相見，且又沉痛向人言道：「亡國之人，何談禮義？士大夫尚不能以身殉國，何枉求一女子乎？」

張偉向來最欣賞這位奇女子，覺得她比那八豔中汲汲於自身愛情追求的所謂才女強上許多。他原本沒有指望在此時能遇到這位一向心儀的女子，卻不料無巧不巧的爲她贖了身，只是此時這柳如是尚是稚齡少女，古時女子固然是早早兒便能結婚生子，這十二三歲年紀也未免太小了些，縱使他人能容，張偉也過不了自己的一關。當下心裏甚是爲難，團團轉上幾圈，便又令那飛騎道：

「這小妹妹甚是知禮，我很喜歡。交與尋常人家，我不放心。便送到何府，交給何夫人細心照料，待我回台北，再做打算。」

那飛騎自是沒有話說，只有那柳如是年紀雖小，卻看出張偉與適才不同，只是蹲身又福了一福，便隨那飛騎去了。

張偉見她離開，心頭鬱悶一陣，卻怎樣也無法將眼前這個尚未發育的小女孩與歷史記載上的那個美豔多才的柳如是連接起來，嘆一口氣，向周全斌吩咐道：「上船吧。」

一行人上了渡船，將馬匹繫在船尾，貨物放下，那船家吩咐各人坐穩了，便將纜繩一解，用竹篙一撐，那渡船便向前一滑，向那江心行去。

張偉坐慣了海船商船，卻是頭一回乘坐這種渡江小船，眼見船頭隨著江中波浪一沉一浮，不時有江水漫過船頭，彷彿一個大浪過來，這艘小船便隨之沉沒。再看那船家，卻是不慌不亂，因江面無風，便隨同幾個船夥計一同在那船身兩側划槳，見張偉目視於他，便向張偉笑道：「客倌是頭一回坐這渡船吧？」

張偉笑答道：「正是。」

「客倌莫慌，這船隻是隨著浪頭起伏，順著它的脾氣走，不會有事的。」

張偉向船家點頭微笑，自又走到船頭，那江風拍打他衣服下襬，打得啪啪作響，有時浪頭稍大，便從他腳底掠過。這長江正值漲潮時間，四顧看過一片蒼茫，此時尚沒有什麼工業污染，青碧色的江水奔騰嘯湧，人在這小小帆船上，直如滄海中的一葉孤舟，任憑這天地之威肆虐。

十八年後，正是在這浩瀚長江之上，鄭鴻奎、鄭彩率鄭氏水師數萬人佈防江上，聽聞得江北四鎮兵潰，立時便出海而逃，長江天塹立時便被清兵突破，由鎮江上岸，南京城內文武大員並十二萬大軍開城投降，想來當真是可氣，可嘆。

待船行過江，張偉一行便上岸向北而行，經江陰、淮安、徐州入山東，直行了半月有餘，方到了北京城外。

入京後，便命人找了茶行將所帶茶葉處理掉，張偉卻與周全斌張瑞二人四處閒逛，他雖是在台灣稱王稱霸，於這京城內卻是一人不識，因是偷偷前來，也不敢拿著拜帖上前去請見，故而這京城內的高官大老是一個也沒有見到。倒是跑到福建人所設的幾個泉漳廈等同鄉會中，很是結納了一些在京師的福建人，又借著同鄉會的名義，交結宴請了一些六七品的福建小官，什麼中書主事之類。

這些官兒手只管伸得老長，卻是什麼內幕消息也透露不出，原本便是些佐雜小官，貪圖吃請方能讓張偉這白身之人請動，若是什麼翰林、給事中之類的清要官員，就算是品秩不高，也不是張偉這樣的商人可以結交的。在京中混了數日，只是知道崇禎已派了袁崇煥赴遼，平台召見後，皇帝賜袁尙方劍、御製詩，許袁便宜行事，袁崇煥則許帝五年復遼。張偉聽說此事，心中明白這位袁督師命不久矣，只是如何干預此事，他卻是還沒有想好。

袁崇煥是位難得的人才，張偉心慕久矣，只是他明白這樣的高位大臣卻不是自己能夠掌控的，

即便是崇禎皇帝要殺他，只怕也很難令其歸順。越是想到袁的忠義，張偉就很難對歷史上評價不一的崇禎皇帝有什麼好感。此人剛愎自用，刻薄好殺，對百姓不肯撫慰，對官員也甚是寡恩。臨死時還說什麼：「朕非亡國之君，臣乃亡國之臣。」又曾說：「文臣皆可殺。」此人到臨死都不知道正是自己親手斷送了大明江山。

袁崇煥在崇禎二年聽聞京師被圍，千里勤王快速而回，在北京城外領關寧鐵騎與清兵大戰，直到將清兵攆走。卻不料戰事一息，便被崇禎皇帝逮至詔獄，不經審訊便將袁崇煥凌遲處死。至此，明朝在遼東最後一位將才被自己的皇帝親手殺死，到了明朝要亡國之際，崇禎下手詔封吳三桂爲平西伯，令其領關寧鐵騎入衛京師，吳三桂故意拖延時日，待聽說京師陷落，崇禎上吊而死，方又領兵退回山海關。兩相比較，袁崇煥的遭遇便更令人扼腕長嘆。

張偉在北京盤桓了十數日，便又隨意購買了一些關外需用的物品，只說去寧遠販賣些關外特產，辭別了這些時日來打得火熱的福建商人，一行人出了西直門，便向山海關而行。

待出了直隸，離那山海關近時，那一路上休說是風光景致，便是行人客商也沒有幾個，這關外情勢一向吃緊，若不是任了袁崇煥爲督師，阻了那清兵靠近，依天啓年間的朝議，關外之地盡棄，只是依關而守，只怕這長城重鎮，早便是草木皆兵，一日數驚了。

這山海關因是戰略要地，修建得雄偉異常，箭樓附近還放置了內城城頭少有的紅衣大炮，入關之時關防甚嚴，將張偉等人花錢買的路引查驗了數次，又奉送了數兩白銀，那守城門的百戶方才揮手放行。

遼東之地苦寒，漢人居民原就不多，努爾哈赤打下瀋陽後，居住在附近的漢民不堪忍受女真人的奴役，紛紛逃亡到這山海關至寧遠錦州一地，居民人數倒比原本稠密許多，饒是如此，待張偉等人進入寧遠這座歷史上有名的邊城之後，還是覺得大街上稀稀落落，雖是大晌午的，卻少見人影。

因自出南京後便是陸行，雖說各人都是騎馬乘車的，到底一直走路，餐風露宿辛勞不堪，待行到這關外邊城，自張偉以下，各人神色皆是疲憊不堪，張偉便向張瑞笑道：「咱們也別尋飯館吃飯了，趕緊著尋家客棧歇息了。」

張瑞答道：「我也是累得很，想來客棧大半都有飯食，咱們這便去尋客棧去。」

其餘人等自然也是無話，便在這寧遠大路上尋將起來。

張偉在車中坐得腳麻，便跳將下來，換了馬騎，左顧右盼之際，心裏卻是不安，向周全斌道：「全斌，這寧遠城便是沒有什麼百姓，到底也是遼東大城，怎地大白天的一個人影不見，這當真是怪異。」

「不會呀，在城外沒有什麼異常舉措，若是女真要來攻城，咱們還能進得來？」

周全斌聞言也是四顧而看，半晌方答道：「難道咱們運氣甚好，正巧遇上了女真人要攻城？」

兩人正在納悶，張瑞卻已尋得一家客棧，看那客棧門頭不小，遠遠的便有幌子迎風招展，上書四個大字：悅來客棧。

只是說來也奇，客棧原本是要打開門做生意，像張偉這樣的大股客商，平常時日早該有夥計上前招呼，只是那客棧大門緊閉，張瑞管自敲了半天的門，卻是沒有半點兒反應。

張瑞見張偉騎馬而來，便回頭苦笑道：「這事兒還當真是怪了！」

周全斌沉聲向那客棧門內說道：「裏面的人聽了，我們是住店的客商，不是歹人，出門在外，請老闆行個方便。」

說罷，便令身後飛騎一同上前擂門，各人衝上去將那客棧的大門擂得價響，不消一會兒工夫，便聽到那門吱呀一聲，有一中年男子打開大門，氣道：「哪有你們這樣的！小店今兒休息，不做生意！」

說罷便要關門，張瑞急忙上前一步，用腳將那大門抵住，陪笑道：「老闆，咱們千里迢迢從關內過來，實在是累得受不住了，請老闆你行個方便，如何？」

說罷將一錠銀子遞將過去，那男子將銀子拿在手中，捏上一捏，便在那臉上擠出笑容道：「也罷，與人方便，自己方便。各位快請進來，耽擱不得！」

就手將門拉開，催促道：「幾位，快快，若是遲了只怕性命不保。」又向那店內喊道：「小五，柱子，快點過來幫手！」

張偉幾人見那老闆催得緊急，急忙趕著馬匹、騾車魚貫而入，一入店門，便有那夥計將馬匹接去，自牽到後院餵食草料，那老闆見眾人進來，急急忙忙關了店門，又砰砰將店門反鎖，抵上石條。

待張偉等人收拾停當，那老闆已是一頭的暴汗。

張偉見店堂內無人，便自撿了一張乾淨桌子坐了，又吩咐那店內夥計上茶，上毛巾，舒舒服服的喝著熱茶，不自禁長伸一個懶腰。因見那老闆忙得腳底生煙，便笑道：

「老闆，何故如此驚慌？莫非那女真人要來攻城？便是如此，城內有袁督師在，城頭有紅衣大炮，那蠻子是攻不進來的。」

張瑞在張偉坐定，正用熱毛巾擦臉，只覺得渾身舒泰，見張偉問那老闆，便也笑道：「怪道說這遼東是兵凶戰危之地，城外也沒有見女真人的影子，這城內便亂成這樣，若是女真人到了城下，那還了得！」

那老闆聽他們說，卻只是不理會，又指揮著夥計們多加了幾塊石條，方才轉身抹汗，他一說話，卻只是沒好氣道：「兩位也太小看咱們寧遠的百姓，甭說現在沒有女真人來攻城，便是來了，咱們這些男子也早就至城牆處協助大軍守城了。」

「那怎地街面上不見行人，老闆你又大門緊鎖，還堆上石條？」

那老闆嘆一口氣，自在張偉一邊的桌上坐了，啜一口茶，方答道：「此事說來話長……」

張瑞見他慢條斯理，擺出長篇大論的架勢，急道：「這位大哥，咱有話快些說成不？」

「快些說也成，很簡單，城內兵變！」

張偉幾人正是帶兵之人，一聽說「兵變」二字，自是比常人敏感得多，周全斌雙手一撐，立時

站起，厲聲問道：「是城內兵馬要與那女真人裏應外合？」又問道：「有多少人馬叛變，城內袁督師可是在彈壓？」

張偉疑道：「老闆莫非是在說笑，我們進城來，那守城兵丁一切如常，這城內也沒有廝殺聲，如何便是兵變了？」

「我適才說了說來話長，偏那位大爺讓我快說……」見張偉等人神色不愉，那張瑞大有衝上來教訓他的模樣，便又急道：「此次兵變，倒不是和那女真有關。實在是因爲這城內軍士三個月沒有關餉，軍士們自然是急了，雖說袁督師素有人望，可軍士們家裏有老有小，都等著關餉買米下鍋，這麼些日子不發餉，誰不著急？前日便有數十軍士到袁督府前要餉，袁督師只說早就奏報了聖上，這何時關餉卻是隻字不提。城內軍士都急紅了眼，昨兒又有人去鬧餉，袁督師便盡數捕了，撿了爲首鬧得兇的斬了五人，又急報了北京，到底如何處置卻還沒有下文。現下這城內軍心不穩，咱們都怕大兵們急怒之下盡數反了，我們這些老百姓可不是最倒楣的麼！誰還敢沒事上街閒晃，家家都是閉門落鎖，只盼著朝廷早點兒發餉，不然的話，這日子就沒法兒過了。」

張偉三人聽那老闆說完，一時間只是面面相覷，這台灣兵士每月五兩的餉銀從未曾拖欠過，是以「欠餉」這種事情，在台灣的帶兵將領心裏竟然是全無概念。張偉卻是心知肚明，曉得明末時，朝廷根本不管軍隊餉銀，故而帶兵將領只得縱容士兵四處劫掠，到了南明弘光朝時，朝廷居然讓江北四鎮劃地自徵糧餉，使得原本聽從調遣的四鎮成爲不折不扣的軍閥，欠餉，在明朝已算不得什麼新聞了。

周全斌疑道：「朝廷在天啓年間便加了幾百萬兩銀子的『遼餉』，怎地還會拖欠軍餉？」

張偉笑道：「說是爲了遼東戰事徵餉，其實朝廷用度不足，哪能把加派的銀子都用在遼東，便是每年藩王的俸祿就得拿去朝廷一半的稅賦，這還是打了折的。再加上宮中用度，官員貪墨，能用在遼東的，十之其一罷了。」

那老闆亦嘆道：「這位爺的話可是說到重點上了。若不是這樣，每年真把幾百萬兩銀子交給袁督師練兵鑄炮，甭說現在守住寧錦，便是打回瀋陽和赫圖阿拉，又能怎地？」說罷搖頭，道：「沒用了，國家爛到根子裡了！」

張偉聽他如此說，便也不再搭話，只令那老闆叫人準備好了房間，便與各人自回房歇息，自他而下隨行各人都疲累不堪，也沒人叫飯，自這晌午一覺好睡，一直到傍晚時分，方見各人打著呵欠次第出門。

張偉叫人送上熱水，細細梳洗了，才覺得數日奔波的疲勞一掃而光，精神一振，腹中卻雷鳴般鼓噪起來。便向張瑞笑道：「快，吩咐夥計做飯，吃完了咱們出去。」

張瑞聽他說要出門，一愣，只是他一向聽令慣了，也不多問，自去令人整治了一桌關外特色酒席，什麼孢子肉，野參燉雞，老燒刀子，一股腦兒端將上來，一時間，那酒菜香氣飄滿整個店堂，張偉等人都餓極了，見了美食哪還客氣，乒乒乓乓筷如雨下，立時便將滿桌酒菜吃個精光。

待各人吃飽，張偉撫肚笑道：「各人歇息片刻，隨我出門！」

張瑞抹嘴道：「爺說上哪兒，咱們跟去便是了。」

周全斌笑道：「這會兒出去怕是不妥吧？萬一突然兵亂了起來，那可是太過危險。咱們最好在這店裏等局勢稍好一些，再做打算。」

張瑞斜看他一眼，道：「周大哥，你害怕不成？」

周全斌漲紅了臉，怒道：「我怕什麼？你這小子不知好歹，要是爺出了什麼差池，你當你擔待得起麼！」

張瑞吃他一訓，低頭道：「我卻是沒有想到此節，是我的不是，對不住了。」

張偉見周全斌著急，方笑道：「全斌，你不須著急。一會兒我是去拜會袁督師大人，他那府中必定是防備森嚴，哪裡有什麼危險。」

「那半路上遇到亂兵怎辦？」

「哪有這般巧的！一會兒天黑出門，專挑僻靜的小道走，此處離那督師府不遠，縱是遇到小股亂兵，我帶這十幾名高手是用來耍的？」

周全斌這才無話，待天黑掌燈時分，張偉命店家開門，那店家卻不管張偉等人好說歹說，硬是不肯，後來無法，只得從後院攀牆而出。

依著那店家指點，幾人自寧遠城內的小巷穿梭而過，約莫走了半個時辰，方才轉到一條大道之上，看著不遠處高掛的「袁」字氣死風燈，張偉笑道：「這可不是到了。」

待到了督師府前，見門前有巡邏兵丁來回巡守，張偉略整一下衣衫，見那府前已有巡官前來查看，便向張瑞道：「拿我的名刺給那軍官，就說閩省富商求見督師大人。」

說罷便領人遠遠站住，讓那張瑞拿著名刺上前與軍官交涉，眼見張瑞將名刺交與那軍官，又見那官兒拿著名刺進去，只不過盞茶工夫，便見那軍官出來，站在府前台階上揚著臉將名刺交與張瑞。

張偉見張瑞一溜小跑回來，便問道：「如何？」

張瑞漲紅了臉，道：「那軍官說了，袁督師拿了名刺便即刻擲還，還訓斥他不知輕重，這會兒商人拜見是什麼大事，還值得拿名刺進去。」

張偉笑道：「袁督師是廣東蠻子脾氣，我知道他此時心煩，定然不見的。你去和那軍官說，我有辦法幫督師大人解決現下城內軍嘩，問他見是不見。」

張瑞又是折身返回，向那軍官低語說了，那軍官初時搖頭，張瑞卻又向他袖中塞了一錠銀子，方見那軍官又返身入內。

此次他回得更快，低頭向張瑞說上一句，便見張瑞連同那軍官一起向這邊招手，張偉向周全斌笑道：「你隨我一起入內，見識一下這位海內名將。」

說罷又將身上衣衫略整，便向那督師府內昂然直入。

入得正門後，自有府內小校接引，卻是沒有將他們引入正堂，而是自迴廊繞路而行，直走到一處廂房前，方向張偉等冷冷說道：「身上若是有刀劍等物，還是早些拿出來的好。」

張偉哂然一笑，便讓那小校上來搜身，那小校倒也不客氣，將張偉、周全斌二人身上搜捏個遍，方向房內道：「大人，那客商帶來了。」

只聽得裏面有一男子沉聲道：「讓他進來。」說完，便聽到那廂房門吱呀一聲，內裏有一少年將門推開，打量一下張偉，便道：「請進罷。」

張偉一笑，道：「我這家人可也得隨我一同進去。」

那少年不耐道：「成，進來就是。」說完又將門拉開一些，張偉便與周全斌一同拾階而上。入得廂房外間，卻見房內也就一張長几，還有些坐椅之類，那少年道：「兩位請稍坐，我家大人這便出來。」

張偉便知此房必是袁崇煥的書房，便與周全斌挑了主人座位對面的座位坐了。

那少年見兩人坐下，不言不語泡了兩杯茶送上，兩人剛捧茶要喝，卻聽得裏面傳來一陣聲響，又聽得有腳步聲傳來，兩人連忙將茶杯放下，見那少年上前去將裏間房簾一挑，只見一黑臉中年男子慢步踱了出來，見張周二人站在原地，便按手道：

「坐，你們且坐，在這家裏不需拘什麼禮，坐下罷。」

第十二章　遼東之行

「軍人鬧事，不過是怕家人老幼挨餓罷了，只要大人湊一筆銀子出來，給諸軍下撥糧食，讓軍士們先拿回去贍養家人，那麼餉銀自然是可以拖上一拖的。更何況大人一向更重視軍屯，將來只怕軍糧自給自足，都是有的。現下小小風波，又有何懼呢？」

說完自己便先坐下，張周二人也便坐下。

張偉與他坐了對面，便去眼細細打量，只見這袁崇煥雖是坐著，卻仍是看出身量不高，再看那五官，亦正是南國廣東人的模樣，鼻子不高，兩眼較小，只是五官搭配的還算協調，倒也不甚難看。他又是科舉讀書人出身，一舉一動透著鬱鬱文氣，反是看不出眼前這貌不驚人的文人便是打敗努爾哈赤的英雄。

那袁崇煥見張周二人緊盯著他並不說話，將眉一挑，道：「兩位適才命下人稟報，說是對城內

軍嘩有所條陳，不知道有何高見有以教我？」

張偉見他這番模樣，果是有些傳說中的剛強果斷，見他發問，卻是不敢怠慢，這袁崇煥連毛文龍這樣的統兵大將也是說殺就殺，自己一個小小商人，若不是自稱對兵變有解決之法，哪有機會見到這位高權重的督師大人？若是還敢拖延，只怕督師脾氣一來，立命人將自己拖去斬了，也未可知。

當下便拱手正容道：「督師大人，解決兵變，首要之事便在這發餉上，只要發了餉則兵變必將消弭於無形……」

袁崇煥不悅道：「我豈能不知這兵變只要發餉便可敉平，先生若是只此等見識，倒不如不要說的好。」

張偉見他微怒，便又笑道：「督師大人莫急，在下敢請問，督師大人可有上書朝廷，請盡速發餉？」

「我怎能不上書！」

「喔？朝廷可是說現在沒錢，可有告之大人，何時關餉？」

袁崇煥一時語塞，不知如何作答是好。他十幾天前便上書崇禎，請求盡速發餉。誰料皇帝在這一點上和他的祖父一個德性，一聽說關遼之地一下子便要幾十萬的餉銀，當真是善財難捨。他此時倒還沒有加派，只是他祖父神宗當年因遼事加派了近五百萬兩白銀的「遼餉」，那皮島毛文龍號稱有二十萬大軍，去年伸手向他要兩百萬的餉銀，後來方知那毛文龍屬下可戰之兵不過三萬餘人，崇禎心裏極怒，卻又不敢向邊將發作，待袁崇煥要餉，他便千方百計拖延。袁崇煥十日前接到硃批，道是國庫如洗，朝廷用度困難，餉銀雖是一定給，但是要袁自己也想想辦法云云。

袁崇煥早已在關遼錦之地尋富商籌餉，只是這十幾萬大軍的用度又豈是邊地商人能湊齊的？無奈之下，便又請旨，暗示皇帝用內帑發軍餉。

崇禎帝若是肯拿，別說是幾百萬，便是幾千萬銀亦是可得，李自成攻陷北京之日，皇宮內起出白銀兩千四百萬兩，明朝內廷之富至此。可惜此疏上去，卻是杳無音信，原來是大學士周廷儒對崇禎帝言道：

「當年那張巡爲唐皇守睢陽，城中軍民先是食糧，後來吃土食草，捕鼠捉雀，到後來殺馬吃人，也是堅守不降，怎地咱們大明的官員和軍人，就不能學學張巡呢？」

他這番話正對了皇帝心思，於是隔了數日，袁崇煥接到御筆硃批，卻是令他帶著軍士克服困難，若是餓了，便讓士兵去抓老鼠，捕田雞。

袁崇煥接到此旨，一時間當真是哭笑不得，他和士兵正是爲了皇帝守江山，不料皇帝一毛不拔，卻讓爲他賣命的人自己想辦法，他是忠臣，自然不能痛罵皇帝，只得在暗中將周廷儒的祖宗問候了個遍。無奈之下，只得宣示皇帝的旨意，命屬下士兵忍耐。

那遼東的士兵原是悍勇之極，一聽得旨意如此，各人想起自家等著吃喝的家人，哪還能忍耐得住？於是那些士兵三五成群，成日在營中尋將官鼓噪，將軍們又有什麼辦法？此時又不是明末大亂，

將軍可以在內戰中撈錢的時候，各將軍雖不至吃不上飯，拿錢出來倒貼朝廷的事，卻也是承受不起。

於是事情越鬧越大，前日終於先是有數十軍士自發到袁崇煥府門前鬧餉，袁崇煥先是好言勸說，後來見不是事，終於將鬧得最兇的幾名軍士立斬於督師府門前，那血淋淋的人頭便懸掛在門前旗杆之上。

原本以袁崇煥的威望不至於此，但欠餉到了此時，便是岳飛亦難帶兵，到得昨日傍晚，又有數百軍士鬧營，此番不但是軍士鬧騰，便是那下級軍官亦有參與。袁崇煥極是頭痛，生恐軍嘩演變成兵變，可是他亦無良法，只得將那些鬧事的小軍官盡皆捕了，又撿幾個軍士殺了，是以此時的袁大督師，已然坐在了火山口上。

此時張偉問他，他一時竟然不知如何作答才好，半晌方皺眉道：「國家機密之事，你等庶民不得與聞。」

張偉見他強辭奪理，卻也不敢與他爭論，只得道：「不管如何，朝廷不理會這邊的事，總是有的。」

見袁崇煥不悅，便笑道：「依草民看來，現下這寧遠城內雖然情形不穩，但大人總是能彈壓下去。」

「喔，如何見得？」

「軍人鬧事，不過是怕家人老幼挨餓罷了，只要大人湊一筆銀子出來，給諸軍下撥糧食，讓軍士們先拿回去贍養家人，那麼餉銀自然是可以拖上一拖的。更何況大人一向更重視軍屯，將來只怕軍糧自給自足，都是有的。現下小小風波，又有何懼呢？」

「你所說的倒是有理。只是我這裏現在庫存如水洗，哪還有銀子去買糧，先生好意提點，可惜我巧婦難爲無米之炊。」

張偉微微一笑，道：「草民若是沒有辦法，又豈敢求見督師大人！」

袁崇煥急道：「你有什麼辦法？」說罷將身站起，向張偉一揖，沉聲道：「我身受皇恩，自然將身家性命盡皆拋之腦後，這關外軍士卻是要養家糊口，若是先生能爲我獻一良策，於國於民，善莫大焉！」

「草民豈敢！所謂辦法，不過是由草民捐資給大人，購買糧草罷了。只是草民身邊帶的不多，或許能解大人燃眉之急，日後所需，還得大人自己設法。」

袁崇煥聽張偉要獨自捐資以助軍餉，心裏一驚，道：「先生是哪裡來的鉅賈，怎地出手如此豪闊？」

「在下是自閩南來，一向在海上貿易，些許幾萬銀子，也還不放在眼裏。在下素來仰慕督師以一己之力擊破後金努爾哈赤的大才，又素知督師大人對大明的忠忱之心，對這遼東百姓的愛護周全，草民當真是佩服之至！此番湊巧來到寧遠，卻是有幸能助督師大人一臂之力，實乃草民的造化！」

說罷便向張瑞令道：「你現下就帶著督師府的兵士，前往咱們歇腳的客棧，搬運一千五百兩黃金過

來。」

他這番話說得雖是有些肉麻，卻當真是張偉的心裏話，對這位抗清英雄，張偉是打心底的佩服，故而那袁崇煥雖是聽多了此類奉承，卻也聽出張偉語出至誠，真摯之極，又見他當即便令人前去搬運黃金，這一千五百兩黃金兌換成白銀，足以購買數十萬擔糧食，當真是救了他的大急，當下心裏極是感動，步到張偉身邊，將張偉的雙手一拉，道：

「張先生高義，崇煥無以爲報！一會兒便上書朝廷，褒獎封賞先生！」

張偉聽他要爲自己討褒獎封賞，急忙向袁崇煥兜頭一揖，拜了三拜，口中連聲道：「下官有罪，請督師大人恕罪！」

袁崇煥見他突然下拜，又是連稱「下官」，一時間被他弄得納悶之極，忙問道：「先生這是何意？有甚不便只管向我道來，只要我能幫得上忙，定然不會推脫！」

「督師大人恕罪！下官實是新授大明建武將軍、台北衛都指揮使，因近來衛所無事，海氛清肅，張偉閒來無事，因一向做著海上貿易的生意，便尋思微服來這遼東，看看能不能從此地販賣些皮貨、人參等土產，再者，也是想領略一下關外風光。張偉是南人，對北國風光卻是仰慕得很。如此白身出遊，置衛所於不顧，又不曾得到朝廷允准，張偉有罪，請督師大人責罰。」

他這番話一出，袁崇煥便知何以眼前這位貌不驚人的青年出手如此豪闊，想那張偉盤據全台，手下幾萬軍隊都不向朝廷請餉，自身大包大攬養了起來，區區千多兩黃金，卻又值得什麼？只是他白身出遊，棄台灣於不顧，到底是商人重利，不顧首尾。只是他敬佩自己，又肯出錢解危，不管如何卻是要多謝於他。

當下向張偉笑道：「將軍亦是一地之主，怎地如此兒戲，白身出遊？可知遼東是兵凶戰危之地，若是有了意外，做生意能賺多少，到底也不能和性命相比啊！」

張偉聽他言語中有輕視之意，心知明朝文人輕視武夫、商人，自己這兩個身分占全，又曾是海盜，這督師大人如何能看得起？若不是剛剛拿了自己銀子，只怕便要端茶送客，沒準具表向朝廷彈劾，也是有的。

便向袁崇煥笑道：「下官身為台北衛所指揮使，身受皇上厚愛和百姓擁戴，靜夜長思，惟念我大明國泰民安，四夷賓服，卻是這建州土蠻不服王化，在這關外攻城掠地，屠殺我大明軍民，下官也是漢人，怎能容得這蠻子胡來？」

袁崇煥聽他越說越慷慨激昂，初時只覺無甚趣味，這般唱高調的人他見得多了，那朝中文官，手不能提四兩，嘴巴卻是經常橫掃千軍，常有新進的言官上書皇帝，言曰提一萬兵，橫掃關外，故而他對這些言辭，早就看得淡了。只是張偉卻與那些文官不同，他隻身創下偌大基業，又曾提兵打敗荷人，袁崇煥在這遼東之地也曾聽起他的事蹟，他原本是廣東人，自然知道海上生涯不易，像張偉這樣成功的海匪大盜，必然有其過人之處，現下聽張偉如此說話，想來此人不是空談誤事的人，便捋鬚微笑，靜待張偉下文。

只聽那張偉又道：「督師大人是帶兵的人，自然知道帶兵打仗可不是什麼容易的事。大人以弱旅疲兵抗建州女真十餘萬強兵悍卒，朝廷卻時時掣肘，處處爲難。倒不是皇上闇弱，實在是朝中文官不知這邊事的厲害，嘴唇一碰，好像便抵得過百萬大軍。」

見袁崇煥點頭微笑，張偉心裏暗笑，卻又道：「下官不才，手下卻也有過萬精兵，還有艦隊、炮廠，故而下官此次過來遼東，一則是尋思賺錢的事，二則也是想拜見督師大人，願與督師大人相約，將來若是大人北上攻敵，下官必定提兵自海上來援，若是敵人來攻，大人竟力不能支，下官也必當調兵來救，決計不會讓那蠻子得手！」

見袁崇煥只是微笑，卻不置可否，知道自己此番言辭尚不足以打動此人，便又慨然道：「督師大人，此番親眼見得大人，實在是下官之幸，下官這便修書一封，令台北炮廠將前陣子鑄的五千斤紅衣大炮，給大人送十門過來！」

「哦?將軍的炮廠，竟然能鑄出這麼許多紅衣大炮來?」

也怪不得袁崇煥動容，他這寧遠城當年不過十三門紅衣大炮便可轟得努爾哈赤望風而逃，前些年他用「堅城大炮」的方略，與那孫承宗同守遼東，向朝廷拚命要錢，方又多鑄了十來門大炮，分別放置在山海關及錦州城頭，於是這數年來方與後金相安無事。況且自孫元化被貶之後，這關外也缺乏鑄炮人才，鑄炮就是有錢，亦是感覺十分困難，現下張偉一出手便是十門紅衣大炮，這可比明軍的那些什麼佛郎機、虎蹲炮管用得多，他卻如何能不又驚又喜?

「下官的炮廠是為打荷蘭人而建，那荷人盡是堅船利炮，下官若是不仿照他們鑄造大炮，如何敵得過？故而下官是當了褲子拚了老命的鑄炮，卻也是鑄的不多，這紅衣大炮，也不過二十餘門。只是我已擊走荷人，台灣再無戰事，留著這些大炮卻也無用，故而除了留下一半守衛台灣門戶，其餘皆命人送到遼東，讓大人使用！」

袁崇煥曾親鑄火炮，自然知道鑄炮不易，張偉的話他自是絲毫不疑，眼前此人雖不是科舉出身，卻是送錢送炮，對自己幫助甚大，一時間，袁崇煥心內又酸又熱，只覺得眼前這年輕將軍當真是難得的知交好友，喉頭哽咽，只道：

「張將軍，如此厚恩大德，我實在是難以為報。將軍有官職在身，自也不需崇煥保舉，無法，請將軍受我一拜！」

說罷將雙手一抱，便向張偉拜將下去。

張偉推讓半天不得，無奈只得受了他這一拜。

袁崇煥喜道：「張將軍，今晚委實開心，現下時辰已晚，咱們弄幾碟小菜，喝上兩杯，今晚就歇息在我的府中，如何？」

張偉原也不想來回奔波，聽他邀請，便笑答道：「督師厚愛相邀，敢不從命？」

兩人相視一笑，袁崇煥便待讓人整治酒席，卻聽得門外突然有人稟報道：「督師大人，府門聚集了上百軍士，看來又是要來鬧事了。」

袁崇煥聞報，沉聲道：「莫慌，調鳥銃守住府門處，聽我的號令，若是有人帶頭生亂，便亂槍齊射，決不能讓人把事情鬧將起來。」

說罷向張偉道：「張將軍稍待，我去去便來。」

張偉見他神色凝重，知道必是前兩日殺人捕人的事引起的兵亂，此次卻與鬧餉不同，想必是那些軍士爲上司和同伴抱不平，卻是不好打發的。

便也站起身來，向袁崇煥道：「督師大人，下官帶的隨身侍衛皆是武藝高強之士，以一可以當十，就讓下官陪著同去，有緩急之處，也可聽候大人的調遣。」

袁崇煥聽他說完，便點頭道：「也好，有勞將軍。」

說罷便急步向督師府大門外行去，邊行邊向身邊的親兵小校打聽門外情形，那府內聽用的親兵也不時來報，不待行到門口，那門外聚集的士兵已有四五百人之多。

待袁崇煥走到門前鳥銃手身前時，門外已站滿了六七百名兵士。他站在門前，耳邊便聽到外面的鼓噪叫罵之聲，他是駐遼大帥，這些兵士一面是敬他，一面也是不敢，於是滿嘴汙言穢語，罵的皆是朝廷，只差沒有罵皇帝的祖宗八代了。

袁崇煥又急又覺得好笑，便向身邊親兵問道：「外面的都是誰的部下，可叫他們主將過來了？」

「回大帥，小人已經打探過了，外面的兵士大半是滿桂將爺的屬下，適才已派人翻牆去請，這會兒也該來了。」

張偉此時帶著周全斌等人也已等在門口，他知張瑞機靈醒目，又是帶著黃金而來，必然會加倍小心，此時這督師府門前亂如集市，張瑞想必已找了背靜地方暫避，是以他十分放心。袁崇煥急如星火，張偉反是慢條斯理的慢慢踱步而來。

正聽到那親兵報說外面亂兵是滿桂手下，張偉知那滿桂是蒙人，對明朝甚是忠心。袁崇煥被崇禎誘殺後，部下士兵一夜散去近兩萬人，祖大壽帶著本部兵馬退回關外，唯有滿桂臨危受命，帶著部下防守北京，與清兵交戰時力戰受傷而死，他雖不是漢人，卻比大多數漢人更加愛國忠君，只是為人好勇鬥狠，作戰時也只知狂衝猛攻，雖是袁崇煥手下一員猛將，袁崇煥素來高看他一眼，他卻有些恃勇而驕，對袁的命令不大放在眼裏，若不是袁崇煥愛他是個人才，只怕在毛文龍之前，這滿桂的腦袋倒會先被砍將下來。

張偉雖是身為將軍，衛指揮使，在這遼東卻是沒有一兵半卒，此時聽得那外面吵鬧不休，透過大門門縫只看到外面黑壓壓的披甲執刀的兵士正振臂大嘩，言語間只叫袁督師出門相見，張偉只是與周全斌相對無言，兩人看了半天，見那袁崇煥一時半會兒也是無法，周全斌便向張偉道：「怎地這袁大帥帶兵如此不堪，盛名之下，其實難符。」

「嘿，你的兵不敢如此麼？」

周全斌怒道：「我的兵敢如此鬧，一個個拿住，盡數殺了！」

「若是除了你身邊親兵之外，再沒有人聽令呢？」

見周全斌默然不語，張偉拍拍他肩，笑道：「全斌，若是咱們的兵欠餉數月，只怕連現在這樣也不如。你聽那門外士兵雖吵鬧不休，卻是無一言辱及督師本人，看樣也沒有拔刀硬衝的打算，這便是袁督師的威望足夠，不然，嘿嘿，你當這些大兵們是什麼善男信女麼！」

袁崇煥鐵青著臉，只在大門內左右徘徊，他知道此時出去，便是憑自己的威望亦是彈壓不住，亂兵之中，稍有一點火星便足以引起大亂，他身邊數百名親兵家丁只團團圍住他，只待那滿桂到來。

約莫鬧了小半個時辰，督師府內外都聽到不遠處傳來沉悶的馬蹄聲，府內各人均是精神一振，道：「滿將爺帶著騎兵過來彈壓了！」門外亂兵自也猜到是滿桂帶兵前來，一時間吵鬧的聲音小將下去。

也只過了盞茶工夫，便聽到有人叫道：「殺了咱們的人，抓了左都司他們，便是滿將爺來了，咱們也只是不散。今兒不發餉，不放人，便把咱們盡數殺了吧！」

那兵士是個大嗓門，聽聲音是又悲又憤，這般嚷將起來，便聽那門外兵士一起叫道：「沒錯，不關餉是餓死，鬧嘩變是砍死，反正也是個死！督師大人，你要是忍心，便把咱們都砍了吧！」

「可惜死在督師大人刀下，到底不是打女真蠻子，若是給咱們發了餉，咱們安頓好了家人，這便去尋女真蠻子，拚死一個是一個！」

「督師大人，我從你來關外便隨著你修築這寧遠城，打退那努爾哈赤，我從未皺過眉頭，今日你若是命滿將爺殺了我們，我要是眨一眨眼，便不是好漢！只求你照顧我家小！」

袁崇煥顯是聽出說話人是誰，他原本氣得臉色鐵青，現下聽了這些隨他多年的老兵說話，心裏不忍，神色便和緩下來，負手而行，原本高抬的頭慢慢低垂下來，又踱了幾圈，聽到那滿桂領兵近了，馬蹄聲四散開來，顯是那滿桂已將門前亂兵團團圍住，嘆一口氣，向身邊親兵頭領說道：「無妨了，開門罷。」

又向人令道：「去後院，將柴房內關押的那幾個軍官押過來。」

他一聲令下，便有親兵將督師府的大門推開，只見門外除了原來的亂兵，大路上又有上千騎兵將這些亂兵團團圍住，火把如林，一時間將這督師府附近照得雪亮。各人見督師府門大開，袁崇煥在親兵簇擁下步出大門，各人都靜下聲來，等著督師大人發話。

袁崇煥也乾脆，他雖是文人，卻有一股狠勁，見眾人等他說話，他便直筒筒說道：「大家都是來鬧餉的，我現下就給答覆，餉沒有！」

見鬧餉的各兵士聽到後又是一臉激憤，眼看著又要鬧將起來，就是滿桂帶過來彈壓的騎兵們也是面露不滿之色，袁崇煥又道：「餉是沒有，朝廷沒錢，讓大家忍忍，大家全是大明子民，朝廷有困難，大家也得體諒不是？這般鬧法，只是親者痛，仇者快！」

他這番話倒是說了好些次，初時尚能讓不滿的兵士聽得進去，現在眼瞅著各家都要餓肚，朝廷官員們錦衣玉食，皇帝藩王們享受無度，卻讓這些大兵和家人們「忍忍」，又怎能服眾？任他訓得口乾舌燥，底下軍士卻都是無動於衷，袁崇煥眼見各人都是死豬不怕開水燙的模樣，嘆一口氣，向張偉一看，見張偉微笑點頭，便又大聲道：

「我適才收到一筆捐助，大概夠買上十幾萬擔糧食，所有的關寧兵士，各家最少先分到一擔，待朝廷撥下銀子，自然發關餉。若還是不服，那麼，軍法也是無情！」

那滿桂原本極是頭疼，這些兵士都是他的手下，若讓他狠心大加殺戮，只怕日後便沒有幾個人願意爲他賣命。故而他人雖是早早到了，只是騎著馬在暗處等候動靜，不論如何，若是士兵犯上，袁崇煥有性命之憂，那他也什麼都顧不得了。

此時聽到袁崇煥說道可以下發糧食，滿桂立時在心中長出一口大氣，見各兵還在猶豫，便馳馬向前吼道：

「都反了麼？督師大人都說了先發糧，一擔糧總該夠吃上一氣，朝廷又不是說就不發餉了，大家還愣著做甚？還不快點回營！」

那些兵士先被袁崇煥許諾打動，又被這滿桂一吼，眾人心中都已懈怠下來，便有那意動的開始挪動腳步，打算回營。

卻又有打頭鬧事的兵士說道：「請問督師大人，昨兒抓了左都司等人，現下既然有糧食下發，咱們必定不鬧了，墾請督師大人將他們放了，如何？」

各兵一聽，便立時頓住腳步，一齊看向袁崇煥，看他如何發作昨日鬧事的軍官。

袁崇煥心裏也極是躊躇不安，這些軍官與普通軍士不同，若是這般放了，於軍心軍紀大有干礙，若是關住不放，或是解押進京，只怕這些兵士又是不依，思忖了半天，方沉吟道：「你們回去，如何處置你們的上司，待我與諸位總兵商議了，再做打算。」

見各兵仍是不動，他卻早已料到，冷笑道：「我知道你們必然不依，來人，將昨日逮來的作亂軍官帶上來！」

他早已命人將一夥作亂軍官押到門前，此時一聲令下，便有眾親兵將五六個五花大綁的軍校推將上來，袁崇煥只認識打頭的左良玉，便向左良玉道：「左千戶，請你勸勸你的屬下，莫要以身試法。」

那左良玉雖只是個小小千戶，年紀亦不到三十，卻是滿臉精幹豪邁之色，聽得督師大人吩咐了，便不顧身上綁著草繩，一步跳到督師府門前台階上，向外面眾屬下喊道：「各人聽了，我們鬧騰左右不過是爲了軍餉，既然督師大人有了辦法，大家便回去。」

見各人仍是不動，又急道：「我料督師大人絕不會爲難我們，爾等若是不行，反會害了我們性命，快些回去！」

他這麼一勸，身後一同被縛的眾軍官便也上前，一起勸屬下士兵回營，各兵原也是基於義氣，長官因爲幫著鬧餉被抓，總不能得了督師發糧的承諾便立刻回營，其實鬧事的心早已鬆懈下來，因見各人的主官苦苦相勸，終於有一士兵開始拔腳回營，有人一帶頭，眾人立時便隨著同走，雖有那猶豫

擔心的，卻也只得隨著人流一同去了。

這人潮來得快，去得卻更猛，不消一會兒工夫，這數百兵士便走得乾淨。袁崇煥長嘆口氣，知道今晚總算是應付過去。他知道若不是因張偉送金而讓他許諾發糧，只怕今晚必然是血染長街，就是引發全城動亂，亦是可能。想到此節，對張偉大是感激，又擔心張瑞取金遇到意外，忙轉身入內，向張偉問道：

「張將軍，貴屬下取金至今未歸，可需派人去接應一下？」

張偉笑道：「不需如此。我料那街角的亂兵走完，我的屬下便會出現。想來他早已回來，只是看到這邊混亂，沒敢露面罷了。」

袁崇煥終究是不大放心，又派了滿桂的一隊騎兵，沿著張偉所說的客棧方向前去迎接，又見滿桂仍是騎在馬上，便向他道：「滿將軍，來來來，我給你介紹一位將軍，此番解決欠餉一事，他居功甚偉。」

那滿桂聞言，向張偉一通打量，半晌方道：「這毛孩子模樣，能居什麼大功了！督師大人，我那營中不穩，我還是早些回去安撫的好，您看如何？」

「也罷，你快些回營去。」

那滿桂在馬上向袁崇煥躬身一禮，便向馬屁股狠抽一鞭，帶著屬下騎兵們風馳電掣般去了。

袁崇煥生怕張偉不悅，忙向他笑道：「這滿桂是個蒙人，粗魯慣了，有時連我也看不在眼裏，張將軍休要怪罪！」

張偉笑道：「下官哪有這般小氣，滿將軍急著回去壓制軍心，也是謹慎從事的美意，督師大人該當褒獎才是。」

袁崇煥嘆一口氣，道：「我自從兵部職方司主事任上到這遼東領兵，這些年來從未遇到這種事情，真是讓將軍笑話了！」

他正在嗟嘆，卻聽那張偉大笑道：「大人請看，這不是我那屬下押著金子過來了？」

袁崇煥一聽，急忙扭頭一看，卻見那街角處有十數人押著一馬走騾向督師府前而來，仔細一看，打頭的不是那張瑞是誰？心中大喜，向張偉道：「此番當真生受將軍了！」

張偉亦是笑嘻嘻還了一禮，待張瑞趕著走騾進了府院，當眾劈開騾背上的麻包，那金光燦燦的赤金條子滾將下來，袁崇煥懸在半空的心也隨之落將下來，隨手撿起一塊金條，向張偉笑道：

「這金銀之物之好，到底還是末節，若是太祖初年定下的軍屯制度完備，養百萬兵不費國家一絲一毫，又何需這些呢，令人可惜可嘆啊！」

第十三章　出使滿清

周全斌等台北來人尚無所謂，論起繁華，這東京城可比台北差得遠了，各人騎在馬上只是對滿街的男人留著辮子的裝扮好奇罷了。有一飛騎咧嘴笑道：「媽的，這女真韃子可怪，好好的大男人剃掉額頭的頭髮，硬是做出個女人的辮子，這可要多怪有多怪，要多醜有多醜。」

他原是隨意發的感慨，卻不料張偉正容答道：「督師此話下官不敢苟同。自漢唐以降直至本朝，土地兼併就沒有停止過，官員侵占奴役軍士的事也屢見不鮮，可見不是人的問題，實在是這種制度本身就不可行。」

「哦？將軍的話當真讓人不解，那本朝太祖高皇帝興國之初，軍人屯田一年收穫的糧食可有上千萬擔，自給之餘還能充足國庫，又怎能說這種制度不對呢？現在軍屯敗壞，還是所用非人罷了。」

「不然。屯田之事始於漢朝，爲的是屯墾戍邊，可漢朝軍屯興盛不過數十年，舊屯之地便被放棄，唐朝府兵初始也是極盛，全國六百餘府，平時操練，戰時出征，唐初大戰，盡是依賴府兵之力，至玄宗時，張說奏請廢府兵，因爲調兵符下發，竟然無兵可調，敗壞至此，難道全是所用不得人的緣故嗎？本朝衛所至萬曆年間，有巡撫清軍，竟然有千戶所只餘一人的情形，難道全天下的衛所官員都是十惡不赦的小人貪官？」

見袁崇煥默然不語，張偉又道：「這屯田制度只不過是急切間的非常措施罷了，普天下沒有興旺過五十年的屯田，便是明證。下官不是要與督師大人折辯，實在是不敢贊同大人所說。工商足以富國，富國方能強兵，下官願以此語贈大人。」

見袁崇煥雖是凝神細聽的模樣，卻顯是沒有把自己的話聽在耳裏，張偉在心中嘆一口氣，原指望與袁崇煥聯手，以貿易富遼東，造成袁勢大割據遼東之事，看來是不可行了。

當下便自嘲一笑，道：「下官是商人出身，滿嘴不離銅臭，教大人見笑了，大人這邊諸事平定，下官想向大人討個人情，未知可否？」

「請張將軍講來，只要本官力所能及，無不應允。」

「大人，我想向您討個情兒，把這些軍官放了，如何？」

袁崇煥爲難道：「這些人與普通兵士不同，殺之不忍，放了失之輕率，日後恐不好帶兵……」

「大人不需爲難，這些軍官想來就是免了一死，也是削職爲民。都是百戰勇士，甚是可惜，下官請大人賞個薄面，將這些軍官送給下官，調入下官的台北衛以衛卒贖罪，一來他們還有個出身，二

來也方便大人帶兵，不知大人意下如何？」

他幫了袁崇煥的大忙，又捐助黃金，又送給大炮，這麼一點小小要求，袁崇煥哪有不允的道理？他自是不知眼前這群小軍官裏便有十餘年後縱橫沙場的統兵大將，擁兵近二十萬驕橫不法的左良玉，還有後來官至陝西副將、總兵的賀人龍，這兩人皆是遼東出身，後來卻甚少出關作戰，大半時間都用來與李自成張獻忠的農民軍作戰，除了在開封敗於李自成外，這兩人與農民軍接戰卻是從未輸過。只是仗打得多了，兩人擁兵自重，跋扈不聽調遣，那楊嗣昌以督師輔臣之威亦無法指揮如意，到南明時，左良玉坐鎮武昌，以二十萬兵薄南京，若不是突然間身故而亡，明末歷史卻又是另一番格局。此時他全身被五花大綁，勒得如小雞一般，雖是神情不屈，言語豪邁，袁崇煥卻又哪裡能知道此人的價值？

當下便擺手令道：「來人，將這幾人鬆綁，除卻遼東軍籍，劃歸台北衛治下。」又向張偉笑道：「老弟宅心仁厚，輕利重義，當真是令人佩服，來來來，咱們這便去內宅，痛飲幾杯！」

說罷將張偉手一攜，便向那後宅而去。

此時諸事已定，張偉亦成功結識了這位鎮遼大帥，一路上瞭解查看了關遼情形，又意外得了左良玉等明末名將，心中快慰卻是不在袁崇煥之下，當下兩人呼杯喚飲，談天說地，到後來互稱表字，親熱非凡。

正在兩人高興之際，袁崇煥卻突然嘆道：「志華，你志向不小，能力不凡，何以窩在台灣那個彈丸小島上？那不是大丈夫建功立業的地方！不如我向朝廷保舉，你來遼東做總兵官，和我一起打女真，搏一個封妻蔭子，如何？」

張偉卻不好直說未來這遼東之事慘澹，袁崇煥不但不能攻復失地，便是自身也被千刀萬剮，又哪裡能幫張偉「封妻蔭子」了？當下便笑辭道：

「元素兄明鑒，小弟在台灣頗有些基業，不是弟不捨得，實在是身繫的擔子甚重，一時脫身不得。況且南方也不平靜，雖說荷蘭人被弟驅逐，但尚有葡萄牙人盤據澳門，荷蘭人據南洋而窺中國，還有那什麼西班牙人、英國人，都是金髮碧眼、心懷鬼胎之輩。不是弟自誇，只怕將來禦敵於國門之外，還需小弟的水師不可。」

「唔，志華說的沒錯，是我想的左了。志華所強在於水師，陸戰騎戰以對女真，南兵甚是吃虧，唉，可惜數十數年來，遼瀋數戰大明軍人戰死者達數十萬，精兵強將所餘無多，現下唯有守城罷了。」

「聽說大人一直在與皇太極書信使者來往，有議和之事？」

「不錯，當下敵不能攻我，我亦無力滅敵，唯有議和方能有喘息之機，大明國力遠在女真之上，若是和議可成，十年後，只要朝廷專任於我，我必能一舉滅虜！」

「敢問和議之事進展如何？」

袁崇煥嘿然道：「我存了議和待戰的心，那皇太極一世英才，自然也不是傻子。他與我虛與委蛇，只不過也是存得痲痹緩和的心，哪有什麼誠意！現在談來談去，連他們自稱國號與大明國號同列的事尙未談妥，哪有什麼進展！」

張偉笑道：「此事著不得急，需徐圖之。」

袁崇煥反問張偉道：「聽說朝廷剛往台灣派了知縣，又將孫元化派了過去，志華，你一向是生殺予奪慣了，沒有受過節制，朝廷現在派員節制於你，也是防閒保全之意，你萬萬不可心生不滿才是。」

「那自然是不會。弟只是喜歡行伍和商賈之事，這治理民政原本就非弟之所長，朝廷派幹員前來幫我治台，撫理萬民，這是幫我卸了擔子，當眞是讓弟輕快得很，若非如此，弟哪有閒心來這遼東閒逛？」

說罷「哈哈」乾笑幾聲，掩飾過去。

袁崇煥不疑有他，興致勃勃的又問了孫元化去台之後的情形，聽得孫元化一至台北便去了炮廠理事，便嘆道：「當日擊敗努爾哈赤，元化所鑄的紅衣大炮居功至偉，只是朝中閹人爲禍，竟然將他冠帶閒住，我也曾上疏爲他辯冤，卻不料連我也被攆出遼東。」

說到此處，向天拱手道：「還好今上聖明，去年一繼大位便又起用我回這寧錦，又賜我尙方劍，不設巡撫，我得以事權專一，不受掣肘，崇煥身受天恩厚愛，一定要勠力殺敵，以報吾皇大恩於萬一。」

張偉見他這般慷慨激昂，忠心耿耿，雖明白此人後來境遇之慘，卻是隻字不能相勸，喉嚨梗得難受之極，竟突發奇想，向袁崇煥道：「督師大人，近來那皇太極可有書信過來？若是有，弟願爲回覆書使，前去探看那韃子的虛實。」

袁崇煥沉吟道：「歷來兩邊通信都有使者，以備解釋書信內容，志華要去，原本倒沒有什麼干礙，只是萬一那虜酋翻臉，志華的安危我不能保，還是罷了吧？」

「無妨，那皇太極比之其父開明守諾的多，我身爲你的使者，即便是言語間有什麼不對，他也不會爲難於我。我對此人甚是好奇，此番是一個機會，請督師大人成全。」

「也罷，十幾日前，那皇太極便有書信過來，我因那信的題頭上將甚麼大金國與大明同列，原信並未拆開，你只需將此信送回，言道此信與體制不合，若是誠心議和，便得將大金國字樣去除。只要弟言語小心，料來沒有什麼大礙，待討了他的回覆，便立刻回來，多待無益。」

張偉大喜過望，他來遼東原本打算冒充皮貨商人，進後真領地探看，卻不料因捐助袁崇煥黃金大炮而被袁賞識，此番令他做使者赴瀋陽，可比冒充皮貨商人安全的多了。

皇太極此人雄才大略，有識人容人之明，明朝將軍不論是打死多少女真人，只要一朝投降立刻見用，而且用而不疑，就這一點來說，可比崇禎皇帝高明的多，張偉身爲袁崇煥的使者，皇太極決計不會爲難，而張偉又能親眼面見這位傳說中的雄主，也是幸事一樁。

張偉雖是表面上學遼東之人將女真滿人稱爲韃子、蠻子、騷奴之類，內心裏卻是對如皇太極、

多爾袞之類的滿人雄傑十分佩服，自努爾哈赤以降，滿人中英傑輩出，從關外一地直至統一中國，乃皇太極奠基，多爾袞耕耘，順治不過是收穫罷了，有這幾位蓋世英傑，也當真是滿人的運氣。只是以全中國的漢人來說，以數百年後中國備受欺凌的慘況來說，這個愚昧落後民族統治中國這樣的大國家，大民族，也當真是漢人衰到極點了。

當下起身謝過了袁崇煥，取了皇太極的書信，又細問了袁崇煥此去需注意的細務，眼看已是三更過後，張偉便向袁崇煥一揖，攏著書信自回客棧去也。

此時那客棧老闆也知道張偉來頭不小，適才張瑞帶著督師府的親兵前來取金，那老闆初時以爲是亂兵來了，嚇得當場尿了褲子，後來見張瑞將擱在房中的赤足金條取了出來，裝在袋中送向督師府中，那老闆這才知道原來住店的竟是朝廷的官員，現下見了張偉笑嘻嘻返來，那老闆不知道張偉中了什麼彩頭，只是見他興致頗高，便張羅了夥計燒開水泡茶，又請張偉入房泡腳歇息，張偉卻道：「不急，將熱水端來，我便在這大堂裏泡腳。」

說罷端起茶杯，看著左良玉等人不語，待那銅盆端來，張偉將雙腳放入熱水之中，只覺一陣酸麻舒適，張偉長伸一個懶腰，向左良玉等人招手道：「你們過來。」

張偉適才因見左良玉等人神情萎頓，想來是被關了兩天水米未進，又是得脫大難，解了束縛，反倒是撐不住了，便令那店老闆速速下了湯麵送給左良玉等人，現下見他們吐嚕吐嚕吃完，便招手將幾人叫將過來，說道：「我雖救了你們，又蒙督師恩准帶你們回台效力，只是我這人不愛勉強別人，你們可有不願意隨我去的？」

他臉上雖是笑容可掬，說話又是溫馨可人，只是現下左良玉等人蒙他所救，又在這遼東立身不得，不隨他去，難不成去討飯麼？

當下左良玉打頭，帶著身後四人一起跪下，抱拳說道：「屬下等蒙大帥打救性命，恩同再造，又蒙大帥不棄見用，哪有不竭心效力，以死相報的道理？從此以後，便當跟隨大帥，不敢言去。」

張偉聞言很是開心，便笑道：「很好，各位都是好漢子，懂得知恩圖報的道理。那麼，你們先聽張瑞的節制，先隨我去瀋陽，待到了台灣，我再做安排。」

周全斌與張瑞早便知道他要充任袁崇煥的使者前往瀋陽，倒是左良玉等人被張偉嚇了一跳，各人皆用狐疑的眼神看著張偉，不知道這位指揮使大人打的什麼主意。

張偉笑道：「各位不必驚慌，我只不過是代督師大人前往與那皇太極商量議和的事，便是議和，督師大人也曾與朝廷報備過，此去只當是遊山玩水罷了。」又問左良玉身後四人，道：「各人從今日起便是我的得力臂助，且把姓名都報來，大夥兒也好親近親近。」

「末將左良玉，願爲大人效力！」

「末將賀人龍……」

「末將曹變蛟……」

「末將黃得功……」

「末將王廷臣……」

此五人除左良玉在史書上得以病死榻上，賀人龍被明朝自己人所殺，其餘曹變蛟、王廷臣兩人隨薊遼總督洪承疇，於崇禎十三年會同吳三桂等八總兵十三萬人出關，援助被困錦州的祖大壽，依洪承疇的原意，是要帶領這十三萬大兵，四萬匹馬，依糧道向前穩紮穩打，誰料當時的兵部尚書陳新甲上奏了崇禎皇帝，說是洪勞師費餉，逼令速戰，結果十三萬大軍因糧道被困而兵心不穩，由大同總兵王樸先逃，吳三桂緊隨其後，一夜間十三萬大軍潰不成軍。

吳三桂、王樸等人因逃得快，雖然僅以身免，到底是逃脫了性命。至於屬下整整五萬九千明軍被殺害於途，屍體遍佈山野，那也是顧不得了。八總兵中唯有曹變蛟等三人當夜未逃，後護擁著洪承疇突圍至松山城內，待城破後兩人不肯降，被殺。

要說民族氣節，膽識大義，此兩人是明末中難得的異數。此時這二人還都是小小的游擊、千戶之類，張偉心中卻甚是敬慕，當下聽了這三人姓名，默然起立，先向前扶起了曹變蛟二人，然後又將左良玉、賀人龍扶起，心中爲此次來遼東能得到這些良將而暗自欣喜不已。

因時辰已晚，各人寒暄幾句，張偉便吩咐早些睡下，待天色微明，便即刻動身。

待第二天一大早，那店夥計因得了吩咐，便早早起來生火做飯，待雞叫三次，便去將張偉等人叫起，匆匆吃了早點，便騎馬向城門處而去。

因得了通關文牒，比出關時至寧遠時省時許多，如此這般鮮衣輕騎到了城門之外，張偉回頭凝望這關外明朝第一雄城，只見數十米高的大城上依次排列著二十餘門紅衣大炮，向身邊諸人油然道：「此番來遼，能見到這抗擊女真數十年的關外雄城，此行不虧！」

又向滿臉茫然的左良玉等人溫言道：「能得諸位將軍臂助，也是此番的大收穫！」說罷哈哈一笑，在馬身上猛抽一鞭，便向錦州方向行去。

此時明朝在關外不過是寧遠、錦州、松山數城，出錦州而前不遠，便是後金地界。後袁崇煥被殺，明軍欲在大凌河修城，皇太極親自統軍來攻，祖大壽堅守不降，先吃糧，後吃百姓，然後吃瘦弱軍士，三萬餘人僅餘一萬二千人而降，築大凌而攻，明軍再無力量，爾後便是後金攻勢如潮，直至明末，關外盡陷，僅餘山海關支持危局罷了。

一路上眾人騎馬狂奔，只不過奔了半日工夫，路邊便再也不見人影。

遼東經歷數十年戰火，邊民或逃入關內，或被後金擄去爲農奴，早已不復當年之盛。張偉與周全斌等人見路邊田畝荒蕪，民居破敗，心裏尚兀自嗟嘆。左良玉等人世居遼東，自萬曆年間努爾哈赤興兵遼東便是兵荒馬亂，幾人見得多了，心裏卻是全無所動。各人都在心裏暗想：「這個台北指揮使大人怪異的很，孤身來遼東也罷了，現下又冒充使者前去瀋陽，當真不知道他打的什麼主意。」

幾人原是遼人，若不是犯了大罪難以脫身，又怎肯隨張偉去數千里之遙的南方，更何況台灣孤

懸海外，一向是蠻荒之人盤踞的地方，幾人心裏都打著如意算盤，指望鬧餉一事風聲一過，便辭別張偉回來遼東，諒他也不能強留。幾人如意算盤打地劈啪作響，卻不知道此一去之後，何時返回遼東卻由不得他們了。

一行人至下午方到了那錦州城外，張偉見各人疲憊，笑道：「大夥兒都倦了，不過今晚卻不可進城，我時間不多，在外耽擱久了，一會兒咱們讓馬歇歇，餵食草料，兩個時辰後，向後金的東京城進發。」

各人聽命下馬，張瑞便指派人照料馬匹，生火烤熱攜帶的乾糧，張偉自尋了一處高崗，眺望不遠處的錦州城。

那時關外的大城，城頭每隔一城堞便是一盞燈籠，故而這野地裏雖是黑漆漆不見五指，不遠處的錦州城卻是燈火燦然，綿延數里的城牆在黑夜裏看起來如同踞地欲撲的怪獸。

那賀人龍正用力撕嚼著烤熱的羊腿，見張偉凝神注目那錦州城牆，便笑道：

「大人，要說雄偉堅固，錦州可比寧遠強多了，城分內外，內城比那外城還高，城內屯積的糧食隨時補充，一定要足夠兩三年之食用。城頭上的紅衣大炮、大將軍炮、虎蹲炮無數，外城還駐有五六千蒙古精銳射手，督師大人說了，要保關寧，必須存錦州，錦州若失，則大勢去矣。大人不去見識一下，當真可惜。」

張偉聽他這般吹噓錦州城防，便向他笑道：「天底下可有不出城而被消滅的敵人麼？」

見賀人龍漲紅了臉皮不作聲，張偉又正色道：「自薩爾滸一戰後，守瀋陽戰死六七萬，守遼陽死三萬，十數年間因守城援城戰死的遼東男兒不下二十萬，仗卻越打越往後，土地人口越打越多。是城不夠堅固，還是遼東男兒都是孬種？」

曹變蛟原本默然不語，此時卻忍不住怒道：「大人莫要羞辱咱們遼東男兒。女真人雖是強於騎射，咱們遼東漢人又有幾個不會騎馬的？論起勇力膽色，咱們也不懼他。薩爾滸一戰若不是兵分四路，又適逢大霧，火器無法使用，誰勝誰敗也是難說。咱們現在打不過，又不是永遠打不過，只要朝廷給錢，重聚大兵，不使無用的庸材文人和怕死的太監監軍，我管保憑咱們遼東之力，便能擊破女真，復我故土。」

「遼人之勇我也知道，不過論起甲兵之精，射術之強，臨陣之勇，遇敵之變，遼東漢人到底還是差著女真一籌，此語諸將軍可是贊同？」

見各人默然不語，張偉笑道：「諸君知道，那皇太極與努爾哈赤不同，老奴在晚年大殺漢民，攻下一城便屠一城，又逼迫漢人為女真人耕地，奴役漢人如豬狗，財帛女人皆隨意劫掠。這皇太極卻是不同，漢官只要歸降便即以原級封官，而且來一官便設一宴，不論官職大小皆是如此。漢民殺官來降者，亦授以所殺之官的官職，又告誡女真貴族，不得任意殺掠漢人，善待漢人如同女真一樣。雖說到底還是有些差別，可是比那努爾哈赤強多了，這些年遼東漢人投降女真的日漸增多，甚至有官兵成群結隊歸降，可是有的？」

見諸遼東將官低頭喪氣，張偉越發厲聲說道：「那皇太極整軍經武，雄才大略，從黑龍江每年都要劫掠數萬的野人女真、海達女真，抽其善射壯丁充實軍隊，又打垮了喀爾喀的林丹汗，整個內蒙皆聽從他的調遣，現下他的八旗連同蒙漢軍隊，足足十五萬人，各位捫心自問，傾現下遼東所有的漢人男子編成軍伍，可能敵得過他？」

他正顏厲色逼問，語鋒咄咄逼人，遼東諸將其餘人皆不語，唯左良玉上前一步，亢聲道：「不能！但是打仗打的是國力，咱們大明地方大過後金幾十倍，人口是它幾百倍，只要咱們上下一心，將士用命，哪有打不贏的道理！」

「嘿嘿，岳少保曾說『文官不愛錢，武官不怕死』，則天下太平。你說，大明現在的文官貪錢不，武官怕死不？哼，舉國之力，只怕數年之後，連數省之力也調動不起！」

明朝此時的吏治如何，這幾個下層將官十分清楚，各人皆是心知肚明，吏治只有越來越敗壞，斷無好轉的道理。崇禎繼位幾近一年，諸多舉措雖是努力，卻是成效甚微，朝野上下對他信心漸失，這「中興」二字，看來是渺茫得很。

見眼前的這幾個遼東將軍各自垂頭喪氣，張偉心知他們心中對袁崇煥尚抱有巨大的希望，此時不宜再加打擊，否則只怕適得其反。便笑道：

「有袁督師在，尚能保有一絲希望，只是遼東是兵凶戰危之地，大夥兒跟我去台，可比在這裏安穩得多。怕只怕朝局有變，皇帝受奸人蠱惑罷用督師大人，那遼東之地必不可守。諸位，安心去台，將家小都帶上，待將來朝綱重振，遼東可復，我自然不會阻攔各位歸鄉，諸位意下如何？」

見各人雖是略有所動，卻囁嚅不言，張偉知他們實是不捨故土，又對台灣沒有信心，故而實難攜家小同去，便道：

「也罷，我素來不喜勉強於人，各人將住址說與張瑞，我這裏還有些金銀之物，料來你們各人家中並不寬裕，等咱們從瀋陽回來時，派人送了去，也安了你們的心。」

說罷，張偉笑咪咪往火堆邊坐下，左良玉等人不疑有它，便上前將家人住址報與張瑞。張瑞哪有不知道張偉打算的道理？一一細心記下，只待從瀋陽返回時便可派人前去騙取各人的家人，一同赴台。

一晃眼兩個時辰已過，眾人雖仍是疲勞，卻也只得強打精神，又縱馬向原來的遼陽城，現下的後金東京而去。

直到第二天晌午，人馬皆已疲乏之極，方遠遠看到東京城的城牆，張偉令各人下馬整理衣衫，又休息片刻，方才緩緩騎馬向城門處而去。

待到了城外一箭之地，便見一隊女真騎兵，頭戴紅纓圓帽，腰懸大刀，背負長弓，向張偉等人迎將過來，兩方人馬甫一接近，那女真人便出來一個為首模樣的漢子，用不熟練的漢話問道：「兀那蠻子，你們是怎麼過來的？」

張偉等人一路上卻被盤查的多了，當下也不打話，由張瑞將皇太極送給的通關信物一舉，喝

道：「我們是大明的使者，前來見你們的汗。」

那頭目縱馬向前，仔細看了，方道：「進城吧，我派人去稟報阿敏大貝勒。」

張偉知那阿敏凶橫殘暴，對漢人抱有成見，崇禎三年皇太極繞道長城攻下昌平等四城，留阿敏領五千精兵守衛，明軍調集大軍反攻，阿敏慌亂間決定棄城而逃，臨行前將城內所有的百姓及投降的漢人官員將領一併殺死，此人之凶橫可見一斑。因怕這阿敏別生事端，就向那女真頭目道：「我們要見的是你們的大汗，不是大貝勒。我們進城只是要暫歇一下，買些乾糧馬料，加些清水，歇息好了便走，不必驚擾你們的大貝勒了。」

那頭目知道阿敏不喜歡漢人，歷來他的手下不用漢將和漢兵，聽張偉一說，立時點頭道：「也行，我派人跟著你們，你們休息好了，便走。」

張偉見他答應，便令張瑞將信物貼身收好，各人便縱馬隨著帶路的女真人向東京城內而去。

張偉見帶路的女真人腦後拖著的那條大辮子在眼前晃來晃去，心中覺得十分怪異，心道：「自從來了古代無處看電視，久不曾見此大辮子矣。今兒個親眼一見，倒也不覺得親切，豬尾巴一條，還是趁早割了的好。」

張偉一行在那辮子兵的帶領下直入東京城內，各人冷眼看去，只見街市上人群熙熙攘攘，端地是熱鬧非凡。大街上行人、小販、南來北往的行商、還有那黑龍江流域各族人等身著怪異服飾昂然行走於街市，除了各人腦後都拖著一條大辮子外，這東京城顯是比遼東漢人城市顯得更加有活力，那種新興皇朝的氣勢，遠非日薄西山的明朝可比。

周全斌等台北來人尙無所謂，論起繁華，這東京城可比台北差得遠了，各人騎在馬上只是對滿街的男人留著辮子的裝扮好奇罷了。

有一飛騎咧嘴笑道：「媽的，這女真韃子可怪，好好的大男人剃掉額頭的頭髮，硬是做出個女人的辮子，這可要多怪有多怪，要多醜有多醜。」

張偉雖是心裏極是贊同，卻知那前頭帶路的女真人懂得漢話，忙瞪了那飛騎一眼，那飛騎嚇得一吐舌頭，連忙噤聲不語。

張偉向曹變蛟問道：「曹將軍，你世居遼東，以前可來過這東京城？」

曹變蛟正是一臉晦氣，聽得張偉問他，便苦著臉答道：「這遼陽城未被攻陷前，職部曾隨家父來過幾次。」

「現下比之從前，可是蕭條冷落多了麼？」

曹變蛟咂嘴道：「憑心說，奶奶的這遼陽城叫了東京之後，還真有點小京城的味道。街上的人群行商之類，可比以前多得多啦。比之錦州寧遠，也是強得多了。」

那左良玉在旁嘆一口氣，也跟著說道：「咱們都是直性子，明說了罷。這遼陽城在韃子治下，實在是比當年繁盛。」

張偉冷笑一聲，見各將多有垂頭喪氣模樣，便道：「待到了台灣，你們便知道什麼是繁盛。」又小聲說道：「非我族類，其心必異。他們此時為了打天下，自然會做出一番樣子，待將來有機會攻入內地，你們再看罷。」

說話間，已經到了一處大宅之外，見那宅門處皆是打扮怪異的各族人進出，眾人正自詫異，卻聽那女真大兵回頭生硬說道：「此處是本國大汗為了招待外番興建的會同館，你們便在此歇腳，什麼時候走都行。」

張瑞見他瞪眼說話，十分凶橫，忙拱一拱手以示謝意，眾人便魚貫而入，忙著刷馬餵草料，添乾糧，給皮袋灌上乾淨飲水，直忙了個四腳朝天。

待諸事忙完，張瑞又尋了那女真兵找了幾間乾淨客房，眾人往床上一倒，立時睡了個昏天黑地，直至傍晚，張偉先自醒來，立時叫醒了各人，匆匆洗漱之後，又四處尋了那兵來，邀他一齊吃喝飲酒。

那兵喝了幾杯後，臉色和善起來。張偉小心打聽，方知道這遼陽東京原本是貝勒濟爾哈朗主事，那阿敏因前些日子吃醉酒與皇太極爭吵，自覺無趣，便討了鎮守東京的差使，至此不足一月。

那阿敏是四大貝勒之一，與皇太極一起南面為尊，故而極是驕悍不法，他來這東京後弄得雞飛狗跳，漢民漢官皆不堪其擾，不過聽那大兵說來，言語間卻對阿敏十分讚賞。

那大兵一邊吃酒，喝得滿臉通紅，一邊大罵漢人，言道當年老汗對漢人極不客氣，稍有觸及女真人利益便動輒被殺，漢將漢官也如同狗奴一般，現在皇太極倒好，對漢人如同上賓，那些漢官漢將們都被賜予家丁親兵，又准許擁有田產土地，不過幾年工夫，倒弄得比一般女真人還威風，卻教這些尋常兵丁如何心服？

自張偉以下聽那女真人破口大罵，將漢人說得無用之極，各人心頭都是大怒，只是張偉一直用眼色制止，否則周全斌等台灣來人不知女真的厲害，當真能一刀將那兵的腦袋削去。

張偉見那兵已有七八分醉，忙握住他拿酒杯的手，笑道：「這位軍爺，咱們得趕路去面見大汗，煩請現下就領咱們出城，如何？」

見那兵滿臉不樂意，忙道：「我叫人再送些酒菜來，讓你裝了帶走，晚上你自己回家，喝個痛快！」

那女真人聽張偉這般許諾，又見他果真叫人送上肉食燒酒來，方才嘀咕著站起身來，一直待酒肉送上，才踉蹌著爬上馬去，搖搖晃晃的頭前帶路，張偉等人亦急忙上馬，隨著他向城門處而去。

眾人隨那兵士行出大門不遠，卻遠遠聽到不遠處的大街上傳來一陣嘈雜的吵鬧聲，那女真話喊得震天價響，又有兵士縱聲狂笑，其間夾雜著隱隱的哭泣聲，聽來分外刺耳。

眾人正在納悶，卻見那女真士兵一夾馬腹，策馬向那出事的地方奔去。張偉原本不欲多管閒事，此刻卻是沒有辦法，也只得策馬跟隨向前而去。

待行過眼前拐角，到得那大街街角處，張偉等人定睛一看，頓時是目中噴火，各人都是氣極，那張瑞等人已是將刀抽出，恨不得立時便衝上前去廝殺。

只見這原本熱鬧繁華的大街上聚集了數百名女真官兵，將這大街上的行人盡數圍住，各兵皆是手執大刀，周邊的兵士更是張弓搭箭，隨時射殺欲逃的百姓。原來是那阿敏閒居無聊，帶著親兵上街巡視，在這大街上發覺幾個美貌漢人女子，那阿敏成千上萬的人都曾掠奪過，又怎會在意在他眼裏視如豬狗的漢人？當下便在這大街上令人將那幾個女子帶回府去。誰料其中兩名女子皆有家人隨同，當即便與阿敏屬下親兵爭執起來，那些親兵也是十分凶狠，見這幾個漢人居然膽敢反抗，當即手起刀落，將那幾人砍成碎塊，一時間這大道上竟成了屠場，鮮血和著碎肉流得滿街皆是。

街上眾漢人又驚又怒，有幾個膽大的便指著那些親兵喝罵起來，卻不料那些兵士更不打話，凡有話話的便是一刀，到後來殺得性起，連那些只要站立著的漢人男子都不放過，揮刀便砍將過去。又殺得十數人，這大街上數千人都是驚惶之極，便有人想奪路而逃，那些個在後掠陣的親兵哪肯放棄殺人的良機，當下張弓搭箭，向那些奔逃的漢人身上射去，那女真人射術極精，使用的又多是強弓長箭，一箭射將過去，便是一人被透胸射穿，那些女真人嘻嘻哈哈，管自嘲笑彼此射術不精，居然不是一箭穿心。

張偉等人來時，這街上已是染滿漢人百姓的鮮血，此時再也無人敢動，亦無人站立，各人都是跪伏在街心，等著這些女真人發落。那些被擄的女子個個衣衫不整，雖是性命無礙，卻必將受阿敏以下諸女真人的凌辱，若是被玩弄膩了，再由上位者賞給最低等的旗人，或是包衣奴才，那才真是生不如死。

張偉等人再看那帶路的女真人早便衝進了那夥女真人中，大叫呼喝，顯是在打聽對方在做甚，後來顯是知道了緣故，張開大嘴笑個不休，將身負的責任拋到了九霄雲外。

那阿敏原本笑吟吟地騎馬在遠處看著手下的親兵們殺戮搶掠，此時卻覷見了張偉等人，見他們做明朝軍官打扮，又手持兵器騎馬在身後不遠處，阿敏自是不懼，他乃自幼從軍，千軍萬馬中衝殺自如的悍夫，現下怎會將這小隊明軍放在眼裏，心裏只是奇怪，怎地有隊明軍堂而皇之的在這城裏。好奇之下，便召來身邊通曉漢話的親兵，令其上前問清原由。

張偉此時早已冷靜下來，命張瑞等人將刀收起，見那為首的女真人令人過來訊問，便令左良玉上前對答，那親兵問清楚原由，又將通關信物攜回交阿敏查驗，那阿敏聽說這夥人乃是大明前往瀋陽面見大汗的使者，也不看那信物，只向張偉這邊啐了一口，用女真話罵了幾句，他身旁的眾親兵便一齊哈哈大笑起來。笑罷，便用繩索將那些掠來的女子綁上雙手，拖在馬尾後向阿敏府中而回。

左良玉等人在遼東已久，此等事見得多了，早便習慣，雖說仍是憤恨不已，卻心知此時無法與對方翻臉，亦無力阻止，只是在心裏暗罵罷了。張瑞與周全斌等台北來人卻是頭一次見到如此慘狀，且此事並非在戰場之上，亦非是荒郊野地，便在這大城中鬧事，女真人屠殺漢人男子，強掠漢人女子如同殺豬屠狗一般，各人看得都是雙眼通紅，雖被張偉強令收住兵刃，卻用指甲狠掐自己掌心，直至刺破流血。

張偉見那帶路的士兵已回，便向張瑞等人慘笑道：「未來之前，我便知道數十年來遼東漢人受的欺壓之重，強改衣冠，髮飾，強令漢人爲他們耕種，賣良民爲奴，女子爲妓，與大明接戰時動輒屠城，想不到今日親眼得見，仍是覺得淒慘異常……今日之辱，來日必當討回。」

見那幾個遼東將官也正兀自傷感，便冷冷說道：「遼東漢人初時是被逼不過，不過近來甚多自願投靠的，這等人，死不足惜！大家不必傷感，快些動身，若不感憤努力，只怕今日之事要現於北京、南京，走吧！」

說罷，使力在馬屁股上狠打一鞭，當先隨那士兵到了城門處，驗了憑據出城，各人皆是心中氣悶，拚了命的打馬向前，一路上風餐露宿，直又行了兩日，方來到那瀋陽城外。

這瀋陽原本是遼東第一重鎮，先前的遼東總兵官李成梁鎮撫遼東數年，一直駐節瀋陽城內，將瀋陽建得雄偉廣闊之極，無論是面積還是戰略地位，皆是當之無愧的遼東首城。

待努爾哈赤起兵，先於薩爾滸打敗明軍主力，後揮師攻陷撫順，接著便引兵攻瀋陽，當時瀋陽城內有明軍五六萬人，後金軍主力亦不過此數，瀋陽城頭雖無大炮，城外卻是深溝木柵，又有遼陽方面援兵，如此態勢，後金軍想要強攻實屬不易。

誰料那瀋陽城內的蒙古降人與後金軍裏外勾結，趁著明軍出城作戰不利，混亂中打開東門，後金軍一擁而入，明軍大潰而逃，死者近半，後皇太極奉努爾哈赤之命，親率精騎往擊來援三萬明軍，明軍又是慘敗，兩戰相加死者五六萬人，背倚堅城而致慘敗如斯，當真是令整個遼東震怖，待後金兵又攻下遼陽，遼陽守兵三萬餘人戰死，遼瀋附近七十餘小城皆望風而降，關內僅餘寧遠一城而已。努爾哈赤遂率八旗由赫圖阿拉遷至瀋陽，自居巡遼東巡撫衙門，後稍加擴建，成爲宮殿，皇太極登基爲皇帝後，汗宮成爲皇宮，即今日瀋陽故宮是也。

此番離城十餘里便有駐防瀋陽的正黃旗後金軍前來查驗，待知張偉等人身分後，便立時有人回城稟報范文程，當時袁崇煥與皇太極書信使者來往頻繁，前番皇太極去信一直沒有回音，此番使者前來，正是意料中事。

那范文程便是皇太極詔命負責與明議和的大臣，聞報之後，便又派了一隊兵前往城門外迎接，又令人報了皇太極，自己便守在宮門外，等候使者到來。

待張偉等人被那群後金軍引導至宮門外，范文程親上前去迎接，略微寒暄幾句，便帶著張偉前去大殿拜見皇太極。

這般使者來往的多了，范文程也無心仔細盤問，左右不過是虛應文章，雙方如同太極推手般絲毫不肯著力，只需給足了對方面子，也就是了。至於使者中有什麼花樣，這范大學士日理萬機，哪裡能想得到？

待一行人至崇政殿門外，皇太極的侍衛索倫迎將出來，命張偉將腰刀卸下，隨范文程入見，其餘人等便在殿外等候。

張偉依命將腰刀除下，整整衣冠，見范文程已然入殿，便也隨那索倫向內而去。

第十四章　滿清之主

皇太極酒量原本極大，不過他恪守父訓，非吉日慶典絕不飲酒。當年攻下瀋陽後不久，八旗中就有不少人學會了抽煙喝酒，努爾哈赤甚是討厭，下令毀了漢人種植的煙田，又禁止諸子侄飲酒，誰料他逝去沒有幾年，不但八旗諸人終日飲酒習以為常，便是皇太極的兒子豪格也成了大煙槍一條，法不責眾，皇太極也只是沒事訓斥一番罷了。

這大殿乃是皇太極近年來重修翻建，比之原來的汗宮正殿大了許多，大殿已開始使用黃瓦覆頂，金磚鋪地，比之努爾哈赤時期多了些許帝王氣象。只是女真人蓋房子不如漢人講究中軸對稱，坐南向北，這崇政殿與許多附屬建築排成一排，大小高矮很是不同，比起明朝的北京宮殿群，那可是差勁得多了。

待張偉進入殿門，方知這殿內正在議事，此時的後金國自然沒有後來大清的那般規則，倒也沒有人讓張偉跪下，一個章京模樣的人見張偉入內，低聲用漢語令他暫候，便再無人管他。

張偉因機會難得，也顧不得人家忌諱，便先將眼去看那殿正中端坐的皇太極。比之明皇高高在上坐法不同，那皇太極貴為女真大汗，也只是箕坐於殿正中的一張尋常木椅上，他個頭極高，張偉見他坐在椅中盤著雙腿，身材壯實之極，只是已比普通人胖了不少，圓臉，臉色紅潤，此時正瞇著眼大聲用女真話說些什麼，張偉雖聽不懂，卻聽那皇太極語氣淩厲，想來說的不是什麼好話。

他此時不到四十，正是勇力智慧經驗皆處於最佳的年紀，瀋陽故宮曾展示過皇太極穿過的盔甲，需三四個壯漢才能搬運得動，又有一個高的長弓，據稱現代人沒有人能拉得動。張偉原本不信，以為是滿人故意造出來神化祖先所故，現下親眼得見其人，比照一下那盔甲的大小，卻發現正合這皇太極的身材，心中暗嘆，這些從小便射獵打仗的女真人，已比同時代的漢人勇悍的多。

待他打量完皇太極，顧目四盼，只見皇太極下首端坐著幾名女真貴戚，想來是他的兄弟輩的貝勒，皇太極近年來威望日高，實力大漲，設立蒙、漢八旗的雛形後，除了手握兩黃旗外，又有蒙漢兩旗的實力握在手中，加上代善、阿敏、莽古爾泰屢次犯錯，被他抓過幾次小辮子，三人無奈，只得「自願」放棄與皇太極並排而坐，共聽國事的特權。是以張偉雖用眼神掃來掃去，卻是怎地也辨認不出誰是代善，誰又是多爾袞。女真人此時的服飾規制又是混亂得很，皇太極只是身著青布箭衣，頭戴大紅紗帽，身上莫說是繡龍，就連一絲花邊也無從得見。他身旁的人卻是穿得五花八門，千奇百怪。衣飾有刺龍鳳圖案，亦有繡花鳥魚蟲，而且沒有補子，只是仿了明朝官員的常服而製，女真衣服又是

束腰窄袖，配以原本是寬袍大袖上的飾物，看起來當真是十分滑稽好笑。

待張偉眼睛掃到幾位女真官員身著明式漢人長袍，頭著明官紗帽時，頓時眼前一亮，心道：「果然如此！」

皇太極此時尚沒有管理這些生活末節，女真貴族和官員心慕漢人文化，學漢語，聽戲看曲，身著漢人冠服的比比皆是。直到數年之後，皇太極於殿上宴家族子弟，見不少貝勒貝子身不帶刀，手不肯撕肉，又不願意吃那不加鹽的女真白肉，這才當場發了脾氣，嚴令諸王、貝勒管教子弟，務要以騎射為根本，禁穿漢服、禁止抽煙喝酒，禁貴戚家中養育戲班，一直扭轉了數年，其間又有滿人啓心郎提議改整個八旗的服飾，蓄髮束冠，著漢人衣袍，被皇太極嚴加駁斥，重申不准更改「國本」，亦就是窄衣騎射，多爾袞入關後，又有多人做此提議，開始尚能駁回了事，後來一有人倡言改衣冠，便是死罪。

此時女真部落剛從那白山黑水來到這花花世界，這瀋陽遼陽之地雖沒有後來的北京那麼繁華，卻也足以令原本一大家子住在七間木房裏的愛新覺羅家族腐敗墮落了。自天啓六年寧遠戰敗後，除了偶爾打打蒙古人和黑龍江的土著部落，八旗大軍出動的甚少。雖說騎射功夫仍然在，只是那奮發進取的精神，在不需射獵為生的八旗貴族身上，已是沒有多少了。而現在張偉一心想做的，便是在這下滑的道路上，幫著這些貝勒大臣們多使一把勁而已……

那皇太極自張偉進來後又足足講了小半個時辰，待他終於閉口，張偉鬆了口氣，正要上前晉見，卻見有一後金官員快步走到大殿前，宣諭道：

「戶部承政德格類奉大汗的命令，訓斥申訴徭役負擔沉重的八名戶部備禦。大汗說：你們身為投降的漢官，我並未薄待過你們，你們不需要如同八旗那樣，每牛錄抽丁披甲，又需要出鐵匠、牧馬人、銀匠、守台人、固山下差役，你們每個漢官我都恩賞上千的家丁，少的也有幾十家丁，和太祖年間相比，你們這些漢官受我的恩惠還少嗎？古人云，以家之財養賢則取國而國可得，以國之財養賢而取天下則天下可得。你們漢官沒有功勞，卻一心汲汲於私產，現在不過是叫你們出錢幫著養育投降過來的漢民，你們就抱怨徭役沉重，那八旗一直是累世效力舊人，打了多少的仗，享受的有你們多嗎？若伊等仍不滿足，我一定要治相關人的罪……」

那德格類長篇大論，將適才皇太極用滿語說的話又大聲重複了一次，大殿門外早就跪了一地的漢人降官，待德格類將皇太極的話說完，那些漢官便在殿門階下磕頭齊聲道：「我們貪得無厭，犯了死罪，請大汗把我們重重治罪。」

「叫他們起來，回去辦事。不過如果還有這樣的事，我一定要重重的責罰。」

待皇太極吩咐下去，那群漢官們便灰頭土臉的離去不提。

皇太極坐在椅中，臉色甚是不愉，這些漢人降官在努爾哈赤未死時，並沒有受到重視，有些漢官被女真官員如同奴僕一樣使用，又不得田產家人，甚至有漢官以典賣衣服傢俱為生。到皇太極為汗後，這些年來慢慢拔擢漢將漢兵，使得漢人文官的地位也是水漲船高，不但品秩上去了，便是家財比

照女真貴族亦差不到哪兒去。誰料這些齷齪漢官得隴望蜀，不但不肯用心打仗，如同女真人那樣搶掠財富，反而一直將主意打在女真人貴族身上，權勢高的漢人擠壓女真人利益已不是新鮮的事，今日便是八個戶部承政漢官申訴，抗議皇太極讓他們出資幫助新投降的漢人安家。皇太極心裏怒極，只是他一向重視和睦漢人，利用漢人的力量圖謀關外，如若不然，像這些品格極劣，能力亦是低下的原遼東明朝官員，又能有幾個配在這後金國享受榮華富貴？

當下臉色甚是難看，轉頭問了身邊的侍衛幾句，想來是想離開大殿回宮，待那索倫低頭說了幾句，皇太極便立時將怒容一收，用漢話大聲道：「袁督師的使者何在？」

皇太極此時才見身著明軍甲冑的張偉，忙站起身來向張偉站立處行去，待行得近一些，便張開雙臂向張偉抱去。

「小將張偉，奉督師大人的令，前來覆大汗的書信。」

張偉見他如同大猩猩一般過來，心裏初始一懵，不知道他爲何走近，後來方才想起原來是皇太極要和他行女真人的抱見禮，忙也將雙臂一張，向皇太極迎去。

那皇太極原是比張偉高出一頭，體重亦重上一倍，那女真人又不愛洗澡，此時他雙臂一握，將張偉整個摟在懷中，兩人互抱又轉上三圈，這一隆重的女真抱見禮方算完成。

那皇太極見張偉仍是一臉迷糊，笑道：「貴使以前沒有來過，想來是沒有行過咱們的抱見禮。」

他身邊立時有一女真人接口道：「我就說不必行這個禮，他們漢人又不知道這禮節的鄭重，大汗，你也太高抬袁蠻子的使者了。」

「豪格，你住口。議和不管成不成，厚待遠方來的客人是咱們女真的傳統，你忘了麼？」說罷又怒道：「你不說話我倒是忘了，我昨晚聽人說起，你的擺牙喇兵搶了你包衣射中的鹿和野豬送了給你，你倒是不客氣，直接就收下了，有這回事嗎？」

「大汗，那包衣奴才全家上下所有都是我的，射中的獵物自然也是我的。」

「你真丟盡了我的臉！咱們女真人不准在射獵時奪取別人的獵物，不准把別人的獵物說成是自己的，也不准把自己的獵物讓給別人，射獵就是射獵！你實在是讓我失望！」

「是，大汗，我這就令人把鹿和野豬送回去。」

皇太極一臉厭憎之色，他對這個長子素來不喜，豪格此人雖然勇力過人，只可惜有勇無謀，又貪財好色，若非如此，皇太極必然想辦法加強他的權力，為他接位製造條件，可是此人每隔幾天便惹他父親生一場悶氣，雖然他自己對大汗的寶座心嚮往之，只是所有的八旗旗主都不看好他，他當真是氣悶得很。

「使者，你來了半天我並不知道，慢待了你。現在咱們就出門，這殿內是議事的所在，氣氛沉悶，咱們就去鳳凰樓，我設宴款待你，你再把你們督師的話說給我聽。」

「是，謝謝大汗的美意！」

「使者還帶有下屬吧？請他們一起，咱們女真人沒有那麼多的規矩，大家一起吃肉喝酒，熱鬧喜慶。」

說罷，攜了張偉的手步出崇政殿門，這大殿西側便是皇太極新建的鳳凰樓，女真人喜歡樓居，瀋陽宮殿除了有限的幾個大殿外，大半是兩三層的樓閣。皇太極命范文程跟隨同去，因崇政殿離鳳凰樓頗近，便也不待侍衛來到，拉著張偉便向鳳凰樓而去。他倒不是對張偉放心，實在是他勇力過人，尋常的女真將軍都不是他的一合之敵，更別提張偉這個普通漢人。

這鳳凰樓是皇太極最喜歡的兩層樓閣，與大殿頂覆黃瓦不同，這鳳凰樓是仿明朝南方樓閣建築模樣建造，青瓦飛簷，秀麗小巧，但凡有什麼貴客使臣之類的來到，總是在此樓設宴招待。

各人在二樓團團圍坐，待酒菜上來，卻是烤的整隻的羊、鹿、野豬之類，烤得焦黃，整個房間皆散發出肉香，皇太極向張偉笑道：

「使者，以前這麼吃過野味麼？你們漢人請究食要精，肉要割正，咱們女真人沒有這麼許多講究，直接烤了便吃，貴使若是不習慣，我便派人重新整治。」

「謝大汗關照，小將也覺得這樣吃法既豪氣，又方便，吃起來一定十分美味。」

皇太極見他雖不似之前來的使者那般面露難色，終是難以相信，便淡然一笑，道：「莫要口是心非才好，不需勉強的。」

說完從腰間拔出一把小刀，先向眼前的野豬肉上割了一刀，卻正是最肥美的里脊肉，遞給張偉，道：「張將軍請用，客人吃第一塊肉，這是咱們女真人的規矩，不要客氣。」

張偉聽他如此說，便不再推辭，將手一伸接了過來，放在口中一嚼，心中頓時一陣痛罵，原來女真人吃肉從不加鹽，無論是湯煮的白肉，還是烤肉，皆是扒了皮直接烤煮，熟了便吃，這肉的味道便可想而知。

當下張偉含著口中的肉，心裏只覺得膩味難咽，卻又不想在這一代雄主面前丟臉，只得勉強嚼上一嚼，將脖子一伸，便將肉吃下肚去。這一塊肉足有一斤多重，張偉心道反正咬了一口，又吃不死人，便又大口大口咬將下去，一會兒工夫便將這一塊肉全部吞下。

皇太極拍手大笑道：「很好！以前的明使雖然也是一定會吃，卻沒有你這般痛快。」斜眼睨道：「吃個肉難道會吃死人麼？張將軍這般的好漢，我很敬重，來，咱們繼續吃。」

張偉雖是心中叫苦，卻也只得接過遞來的小刀，自己割肉而食，好在那皇太極雖不飲酒，卻令人送上酒來請張偉等人，若非是以酒送肉，張偉等人當真是不知道如何是好了。

皇太極酒量原本極大，不過他恪守父訓，非吉日慶典絕不飲酒。當年攻下瀋陽後不久，八旗中就有不少人學會了抽煙喝酒，努爾哈赤甚是討厭，下令毀了漢人種植的煙田，又禁止諸子侄飲酒，誰料他逝去沒有幾年，不但八旗諸人終日飲酒習以爲常，便是皇太極的兒子豪格也成了大煙槍一條，法不責眾，皇太極也只是沒事訓斥一番罷了。

因這個緣故，除了婚喪慶典之類，再無人敢在皇太極面前喝酒，今日張偉等人不住的以酒送

肉，若是八旗子弟，只怕早就被攆了出去。現下那皇太極笑吟吟相陪，甚至親自提酒相勸，他自己早已不吃，因見張偉等人吃飽抹嘴，便笑道：

「令人撤席，咱們就在此處說話，我們女真諸部原本住在陰冷潮濕的山中，所以最喜樓居，一來通風採光，二來可避地氣，我在此處，要比在大殿舒適的多。」

說罷令人撤去酒席，又令人在樓上窗前擺上軟椅，他一個人面南箕坐，舒適地伸個懶腰，笑道：「諸位將軍都是見過世面的，可不要嫌咱們這汗宮簡陋，即便如此，也可是花了不少銀子。我聽說你們北京的皇宮調了五十萬民伕，歷時二十年才建成，嘖嘖，天底下沒有不滅亡的皇朝，也沒有萬歲的帝王，何苦建那麼大的宮殿。一萬間房子，不過只睡一張床，追求享樂，那可是沒有盡頭的。」

張偉等人倒還罷了，那左良玉等人聽他詆毀明室，心裏不樂，卻也只得陪笑了事。張偉笑道：「自古不愛享樂的人有幾個呢？大汗不過是天性不愛享樂，以儉樸昭示萬民罷了。」

皇太極慨然答道：「我哪能不愛享受。跟隨父汗起兵，還不是為了打下地盤，能過舒心日子。只是當年在費阿拉老城，父汗蓋了七間大房，其餘數十間草房，兄弟子侄們都住在一起，閒時漁獵，戰時出征，日子過的很是苦楚。現下這些，於我就足夠了。我曾經訓誡那些故意節儉的人，我說，天底下沒有享樂無度而得到天佑的，也沒有可以享受而故作儉樸得到天佑的。興或衰，富或貧，只要是順天而行，盡到本分，都是可以的。」

他這番話說得極是有理，不但張偉等人，就是隨侍在他身邊的親近大臣和侍衛也是頻頻點頭，范文程一直陪侍在旁，原本沒有他什麼事，只是皇太極極信任他，大事小事皆要讓范文程知曉，現下接待袁崇煥的使者，事關議和大事，自然是要他在一旁隨侍。那范文程聽得皇太極這般說辭，便笑道：「大汗說得對！我本是遼東一貢生，若不是爲了興旺家業，又何必出來辛苦呢。」

他這話赤裸裸之極，皇太極卻不以爲忤，反笑道：「你現在家人過千，富貴已極，總該是滿意了。」

見范文程笑而不語，皇太極將臉色一正，向張偉道：「張將軍，現下說說你此番的任務，袁督師對我上次的建議，有什麼答覆？」

「回大汗，您上次的建議……督師大人說了，您的書信上書大金國汗致大明國皇帝的致辭與格式不合，所以原信未拆，此番讓我來，只是退信罷了。」

「喔？」

見皇太極臉色陰沉，張偉又笑道：「大汗，大明皇帝以聖天子撫育萬民，普天之下沒有人可以在書信上與他並列，大汗您的書信確實是與體制不合，督師大人不拆，也是迫不得已啊。他若是拆了，只怕有心人奏上一本，丟官罷職雖不至於，只怕大明皇帝心中定然不悅，將來再有什麼事情弄到一起，那可就大大的不妙了。」

說罷站起身來躬身一禮，道：「總之請大汗諒解。若是有意議和，請另行書寫一封書信，由我帶回便是。」

范文程在一旁冷笑道：「天子？咱們大汗要是願意，隨時都能打到北京去，天子到底是誰，尚未可知呢。」

「范大人，若是如此說話，那只能說後金國完全沒有議和的誠意，咱們又何必多費唇舌，大汗要是能攻下寧錦，打過山海關，那麼北京自然是揮手可下，只怕，沒有那麼容易吧？」

見皇太極不置可否，范文程及諸隨侍八旗將軍皆是頻頻冷笑，張偉心知此時後金已平定內蒙，繞道長城喜峰口一路進入已是定局，心中明白，卻是無法說破，只得又道：

「大師，督師大人在我來時曾言道：戰則兩傷，和則兩利。大明地大物博，人口眾多，兩百餘年的天朝上國不是後金可以輕易撼動的。即便現在大汗兵力雄厚，稱雄關外，但大明關內之地是大汗的十倍，人民是大汗的數百倍，只要當今聖上銳意進取，革除積弊，大汗您還能以遼東一地對抗整個關內的明朝大軍嗎？」

他說到此處，便有一女真人站將起來，暴喝道：「薩爾滸一戰，你們明朝號稱四十七萬大軍來攻我們，又怎樣？當時八旗男丁全加起來不過六萬，現下大汗手下有女真精騎十萬，蒙漢八旗近五萬人，女真滿萬不可敵，十五萬大軍，你們大明就是真的來上五十萬，又能如何？漢人，我一個人便能打一百個！」

張偉吃他一喝，卻也不動怒，笑嘻嘻站起身來，向那女真人一拱手，問道：「請教將軍尊姓大名？」

那女真人斜視張偉一眼，不屑道：「不是大汗重視那袁蠻子，你哪有資格問我的姓名。聽好了，我是太祖的兒子，大汗的哥哥，多羅貝勒阿巴泰！」

周全斌等人皆是勃然大怒，張偉卻是格格一笑，向那阿巴泰道：「原來這位便是『戰時環甲冑，獵時備弓矢』的阿巴泰貝勒，卻是張偉失敬了。」

隨張偉同來的幾人自是不懂張偉的話意，其餘女真人卻都是心知肚明。那不穩重的年輕小輩便捂嘴笑將起來。

原來這阿巴泰是努爾哈赤從妃所生，雖是皇太極的哥哥，作戰也甚勇猛，卻始終不得努爾哈赤青睞，努爾哈赤未死之前，他只不過是個貝子，當多爾袞三兄弟分掌兩白旗的時候，他卻連半個牛錄也沒有。還是皇太極憐他有功，封他爲多羅貝勒，又賞給五牛錄，他得了封賞卻是不滿，向各人抱怨道：「我『戰時環甲冑，獵時備弓矢』，卻爲什麼不封我做和碩貝勒！」，皇太極原本不理，後來他抱怨的多了，又故意不出席酒宴，於是派了代善等人訓斥一通，他才認罪，誠心接受了封賞。

現下這不光彩的老底被張偉在眾人面前揭穿，這阿巴泰頓時大怒，暴跳著將佩刀抽出，便要過來斬殺張偉，張偉倒是站在原地未動，他身後諸將早便站起，亦各自將佩刀抽出，衝上前去將張偉團團圍住護起。

「阿巴泰，你給我收刀站在一邊去！你忘了莽古爾泰的事了？」

眾陪宴的女真人早便將阿巴泰團團圍住，便是皇太極身邊侍立的侍衛也已盡數將阿巴泰隔開，

因見張偉屬下各人也抽刀相向，忙喝令各人收刀，待各漢人將刀收了，便有一身上繫著紅帶子的女真人將那阿巴泰一把拖到皇太極身前，拉著他跪下，謝罪道：

「大汗，阿巴泰是個渾人，一時激動才在君前露刃，請大汗恕罪。」

那阿巴泰此時方想起莽古爾泰身爲和碩貝勒，因在戰場上抱怨自己的擺牙喇兵總是被調走，被皇太極訓斥後心生不滿，抽刀威脅皇太極，於是被眾貝勒議定了死罪，還是皇太極念其是有功之人，僅僅免去了他和碩貝勒的爵位，阿巴泰這個多羅貝勒的爵位原本就得來不易，想到此處，背上微微沁出汗水，立時也躬身向皇太極認罪道：「請大汗恕罪！」

「算了，你不是抽刀向著我，我恕什麼罪！」

那拉著阿巴泰謝罪的正是覺羅宗室濟爾哈朗，此人雖只是皇太極堂弟，卻一向得到大汗的信任和器重，見皇太極神色不愉，忙拉著阿巴泰退下，此時便是多加解釋，亦只是火上澆油罷了。

原本此次宴飲不需要濟爾哈朗列席，皇太極雖定下規矩，凡有外藩使者或是敵國來使、遼東明朝降官前來，皆需由貝勒以上設宴相請。此次宴請張偉等人，已有大汗親自在場，又有阿巴泰、德格類等人相陪，原不需要他這個覺羅宗室前來，只是此人歷來勤謹，此番被皇太極從遼陽調回閒居，這濟爾哈朗卻是個閒不住的，在家聽說大汗設宴，便立時趕了過來。此人算是極工心計，他與努爾哈赤諸子的關係相處得皆很融洽，又深知需經常在大汗前露臉表現的道理，後來皇太極逝世，此人勢力已大到足以阻止多爾袞繼位的程度，在後金諸貝勒中，也是一等一的人才。

「張將軍，你當面揭人的短，這可不是好漢子的所爲。」

皇太極見各人皆已回原位，便向張偉質問道：「想不到張將軍對咱們後金的事倒是瞭若指掌，當真是令人可敬可嘆！」

張偉聽他言下之意，想來是懷疑袁崇煥在後金安插了大量的探子，他自然不會解釋得知此事是因爲在史書上看到，當時覺得這阿巴泰直腸可笑，甚覺有趣，故而記得清楚。當下只得微微一笑，不做解釋，心道：「你懷疑最好，要是你大搜特搜一番，將整個後金弄得雞犬不寧，待我真正派探子過來時，想來就容易的多了。」

皇太極卻不知道張偉動的這些心思，他見張偉笑而不語，心中更是驚懼，以他之才自然不會隨意懷疑投效的漢人，只是無論如何也想不通張偉如何知道此事，心中疑懼不定，只好暗下決心，待這使者一走，便要派人詳查新近投效的漢人，至於會不會冤枉良善，那暫時也是顧不得了。

張偉此時卻一躬身，向阿巴泰賠罪道：「貝勒請恕罪。實在是因適才貝勒的話太過無禮，張偉一時情急方得罪了貝勒，請貝勒不要放在心上。」

見阿巴泰氣呼呼不語，張偉微微一笑，又道：「且不提日後的事，便是當年的薩爾滸一戰，若是讓我來指揮大明軍隊，雖不勝亦不會敗。」

「喔？張將軍如何指揮？我願意聽聽將軍的高見。」

「大汗請恕張偉紙上談兵了。當日明軍齊集十萬人，分東西南北四路，號稱四十七萬，分出開

原、瀋陽、清河、寬佃，總兵杜松兵力最爲雄厚，領三萬餘兵，帶佛朗機炮數百，從瀋陽出撫順關攻東路，當時代善貝勒向老汗說，清河那邊地勢險要，留兩百兵看守就可，北路西路皆是牽制騷擾之兵，而且明軍大半是步兵，行動緩慢，故而只留一千兵防守就可。出撫順的明軍方是主力，於是老汗集中了八旗，每旗七千五百人，皆是騎兵，專往那東路軍的來處而攻。兩軍相遇於薩爾滸，大汗當時正是前鋒，領兵前衝，明軍火槍大炮齊發，八旗大軍先是仰射還擊，後以精騎衝入明軍陣中，總兵杜松戰死，明軍三萬多大半戰死當場。此役之後，其餘三路兵亦被各個擊破，後金從而能戰瀋陽，遼陽，奠定占據整個遼東的基礎。」

見各人凝神細聽，張偉又道：「適才我說此戰由我來打可不敗，其實話沒有說清楚，不敗，亦不可勝矣。當時八旗騎兵足可調六萬餘人，皆是力戰敢死騎射俱精的百戰勇士，明軍大隊分爲四路，安有不敗的道理？八旗軍打完整個戰役，死不足兩百人，足以說明力量相差太過懸殊，張偉我便是孫武再世，也沒有可以打贏的道理。」

「當日明軍之敗，一則師期洩露，令老汗得以從容佈置兵力。若是我掌兵，嚴關防，查間諜，除各總兵副將不得知行軍日期及方向，那麼，大汗還可以從容調集兵力，各個擊破嗎？」

「不能，不過至多是拖延些時日罷了，父汗絕不可能讓你們四路兵馬彙聚一起，然後在赫圖阿拉決戰，一旦得知你們進兵，必然會精騎四出，巡視偵察，結果還是一樣的。」

「那不過是初期備敵之策罷了。其二，分兵合擊，若是每路都強過八旗，那自然是可讓當年的老汗顧此失彼，不過，除了杜松總兵三萬餘人，還堪與八旗一戰外，其餘諸路，開原馬林總開原、鐵嶺諸地兵馬，加上葉赫部兩千人還不到兩萬，其餘李如柏與朝鮮兵兩萬，劉綎本部四川兵一萬餘人，其餘三路兵馬太少，且又路途艱險，必然不可與撫順關杜松一路齊頭並進，這樣的分兵，不是合圍，而是送死。楊鎬身為經略，卻是一個文臣，原本在朝鮮就打過敗仗，諸將如何服他？他自將數萬人守瀋陽，調度指揮不便，又豈有不敗的道理？若是我，可命劉綎一路與杜松合出撫順關，我自將一路居中策應，以火炮車營護衛四周，以堂堂正正之師緩慢而前。而馬林、李如柏兩路，則仍由原路呼應，不可冒進，若是老汗去打他們，則主力必克撫順關外諸堡，進逼赫圖阿拉。若全力來攻東路主力，因我東路兵實力強盛，又多帶有大炮火器，急切間絕不可能被擊敗，況且出撫順關後，我可以借由原本築成的邊牆諸堡為基地，護衛進擊，如此，大汗自以為可以輕鬆擊敗我麼？」

皇太極笑道：「這原本就是明軍將領該有的方略，只是那楊鎬太蠢罷了。不過將軍想勝亦是不可得。我八旗軍每旗七千五百人，皆是百戰精銳，將軍依託邊牆慢慢推進也就罷了，不過想打到老城附近，雖則我八旗可能死傷略重，不過明軍將士定然折損過半了吧。」

「然也。明軍將帥不和，調度不靈，器械不精，士卒不肯用命，雖一路兵力可彙集十萬人，然後野戰對八旗，仍不可言勝。我的打法，不過是迫不得已罷了。這樣打下去，只是不勝不敗之局，當初朝廷想一戰安邊，原本就是妄想。若是想一戰安邊，除非朝廷能出一位大明成祖那樣的帝王，御駕親征，率靖難的百戰之師，彙集京營五十萬兵，方可打贏當年的薩爾滸一戰。」

皇太極傲然笑道：「照你這樣說，就是那明成祖領五十萬兵，對上我現下手底的十五萬兵，勝負仍只在五五之間。」

張偉等人默然不語，此番來遼見到明軍遼東之師，又親眼得見八旗士兵，兩邊實力相差太遠，若不是明軍依託堅城大炮，哪裡能擋住這十五萬的虎狼之師。

皇太極卻向張偉問道：「張將軍一向在遼東何處？怎地我從來沒有聽說過將軍之名？」

「大汗，我乃是大明台北衛指揮使，今上又曾恩賞加封爲建武將軍。此番來此，只是受袁督師之托，以示他議和之意甚誠。另外，我對大汗慕名已久，兩邊雖爲敵國，但大汗爲一世英傑，這一點倒也不必否認。」

第十五章　交易協議

張偉此來遼東，袁崇煥著實受他的好處甚多，心裏對張偉甚是感激，便邀張偉多住些時日，張偉出來已久，早便歸心似箭，卻經不住袁崇煥強留，他心裏又極是想與這位大帥先套好交情，以備將來之用，故而又勉強待了三日，袁崇煥又是強留，張偉卻說什麼也不肯留下了。

皇太極聞言一愣，顯是沒有聽過張偉之名，連那台北衛也是全無印象。當時明朝內亂未起，皇太極又被困寧錦防線，哪有什麼精神去管張偉這樣的南方海匪，故而張偉招安受撫也罷，攻打荷蘭也罷，這遼東之人大半是全無所知。他身爲女真漢子，卻是不擅於漢人那般的客套，聽張偉報出名號，也只是說道：

「我看你有些本事，你這些屬下也都不凡。身處敵國一心護主，雖然我的護兵環伺左右，他們卻個個神態自若，對我這後金大汗，既沒有媚態，也沒有故作憤恨模樣，你能統馭這些豪傑，你本人

定然也是個角色。」

「大汗過譽了。我原本只是福建沿海的走私商人，現下雖受了朝廷招撫，生意卻仍得照做，不然我手下只好喝西北風。此次來遼，卻是想用海船來購買大汗這裏的皮貨、人參，也省得後金的皮貨商人還需從蒙古人那邊出貨，每年損失的皮貨和錢，想來也不是小數。若是大汗允准，我回去之後便可派船隻至營口，一來，購買遼東貨物，二來，也可將南邊的貨物販來遼東，船運可比口外的那些小行商販來的便宜多了，不知道大汗意下如何？」

皇太極瞇眼聽他說完，尙且不置可否，他身邊的濟爾哈朗、阿巴泰等人卻都頻頻點首，這些女真貴族最苦於買不到精緻貨物，自與明朝交戰，除了一些膽大的商人尙且敢從寧錦偷偷與後金交易外，後金所有的出口進口，都需經蒙古人過手，這樣又費錢又受制於人，張偉的提議他們自然贊同得很。

張偉之前來遼，便打定了冒充口外的皮貨商人，想辦法求見某個後金貝勒，請求貿易，現下能親口對皇太極提出，那自然是比找一個閒散貝勒強得多了。

皇太極思忖半晌，方問張偉道：「我對你們南邊的商人不瞭解，不過你既然這般說，想必你有這個能力。如此兩利的事，我自然是贊同。只是你的船要守規矩，若是被發覺前來刺探情報，陰謀破壞，那就是自尋死路。還有，你們明國要是知道了你的事，想必會爲難你，請你慎之。」

張偉笑道：「在此事上，我只是商人。朝廷調我來遼東打仗，我還是可以與大汗做生意。又不是賣兵器給大汗，怕怎的？」

說罷便起身告退，皇太極便命戶部承政德格類到偏廳與張偉商談貿易的事。

當時的後金雖占了大半遼東，不過遼東向來是苦寒落後之地，雖然皇太極孜孜治理，近年來後金國的國勢日漸高漲，但是在八旗沒有入關搶掠之前，什麼金銀絲綢、瓷器硯台，宣紙胭脂，玉石環佩之類都是相當稀少。遼東地廣人稀，野物甚多，後金除了不愁糧食外，便是那皮貨出產甚多。那黑龍江部落來朝見後金大汗，一個小部落便可獻上熊、虎、狍子皮數百張，令外鹿皮、野豬之類更是要多少有多少，在遼東這些皮貨也只平常，到了南洋倭國，便是幾十倍的暴利。

再加上人參等藥材之類，張偉與那德格類商量半天，約定了每年遼東供給張偉的皮貨等物。張偉又與德格類商議定了每年供給遼東的貨物清單，除了兵器之外，當真是無奇不有。更稀奇的是德格類本人訂購了江南戲班一個，秦淮河的妓女十名，張偉詫異之餘，自然是連聲答應。他原本就打算用這些享受的東西來使得後金的貝勒大臣們腐敗墮落，德格類不提，這些衣帛女子之類張偉亦是打算大批的送來，現下德格類自己主動要求，那自然是再好不過。

當下兩人商議已定，笑嘻嘻將擬好的清單呈給皇太極，他卻對這些無甚興趣，此時後金尚沒有貝勒在家看戲不上朝的事情，是以皇太極也沒有什麼警惕之心，當即便允准了這樁交易。

至於張偉原本身負的議和大事，雙方皆是全無誠意，當下只是皇太極做出妥協，將金國汗的字樣令人向下兩格，以示低於明朝皇帝，使命張偉將原信帶回，交與袁崇煥。

皇太極因問道：「張將軍，此間事了，可是即刻回去麼？」

「正是，小將在台北尚有官事，不可在外耽擱太久。這便要先回寧遠，然後由山海關至天津碼頭，坐船回台北。」

皇太極此時已有以遼東一地統一天下之志，張偉所在雖遠，他亦拉攏道：「將軍在南，若是有一日我大金八旗到了福建，將軍將如何？」

「請恕小將斗膽，只怕有一日小將能統台北衛的大軍，前來遼東與大汗作戰，到了那時候，大汗又將如何？」

皇太極聽了張偉這般無禮的話，倒也不怒，站起來又將張偉抱上一抱，道：「我沒有看錯，你這人雖然重利，還算是個漢子。如果有一天我兵臨你城下，希望你能投降於我，我如何待投降的漢官漢將，你該知道。」

說罷便抬腳出門，回頭向張偉笑道：「我事多，不能陪你們了。你們若是急著回去，可命德格類派一隊旗兵護送，一路上會方便許多。」

大廳內所有人皆起身相送，見皇太極搖搖擺擺走到樓梯之處，卻有兩個官兒將他攔住，嘰哩咕嚕說了一陣，皇太極先是搖頭，後來又用女真話吩咐了德格類兩句，便自下樓而去。

張偉因適才與德格類打了半天交道，算是半個熟人，便腆顏問道：「大汗可有什麼要事吩咐麼？」

「倒是沒有。適才是禮部啓心郎祁心格來告訴大汗，他攬你手出崇政殿的時候，侍衛們沒有跟上，大汗曾有命令，凡是貝勒大臣們不帶足侍衛出門的，要罰羊，大汗剛才命我收羊而已。」

張偉等人嘿然無語，中國自宋朝以後，再也沒有人敢觸及皇帝的權威，皇太極此時已貴爲大汗，數年後便會登基爲帝，居然被一個小小的啓心郎上前奏報罰羊，此人之虛懷若谷，嚴於律己，推己待人，當真是令人可敬可嘆。

張偉此間事已辦妥，便帶著手下諸人離瀋陽而去。待回到寧遠，將書信交與袁崇煥，遼東此行便已劃上句號。他自然不會將與皇太極貿易一事告之袁崇煥，反倒又借著幫了袁崇煥大忙的情分，向袁討了運糧至皮島和旅順口的特權。

這皮島和旅順一個是朝鮮的小島，本身產糧甚少，島上又聚居了二十餘萬遼東難民，三萬多大明軍士，每年由關內海運軍餉糧食到皮島，朝廷負擔甚重，就是朝鮮，在沒有被後金征服前，亦是經常一萬兩萬石的糧食運上皮島，這接濟之難，可想而知。旅順身爲遼東半島上的港口城市，本身陸運不便，駐軍的糧食也大半由海運而至。明朝腐敗，官員上下其手的貪汙，每年下撥給這兩處的糧食白銀，便是一個沉重的負擔。袁崇煥現下身爲遼東大帥，這兩處都歸他節制，張偉報出價格，願意以極低的價格半賣半送的接濟這兩處，袁崇煥哪有不准的道理？除了擔心朝中的利益集團做梗外，當真是一千一萬個願意了。

張偉此來遼東，袁崇煥著實受他的好處甚多，心裏對張偉甚是感激，便邀張偉多住些時日，張

偉出來已久，早便歸心似箭，卻經不住袁崇煥強留，他心裏又極是想與這位大帥先套好交情，以備將來之用，故而又勉強待了三日，袁崇煥又是強留，張偉卻說什麼也不肯留下了。

這一日清晨，袁崇煥布衣小帽，也不帶儀杖，親赴寧遠南門相送張偉。兩人相處時日雖是不多，不過都是智慧高超，性格堅毅之士，相處之時甚是投機。現下張偉率十餘騎即將南下回台，袁崇煥向張偉笑道：「志華，有朝一日，我非向朝廷上表，調你這位奇才前來遼東，你我二人共同經略，復遼之日屈指可待。」

張偉騎在馬上轉了數圈，望著這寧遠城牆，向袁崇煥慨然道：「你我二人不久之後必將相見，只是那時，又別是一番天地了！」

「志華此話是何意？」

「多說無益，你我任重而道遠，天行健，君子以自強不息。敵人越是強大，咱們便越當提起精神來！難道漢唐子孫，還不如那茹毛飲血的蠻子不成？」

說罷向袁崇煥拱手一禮，雙腿用力在馬腹上一夾，那馬咴咴叫上兩聲，四蹄揚起，不一會便去遠了。

袁崇煥見張偉走遠，心中只覺茫然若失，喃喃念道：「志華他竟去了……」

張偉去後不久，袁崇煥便收到張偉允諾的紅衣大炮，大喜之餘，心中對張偉自是感念不已，張偉雖是不要他保奏升官，激動之下，袁崇煥仍是密呈崇禎皇帝，向皇帝極力誇獎張偉此人一心爲國，能力超群，可堪大用。誰料崇禎御筆硃批，只有簡單之極的三個字：「知道了。」然後別無他話，袁崇煥雖是不解帝意，卻也是不便再加保舉了。

他自是不知，崇禎此時正爲陝甘局勢憂心，那流民盜賊如同牛毛一般紛起，天下大亂之象已成。崇禎這人剛愎自信，不聽人言，對大臣又不能信任，雖是勵精圖治每日辛苦之極，卻是能力有限，又不善用人才，他越是做的多，局勢卻是一日壞過一日。心中憂煩之極，哪有閒空去理會張偉這個蠻荒小島的小小衛所官兒。前些日子廣東來報，道是那海匪劉香老爲患，劫掠海船，騷擾沿海市鎮，崇禎本欲調張偉前去平亂，卻又怕張偉將勢力由台灣沿伸至廣東，無奈之下，只得將他信任的「能臣幹吏」熊文燦由福建巡撫任上升任至兩廣總督，令熊文燦前去敉平兩廣沿海的海匪，務使南方安定，不致生亂。

熊文燦到了廣東，仍是祭起老法寶，用「招安」之法去誘那劉香老投降，派了游擊、百戶之類上了劉香老的艦船，誰料人家根本沒有招安的打算，他派了官員上船，正是白送的肥鴨，除了僥倖逃走一個百戶，其餘上船的軍官立時便被當場砍死，扔下船去。

熊文燦聞報大驚，無奈之下，便派人將鄭芝龍召來廣東平亂，這鄭芝龍不愧是一方巨寇，聽調帶著數千手下，分乘數十艘戰船，在廣東沿海尋了劉香老十數日，終於在海上與那劉香老部相遇，兩方於海上激戰，仍是使用靠幫登船肉搏的辦法，一邊是閩省積年的海盜，一邊也是粵省縱橫海上的豪

傑，雙方打得昏天黑地，一時間勝負難分。後來還是鄭芝龍拚了老命，將上衣脫掉，口中含刀，一下子躍到那劉香老所在的船上，一刀捅死了這個粵省海盜頭子，砍下腦袋示眾，其部眾這才喪失戰意，全部被鄭芝龍收伏。

此役過後，熊文燦向朝廷表奏封賞，鄭芝龍因功晉爲福建副總兵，實則整個福建的水師皆在其掌握之下，收伏了廣東沿海數百股小盜後，其手下額兵數萬，實力在整個南方屈指可數，又因收取來往船隻的水引，加之倭國南洋的貿易，不過是幾年的工夫，已然是家資千萬，可稱得上是巨富豪強了。

張偉回到台灣已是一月有餘，其間巡視全島，閱兵、慰問傷亡軍屬、巡視各礦、工廠、台北台南的官學他亦親自前去查看，與兩官學的學子探討交流一番。此時已有不少入學三年以上，年紀在十五以上的學子，張偉精心挑選三百名身體強健，學識品格皆優的學子，納入了新成立的台灣講武堂，張偉親任講武堂學正，在全台軍中挑選戰術戰略皆有見地的軍官以允教官，以期三年後這批學生畢業，可以迅速加入預期中一定要擴大規模的台北軍隊。

他又改台北炮廠爲台灣兵器局，又令孫元化署理贊畫，見他沒有去意，一心用在改良張偉所有的槍枝火炮，又潛心研發火炮戰車，張偉心中甚是高興，便向那孫元化提出發給其補助，誰料孫元化一口回絕，言道：

「元化之所以如此賣力，實是希望能在台學有所成，在兵器製造上更進一步，將來好在遼東報效大明朝廷，指揮使的銀子，元化愧不敢領云云。」

張偉這才知道此人是拿台灣的銀子做免費的試驗，他也不惱，笑咪咪拍拍孫元化的肩，灑然而去。

他已秘密派人去將孫元化的家人接來台北，眼看天下行將大亂，崇禎哪能顧得上他這個小小的兵部員外郎，便是他的恩師徐光啓，此時雖已任了禮部侍郎，看起來皇帝甚是信任，不過除了倚仗徐光啓多鑄火炮外，對於其所有的建議條陳，一概否決，不久之後，這位徐大學士便會心灰意冷告老還鄉，又還有誰能記得他這位學生？是以張偉絕不擔心此人會帶著一肚子的試驗成果溜之大吉，反倒對他要錢給錢，要物給物，除了期望火炮改良，還希望此人能在火槍上多加研究。若是能如清朝康熙年間的戴梓一般研究出最原始的機關槍，張偉可不會學康熙皇帝，將他充軍寧古塔了事。

這一日聽得那孫元化言道已解決了火炮升降的麻煩，又鑄成了帶膛線炮彈改爲柱形的大炮，張偉便在台北衛指揮所衙門擊鼓傳召諸將，凡都尉以上皆會聚台北兵器局炮廠，一時間，這淡水炮廠冠蓋雲齊，張偉令新製的各色騰龍軍旗飄揚於炮廠內外。

眾將軍皆上著大紅圓紗帽，下著錦衣棉甲，腰佩規制相關的仿唐長刀，腳蹬黑布白底官靴，胸佩鐵牌，上刻騰龍，下刻姓名官職，權以區別將官與士兵的服飾，其餘士兵、伍長、果尉等在服飾上也各有區別，又依上次攻台南一役的表現製鐵、銅、銀、金各騰龍紋章，以功勞賞給，以紋章受賞，

其家亦減免賦稅有差。自此以後，台北軍制、軍號、軍令、軍旗皆已完備，除了俸祿優厚，又有官職、服飾、紋章、功勛減賦等優厚軍人振奮軍心的舉措。

孫元化這些時日將這些變動皆看在眼裏，此刻在這炮廠官廳看著操外上雲集的數百軍官，向張偉嘆道：「大人的台北衛所軍之精銳，當真是甲於天下。」又屈指笑道：「一曰賞罰分明、二曰甲冑精利、三曰訓練有素、四曰等級分明，可致調動方便。五曰火器致勝。」說罷嘆道：「大人的台北軍隊若是以此規模擴至十萬人，雖天下之大，又有何處不可去得？」

張偉聞言大笑道：「元化太過高抬我了。十萬人，縱橫江南則可，若是朝廷傾舉國之力攻我，則我必敗。若只是現下的火器，十萬人遇女真十萬鐵騎，則我必然慘敗！」

孫元化聽道：「大人倒還清醒，能看清天下大勢，則無往而不利矣。不然，只看到眼前兵強馬壯的，心中就懷了不該有的異志，到時候兵敗身亡，又怨得誰呢？」

張偉聽他話中隱隱有警告之意，心中暗笑，卻不點破，只道：「台北都尉以上皆已來到，請元化兄讓他們開開眼！這些日子老是有人在我耳邊嘀咕，說道什麼火槍大炮雖利，到底還是要刀槍才能制敵，所費銀子又少，何必一定要什麼兵器局，元化兄，扭轉這些愚昧看法的重任，我可交在你身上了。」又笑道：「我這裡弄好了，將來關外有事，朝廷調我則我去，便是不調我，只要需得著，我必然是要去勤王的！請元化兄放心！」

孫元化睨視他一看，心中卻是不信。大明疆域廣大，朝廷調兵諸多不便，遼東數十年來戰事不斷，南兵卻甚少有北調的。一來南方諸掌兵將領不願，諸多推脫，二來南北水土不服，調南兵死於途中便是不少，待到了北地，凍得縮手縮腳的，又有多大戰力可言？是以明廷到了最後滅亡之際，也沒有調南兵的想法，張偉現在大打包票，自然是難以讓人相信。

兩人因見操場中軍官齊集，便出了炮廠官廳，張偉自去操場南的校閱台上就坐，除他之外，周全斌已奉調回台北，由劉國軒鎮台南，施琅亦率水師主力回台北港口，此時亦端坐在張偉座位下首，其餘張瑞、張傑、張鼐、林興珠、羅汝才等將佐皆坐。校尉以下，便只能站立於四周了。

左良玉等人來台之後，驚異於台灣之富庶，餉銀之高亦是大陸明軍不可比擬，再加上種種優待軍人之舉措，軍人地位可比在內地又強上許多，諸人都是心中竊喜，若非鬧餉一事，又哪有機會來此繁榮之地？只是各人心中後悔，沒有將家人親屬帶了同來。

那黃得功甚是孝敬老娘，十四歲時便進入行伍，刀劈劍削，得了首級領了賞銀便帶回家孝敬娘親，一到台北不多久便捶胸頓足，後悔沒有把娘親帶回享福。待半月之後，張偉派去遼東騙取五人家屬的船隻回來，各人方知張偉早有打算，心裏卻是絲毫不覺得怨恨，只覺得這位張大人英明神武，明斷決算，當真是值得報效。

此時五人都授了都尉，黃得功、左良玉此時都是游擊、千戶，雖說手底下也不過幾百人，領的兵與都尉相同，只是品秩上低了許多。各人倒也沒有抱怨，品秩雖低，拿的銀子卻多了，加之台北此時尚沒有收賦稅，各家的家人皆報了台北官府，領了地契，開了肥田以養家，再加上俸祿，日子過得比在遼東強上十倍。除了此處天氣炎熱，比之遼東難耐，可當真是沒有一事不順心了。

張偉端坐在校閱台上，一眼便覷見這五人挺胸凸肚站於都尉群中，因都是世家軍人，這五人卻比張偉台北軍人只打過台南一仗的眾都尉更有軍人氣質，談笑間，各人身邊都圍了不少台北都尉，聽那五人唾沫橫飛，吹噓在遼東與女真作戰之事，張偉見狀心中甚喜，知道這五人才堪大用，現下又得了眾都尉敬重，將來擴軍任此五人爲校尉，甚至統領，亦不會受到原台北軍人的抵觸。

因扭頭見周全斌臉如沉水，悶悶不樂，便奇道：「全斌，近來家中娘子發威發得厲害，怎地你臉色如同死了老子娘一般？」

周全斌氣道：「大人又拿我耍笑，上次家中娘子不過是偶爾失手，才在全斌臉上留下印痕，大人切莫再提。」

張偉因見身邊聽到的諸校尉都捂嘴暗笑，知道周全斌怕不好帶兵，便正容道：「那好，說說看，你適才想些什麼？」

「回大人，全斌適才想起講武堂一事，心中不樂。」

「喔？怎地？可是那學生們不聽訓導？」

「全斌不敢指斥學生，實在是全斌力有不逮啊。若說講戰術一課，全斌總算親身打過台南一戰，對縱隊前進，規避炮火，土木作業都算是有些心得，講起來學子們倒也信服，只是講起戰役兵法來……全斌自身尚有不足之處，教起來便是十分心虛。上午在講武堂，便有學生當堂質問，我竟然答不出來，實在是丟臉之極。」

張偉聽他訴完苦，不禁莞爾一笑，道：「讓你們這些上將軍前去說課，原本是想加強一下說服力，誰料你竟然自己心虛起來。放心罷，全斌，這些小孩不過是年少氣盛，以你的見識，又曾親身指揮軍隊作戰，把你對那些兵書和西洋戰例的理解盡數教給他們，若有質疑不服的，你便說課堂上師長爲大，待你們將來帶了兵，再說！」

周全斌聽他說完，睜眼詫道：「這不是蠻不講理了麼？」

張偉斜眼看他，嘖道：「周大將軍，虧你也是帶兵的人，拿出點霸氣和殺氣來，鎮住那些小娃兒！要是鎮不住，你便可以不去授課了！我設講武堂，是要培養優秀的軍人、士官，可不是要空言辯論的書生儒士。」

見周全斌點頭稱是，張偉便向台下孫元化喊道：「孫贊畫，可以開始校閱了！」

孫元化見他發令，便又向身邊的親兵小校發令，只見那小校將手中紅旗一搖，便有炮廠炮手們將十門新鑄成的六磅越野大炮推將出來，一並排向南方土山瞄準，只待孫元化發令開炮。

孫元化又回頭向張偉望上一眼，見張偉微微點頭，便發令道：「開炮！」他話音一落，身邊的旗手紛紛搖旗，那邊炮手見了旗令，便依次將大炮的引信點燃，那藥引一著，各炮手便半跪在地，雙手捂耳，待引信燒盡，依次轟然發出十聲巨響，炮彈在火光中射出，直接命中了八里外的山包，十枚柱型炮殼開花炮彈的威力當真驚人，觀炮諸將只見那炮彈落在土山之上，擊起漫天的塵土，夾雜著被

炮彈擊碎在山石碎片，聲勢當真是驚人之極。

見台北諸將紛紛點頭稱讚，孫元化嘴角帶笑，卻又下令道：「炮管抬高五寸，發炮！」

他一聲令下，只見那遠方炮手各自起身，伸手在那火炮的炮耳附近抓住一個小小的把手，用力搖動，那炮身吱呀響了一陣，炮筒下方有鐵格計寸，待搖動了五格，炮手便點火發炮，此次發炮，炮彈卻又是落在更遠的山頭，顯是調整了炮口所致。

如此這般來回幾次，一直將各種角度都擊發一次，孫元化方微笑著向張偉繳令道：「指揮使大人，試炮完畢。」

張偉見他回來繳令，急忙從台上下來，向孫元化抱拳一揖，道：「元化兄功勞甚大，小弟感佩。」

「指揮使大人客氣了。諸般改進皆是大人的想法，又與那英國炮師合議商討，方有今日的成績，算不得什麼。況且，輕便炮車尚未完成，元化花銀子如流水，成績卻是不多，心中正自慚愧呢。」

「唉！這說的是哪裡話來！主意縱是我想的，到底需要元化兄這樣的專才予以實施試製，不然的話，空想能想出大炮來麼。況且那英國技師桀驁不馴，欺我台灣沒有製炮的專才，平日裏兩眼只能看得到銀子，其餘一概不知，鑄起炮來拖拖拉拉，生怕多鑄好炮之後，我卸磨殺驢，可笑！虧得元化前來，又通西學，又懂製炮，這才能管得住這幫龜孫！」

孫元化見他起勁誇獎自己，知道張偉一直有心結納，這台北日漸繁榮，雖然法律禁令甚多，而且也大半與內地不同，不過此地官吏善良廉潔，辦事認真公平，無論是城鎮鄉野皆呈昇平大治氣象。他在此地多時，早便習慣了初時甚是抵觸的各項禁令，已然開始覺得居住台北可比在內地舒服許多，便是那下雨天氣，若是在內地時，出門哪裡還行得了路？兩雙靴子定然是滿腳的泥，可是台北無論鎮上還是鄉村，皆是以青石鋪路，無論坐車步行，都是十分方便。還有諸多好處，令他當真是不忍離開此地，只是他到底是朝廷進士，身家性命仕途希望寄託都在內地，只得常常在心裏嗟嘆：「台北雖好，惜乎非久留之地啊。」

史可法與王忠孝兩人亦早已入鄉隨俗，他兩人對台灣整體大政雖是無力改變，不過此二人到底是史書明載的公忠廉能的幹吏，依著張偉的規矩，成日裏鎮上鄉下的跑，忙得是腳不沾地，有他兩人，張偉何斌倒是鬆快很多，只是忌憚此二人爲皇帝收買人心，諸多施政一旦落到實處，仍是以張偉名義發佈，著台北台南衙門的書吏承辦。故而這兩人雖是跑了不少地方，向張偉建議了不少條陳，全台上下近百萬人仍是只知張偉，不知有縣令耳。

史王兩人也並不在意，自來台之初，兩人便知台北之事難爲，又因家人妻子都極喜台北工商繁盛，物業殷實，那南洋西洋的商品比比皆是，比那京城都豐富便宜甚多，兩人成天在家中聽得膩了，心裏雖是嘀咕幾句婦人之見，卻也實在是敬佩張偉的種種舉措，兩人皆是正人君子，雖明知張偉對他們有種種限制之處，心中卻是委實沒有半分怨恨之意，只是心裏常盼著任期結束，回到內地，把張偉

的種種舉措用在治上，憑著自己的能力大幹一番。

張偉雖不知孫元化心中所想，卻也猜個八九不離十，他知道這些儒生委實比左良玉那些將軍難以招募，不過反正人在台灣，慢慢的使其歸順也就是了。當下便又向孫元化笑道：

「元化兄，八、六、四、二磅的野戰炮，煩請多鑄，炮車一事倒是不急，戰車到底不如單獨的火炮來得方便，製作一些，以作臨敵防禦之用就可。還有火槍改良一事，元化兄務請費心，這些可都是對付女真人必備之物。」

「大人請放心，元化來台原本就是贊畫火器的，事情沒有眉目之餘，元化定然一心效力，不會求去的。」

張偉讚許一笑，知此人說的乃是實話，因見場中數十軍官圍著那十門大炮嘖嘖讚嘆，便向孫元化笑道：「贊畫老爺，請過去向我的軍官們解釋一下，如何？」

孫元化點頭稱是，便往場中行去。

張偉見眾人仍圍在火炮周遭，便喝道：「所有人聽了，都退後三步，原地蹲下，聽孫贊畫講解火炮。日後大家要常和火炮打交道，台北軍制敵之神便是這些火炮，大家都聽仔細了！」

說罷自己也返身退後，正坐在遼東五將身前，五人見張偉坐在身前，原本打算站起侍立，卻見身旁都尉校尉都是未動，原來是張偉不拘小節慣了，他在發令之際無人敢懷疑他的權威，臨敵之際亦是令行禁止，只是平日裏卻是十分隨和大度，是以諸將沒有人懼怕於他。

孫元化因見諸人都已坐好，便手摸鐵炮，慨然道：「火炮之利，諸位想來都已曉得。無火炮之前，凡攻陣、野戰，無不仰仗弓箭、發石、攻城車、雲梯等物，自打有了火炮，無論是守城、攻城、野戰，皆以此物爲尊。我朝將外夷進貢的五千斤可擊發十餘斤炮丸，射程十里左右的紅衣大炮命名的大將軍炮，正是因其威力太大，一炮可抵一將軍之故！」

見各人凝神細聽，全場數百人啞然無聲，孫元化滿意一笑，又道：

「火炮之利如斯，我大明自然也早已備製。自宋朝起便有使用火藥擊發敵人的記載，到得現今，本朝已可自製仿紅夷的佛朗機炮、虎蹲炮、大銃、鳥銃等火器，永樂年間，便有神機營掌火器。只是大明的火炮鍛造不精，沒有準星照門，炮管受藥不多，擊發不力，又過於沉重，運輸極是不便，野戰時唯有以炮車拖載，炮車體積龐大，如非平坦地勢，根本無法進入，實在是自限腳步，不得發揮火炮之威。紅夷炮比之大明自造的火炮，擁有準星照門，可以瞄準擊發，又有炮耳炮架，比之大明火炮更便於升降、運輸，況且以精鐵鑄造，重量是小多了。饒是如此，仍是過於沉重，比如那五千斤大炮，一炮至少得配三十二匹馬，五六十個炮手民伕方可敷用。雖有炮耳，然亦因炮身過重，升降轉動甚是不易。故而依指揮使大人的意思，台北多鑄兩千、一千、八百、五百斤重的小型火炮，又輔以圓柱型開花彈，加以炮管內膛線，無論是威力、射程，實不遜於現下的五千斤大炮。我又在炮架之下加以鐵軸，用搖手搖動控制升降，鐵軸側邊有小鐵條，用以知道刻度，如此，再加上照門準星，輔以西人幾何學的拋物線一說，火炮可以一直用調整高度的辦法打擊敵軍，可最大限度的殺傷敵人。」

說罷，忍不住激動道：「若是遼東有鑄好的千門大炮，雖十萬女真鐵騎亦不得近前。」

張偉聽他說完，哂然一笑起身，向諸將道：「兵器雖利，首要還在得人，若是遇敵則逃，萬門大炮也不夠使的。大夥可明白了？」

「大人前番送與遼東十門紅衣大炮，又說首要得人，難道遼東士卒不堪一戰麼？」

「哈哈，倒不是此意。只是訓導一下我的部下，不要臨敵膽怯，孫贊畫多心了。」

張偉打個哈哈，向孫元化笑嘻嘻一拱手，便帶著周全斌等人回台北指揮使衙門去也。他此日大集諸將，一來是觀炮，二來也是要召集會議。施琅前日出海巡哨，說好了今日晚歸，於是觀炮結束，張偉便帶著諸軍官回衙門，只待施琅領著水師諸將一到，便可會議。

請續看《回到明朝做皇帝3 台海詭局》